フラれ侍

定廻り同心と首打ち人の捕り物控

二上 圓　Madoka Hutagami

アルファポリス文庫

http://www.alphapolis.co.jp/

目次

フラれ侍

〈一〉

——傘をお届けにまいりました！

——ありがとうございます。貴方様のお父様は本当に丁寧な良いお仕事をなさる。今、お茶をお持ちします。どうぞ、ゆっくりしていってくださいませ。ね、玄乃介《はるのすけ》様？

卍

「実は折り入ってお頼みしたいことがあるんです」
深川は菊川町の裏店《うらだな》。その風のよく通る座敷で、この家の主《あるじ》、常磐津《ときわず》の師匠・文字《もじ》梅《うめ》はこう切り出した。常磐津は当代人気の三味線の一流派である。

「ほう！　お師匠さんの頼みとあっちゃあ無下《むげ》にはできねぇ。聞こうじゃないか。言ってみねぇ」

即座に安請け合いしたのは南町定廻《じょうまわ》り同心・黒沼久馬《くろぬまきゅうま》だ。傍らの首打ち人――正式な役名は御様御用《おためしごよう》、山田浅右衛門《やまだあさえもん》も口を引き結んで静かに頷いた。

さて。同心と首打ち人が並んで座していることについて、少々説明が必要かもしれない。

そもそも罪人の首を打つのは町奉行所の駆け出し同心の仕事だった。とはいえ、江戸幕府が開かれ、既に二百有余年経っている。長く続く天下太平の世では、一度も刀を抜くことなく生涯を終える武士も多かった。そして一刀のもと首を斬り落とすのは生半可な技量ではできない。そこで、いつからか同心たちは斬首を山田家に依頼するようになった。

そうして自分の番が巡ってきた際、わざわざ浅右衛門のもとへ挨拶に行って、すっかり彼の技と人柄に惚れこんだのがこの黒沼久馬なのだ。以来、ことあるごとにまとわりついている。

尤《もっと》も、当初、同心と首打ち人が連れ立って歩く姿を奇異に感じる江戸っ子は多かった。何しろ二人は背格好と年齢はほぼ同じだが見た目は甚《はなは》だ違っている。久馬は剣の腕はからっきしながら、外見も中身も明朗闊達《めいろうかったつ》、粋な細作りの小銀杏髷《こいちょうまげ》と巻羽織《まきばおり》がよく似合う、絵に描いたような同心だ。片や総髪、黒羽二重の浅右衛門は寡黙で、双眸に凄味がある。

「ホラ、俗に言う〝馬が合った〟というやつさ」

出会った頃、二人の関わりについて久馬が言及したことがある。

「一目で俺は悟ったね。浅さんこそ、無二の親友、まさに俺の名の通り、俺たちは〝久馬の友〟なのさ」

浅右衛門は即座に間違いを訂正した。

「久《きゅう》さん、それを言うなら〝竹馬の友〟だ」

「チェ、聞き流せよ。そのくらい知ってらぁ。洒落だよ洒落。それにさ、浅さんだって俺のことをコンコンチキって言ってるじゃないか」

「……ひょっとして、それは知己では？」

知己《ちき》とは己《おのれ》を知る——漢語表現で親友の意である。指摘されて恥じ入るかと思いきや、久馬は胸を張って言ってのけた。

「まぁいいってことよ、気にするな。コンコンチキの狐だろうと、竹馬の馬だろうと、はたまた孤高の狼だろうと、俺は構やしねぇ。浅さんとならこんな風に毎日楽しい付き合いができるんだからよ」

「――」

自分と居て、楽しいと言ってくれる人が現れるとは……！

十二の歳から罪人の首を斬ってきた、陰では〈首斬り浅右衛門〉と恐れられる山田浅右衛門には信じられないことだった。

それから数年が経つ今、浅右衛門は思っている。自分も楽しいのだ、と。

実際、この型破りな同心に引っ張り回されている内に首打ち人は知り合いが増え、世間が広がった。そういうわけで――

定廻《じょうまわ》りと首打ち人が小粋な細格子造りの町屋に並んで座り、いかにも婀娜《あだ》っぽい常磐津《ときわづ》の師匠の頼み事を揃って聞いていても、なんの不思議もないのだ。

「頼みというのは他でもございません。弟の竹太郎《たけたろう》のことなんですよ。最近、連日、吉原で見かけたと人伝《ひとづて》に聞きました」

いえね、と文字梅は濃い緑のよろけ縞の袖を振る。帯は鳥の子色の流水紋、揺れる根付の水晶玉も涼しげな夏の装《よそお》いだ。

「私も野暮は言いたかありませんし、自分の稼ぎで好き勝手するのに口を挟むつもりは毛頭ござんせん。ただ、弟はお二人もご存知の通り、目明《めあか》しの父の仕事を引き継ぐでもなし、フラフラ遊び歩いている半人前の身。この上、吉原通いに耽るなんざぁ姉として、いやさ、人として許せませんのさ」

「――だから、人格者である俺と浅さんに連れ戻して説教してほしい、か」

翌朝。久馬と浅右衛門は文字梅の頼みに応えるべく問題の場所に向かっていた。

「そもそも未だまっとうなハナシ一つ書けたためしのない見習い戯作者《げさくしゃ》のくせして、連日の北国《よしわら》通いとは羨ま……じゃない、ふてぇ野郎だ、キノコのヤツめ」

キノコとは文字梅の弟、竹太郎のことだ。筆名の朽木思惟竹《くちきしいたけ》から、久馬は面白がってこう呼んでいる。

言うまでもなく、二人が目指す吉原は、幕府公認の遊郭である。

元々は日本橋近くにあったのだが明暦の大火事（一六五七）後、浅草寺《せんそうじ》裏の日本《にほん》堤《つづみ》下に移動した。それ故《ゆえ》〈新吉原〉とも称される。総面積は現在の尺度に換算すると約七千平方メートルという。

新吉原への行き方は主に二通りあった。浅草寺の裏手から日本堤をひたすら歩く。でなければ、神田川沿いに並ぶ舟宿で猪牙船《ちょき》を仕立てて日本堤まで。その後は駕籠《かご》で大門へ続く坂を揺られていく。大店《おおだな》の旦那衆や富貴な粋人は後者を採った。勿論、定《じょう》廻《まわ》りと首打ち人の二人は徒歩である。昨夜の雨で洗い流されたような真っ青な空の下、燕がスイスイ二人を追い越していった。

「金をかければいいってもんじゃない。敵娼《あいかた》の顔を瞼に思い起こしながらテクテク歩くのこそ粋ってもんだ、なぁ浅さん？」

敵娼どころか、通ったことすらないくせに――などという意地悪は言わない浅右衛門だった。笑いを噛み殺して相槌《あいづち》を打つ。

「まったくさ。『野暮なこと　何処《どこ》へおいでと　土手で云い』と言うからな」

これは日本堤を歩いている男は皆、吉原通いだと茶化している川柳だ。

「お、いいねぇ。俺だってその手の、吉原に纏《まつ》わる句ならヤマほど知ってるぜ。例の見返り柳とかな……」

久馬が言っているのは日本堤近くにある柳のこと。後朝《きぬぎぬ》の朝、別れてきた花魁《おいらん》を思って振り返る辺りにちょうど植わっているから、こう呼ばれるのだ。

「まさに『もてたヤツ　ばかり見返る　柳かな』だよな？　わかるわかる、花魁に邪険にされたらとても見返りたいとは思わねぇからなぁ」

若い二人の足は速い。日本堤から緩やかに傾斜する衣紋坂《えもんざか》を下り、茶屋の立ち並ぶ門前の五十間道《ごじっけんみち》を抜ける。

「チキショウメ！　この辺り、道の名から何から艶《つや》っぽいや」

いちいち感心する久馬だった。衣紋坂は行き帰りで乱れた衣紋（着物）を整えるので付いた名だし、五十間道は大門までの最後の行程の距離を表している。まさに〈日本から　極楽僅か　五十間〉〈極楽と　この世の間《あひ》が　五十間〉だ。

遂に二人は乳鋲《ちびょう》を打った厳めしい黒塗りの大門の前へ至った。と——

「いた！　いやがった、あそこだ！　おいこら、キノコ！」

大門前の大通り、仲之町通りで早くもキノコこと筆名・朽木思惟竹、本名・竹太郎を発見。常磐津《ときわづ》のお師匠文字梅の弟で御用聞き〈曲木《まがりぎ》の松〉松兵衛《まつべえ》親分の息子である。

「面白くもねぇ！　もっと中にいやがれってんだ！　せっかくこの機会に吉原中じっくり見て回るつもりだったのによ」

「……久さん、心の声がダダ漏れだぞ」

久馬が嘆くのも無理はない。仲之町は前述したように吉原の真ん中をぶち抜いている目抜き通りだ。桜の季節には桜の木が植えられて、お江戸の花見の名所の一つになる。この時ばかりは女子供も通行自由で、人がどっと押し寄せて花見を楽しんだ。歌《うた》川国貞《がわくにさだ》の〈北廓月の夜桜〉がその光景を巧みに描いている。また、今まさに久馬と浅右衛門が目にしている大門からの眺めは、歌川広重《ひろしげ》の〈名所江戸百景〉の一枚、〈廓中東雲〉が見事にその風情《ふぜい》を現代に伝えていた。

「だから、誤解なんでさぁ！　ったく姉貴ときたら早合点もいいとこだ」

とりあえず大門から引きずり出して収まった門前、五十間町の茶屋の座敷。同心と首打ち人の前で、竹太郎は憤《いきどお》って大きく首を振った。

「わっちが最近あそこへ入り浸《びた》ってるのには理由《わけ》がある。戯作《げさく》のためなんでさ。何としてもフラれ侍に会いたいと思いやしてね」

これには久馬も浅右衛門も鸚鵡《おうむ》返しに、

「フラれ侍？」

「あれれ？　黒沼の旦那も、山田様もご存知ない？」

では、この思惟竹がご説明いたしましょう、と自称戯作者《げさくしゃ》は茶で喉を潤すと六弥太格子の袖をまくって話し始めた。

「東西、と〜ざい！」

以下は竹太郎の語りである。

……ここ吉原で最近、〈フラれ侍〉というのが話題になっている。

このお武家、ある日、晴れだというのに傘を小脇に挟んでやって来た。吉原中を巡り、とある遊女を見初《みそ》めて一軒の廓に上がり、帰る際、雨が降っているというのに傘を差さない。来た時同様、小脇に挟んで歩き出した。その姿を奇妙に思った店の男衆が、若様、何故、傘を差さないのかと問うと、侍はしとどに濡れながらこう言った。

『私は思いを遂げていない。だから、フラれていくさ』

「くーっ！　粋だねぇ！　どうです、黒沼の旦那？　山田様？　己《おのれ》が恋した敵娼《あいかた》がシンから惚れてくれるまで傘は差さねぇというわけさね」

話し終えた竹太郎は威勢よく両手を打ち鳴らす。

「この話を聞いて、わっちは『これだ！』と思いましたね。このネタ、誰あろう、この朽木思惟竹が見事に名作に仕立ててみせる。だが、そのためには、ぜひ本人に会ってもう少し詳しく事のあらましを聞いてみたい――」

楽しみにしていた吉原探訪が露と消えた久馬は、不機嫌そうに鼻を鳴らした。

「ふん、それで吉原へ日参していたと？」

「で、フラれ侍には会えたのかい、竹さん？」

浅右衛門の問いに竹太郎は鯔背《いなせ》に結った本多髷《ほんだまげ》に手をやって、大きく息を吐く。

「いいえ、それがまだなんで。だからこうして通い続けているんでさぁ。それも万が一にも見逃さないよう大門前で見張っていたわけでして」

「黒沼の旦那！　大変《てえへん》だ！」

　ここで飛び込んできたのは久間の父の代からの目明《めあか》し、〈曲木の松〉こと松兵衛親分。お江戸八百八町《はっぴゃくやちょう》を走り回っており、何処《どこ》にいても久馬を必ず見つけてこういう図になる。ちなみに、曲木は〝柱にゃならない〟……いつ何時も〝走らにゃならない〟松親分……という洒落から付いた江戸っ子好みの綽名《あだな》だ。

「おっと、山田様もご一緒で。ほんにお神酒徳利《みきどっくり》、お仲のよろしいこって——と、あ！　てめぇ、竹？　ここで会ったが百年目！　お梅に聞いたぞ、スネ齧《かじ》りの分際で吉原に通い詰めだそうだな？　一体どんな了見で——」

「いけねぇ、親父だ。相手をすると長くなる。じゃ、わっちはこれにて——」

「あ、逃げるか、待ちやがれ！」

　久馬が割って入る。

「まぁまぁ、松親分、それより何でぇ？　事件かい？」

「あンの野郎、逃げ足だけは速《はえ》えな。誰に似やがった——」

　歯噛みした後で我に返った曲木の松、クルリと向き直った。

「そうでやした。殺しです。見事にスパッとやられた死体がめっかったんでさ」

場所は柳橋の川岸だという。

「何？　柳橋だ？　ちょうどいいや、新吉原なら土手八丁から山谷船《さんやぶね》が通ってる。飛び乗って行こうや、さあ、浅さん！」

「う、うむ……」

例のごとく、浅右衛門を急き立《せ》てて松兵衛の先導のもと久馬は現場に急行した。

〈二〉

殺しのあったという柳橋から浅草橋界隈は神田川の岸辺に当たり、舟宿が軒を連ねている。大店《おおだな》の主《あるじ》や富貴な粋人はここから舟を仕立てた。神田川から大川（隅田川）へ漕ぎ出し上流へ上って山谷堀に入り、日本堤の土手で舟を下りて駕籠《かご》で吉原を目指すのだ。駕籠に乗り換えるのは風情《ふぜい》を求めるためばかりではない。山谷堀は大川との合流地点こそ広いが、そこから先は急激に狭くなっていて舟ではこれ以上遡《さかのぼ》れないからだ。今、久馬と浅右衛門は吉原詣での逆の道筋を辿っていた。

「やっぱり猪牙舟《ちょき》は速《はえ》えや！　なあ浅さん！」

猪牙舟は櫓《ろ》が後ろにある伝馬船でお江戸最速の船である。山谷堀から柳橋の舟宿まで一艘百四十八文。これが屋根船となると倍の三百文になる。

昨夜の雨を集めて大川がキラキラ輝いていた。あっという間に柳橋に着く。

櫓から竿に持ち替えた船頭が見事な竿さばきで船を桟橋《がんぎ》に寄せる。そのすぐ近く、船宿と船宿の間の空き地で物見高い江戸っ子たちが屍骸《しがい》を囲んでいた。松兵衛は人垣をちゃっちゃと割って進む。

「はい、道を開けた、開けた――同心様がお着きだぜ」

筵《むしろ》を剥いで開口一番、久馬が訊いた。

「身元は？」

「まだわからないんです」

「ふむ？　ぐっしょり濡れてるな？　ということはやられたのは昨日の夜半か……」

思い出して久馬が言う。

「昨夜はずっと雨だったからな」

死体を検《あらた》めながら更に続ける。

「下馬《したうま》を着てるとこをみると、こりゃ遊び人だな」

下馬は襦袢《じゅばん》代わりに着る浴衣の一種でやくざ者が好んだ。堅気《かたぎ》の人間はこういう着方はしなかった。

「そういやあ、この前の殺し——三日前に浅草寺裏の田んぼでめっかったアレもまだ身元がわからないままだったな、親分?」

「へえ、面目ねぇこって」

松兵衛は半白の鬢《びん》をしきりに掻きつつ、

「あっちは身なりが上等な羽振りの良い町人風だったんで、サクッと身元が割れるかと思ったんですがね。身内がいないのか、いまだに名乗り出てくる者がいねぇ」

「あれも、死体が濡れてたなぁ?」

「そうでした。でも、そのこと自体はフシギじゃありませんや。走り梅雨ってやつで、ここんところ雨の日が多いですからねぇ。特に夜半は」

浅右衛門が周辺の草叢《くさむら》を歩き回っているのに気づいて、久馬が声をかける。

「どうした、浅さん?」

「いや何、さっきの竹さんの話のせいかな」

首打ち人はボソリと呟いた。

「傘が何処《どこ》かに転がってないかと、ふと気になって——」

「あ、そうか!」

浅右衛門の疑問を久馬が引き継ぐ。

「雨の夜に襲われたなら、そこらへんに傘が落ちてて当然だものな」

「十中八九ありやせんよ」

即座に首を振る老親分。

「おい、そりゃどういう意味だ、松？」

「へぇ。傘が道に落ちてたら、通りかかった者が拾って帰るでしょうからねぇ」

そう言って、やや皮肉っぽく言い添える。

「関わりたくねぇから死体は見てみぬふりをしてもね」

松兵衛の言葉に久馬も浅右衛門も首を傾げた。それに気づいて松兵衛が早口に説明する。

「黒沼の旦那も山田様もピンと来ないかもしれやせんが傘は新品なら二百文から三百文はしやす。庶民には高根の花でさぁ。その証拠に、越後屋《えちごや》で着物を誂《あつら》える連中でさえ傘は返さないんですから」

江戸一の呉服屋である越後屋は、宣伝も兼ねて雨の日の来店客に屋号を入れた傘を貸し出している。それを返却せずにそのまま使い倒す人が多かった。川柳に残る〈古傘に　いつも越後が　二、三本〉はこれを言っている。

「……ふーん、そういうわけか」

「さいで。町人ならさほど悪気なく落ちてた傘を拾いやす」

「だがよ」

久馬が視線を死体に戻した。

「持ち主がこんな風にザックリやられてるんだぜ。傘だってブチ壊れてるか血潮が飛んでいて綺麗なまんまのはずはない。そんな傘なら、いらねぇだろう？」

松兵衛は優しく微笑んだ。

「いえいえ、骨が折れていようと、血まみれだろうとかまやしません――そのために古傘買いがいるわけで」

お江戸は究極の再利用《リサイクル》都市だったのだ。

古くなった傘を下取りする〈古傘買い〉が始終市中を巡っていて、古傘は一本四文から十二文で買い取られた。回収された傘は古傘問屋へ集められ、ここから更に傘張り替え業者へ回される。折れた骨木を入れ替え、破れたり汚れている和紙は張り替えるのだ。この剥がした和紙の方も包み紙に再利用されたというから徹底している。

「へー！　なるほどねえ！　俺は気づかなかったが傘ってやつはありがたくて価値のある代物なんだな。尤《もっと》も、俺は傘は嫌いだ。だから持ったためしはないがよ」

「さすが黒沼の坊《ぼう》！　見上げたお心掛けで！」

すかさず褒めちぎる曲木の松。

「これぞ同心の鑑《かがみ》！　傘を持ってたんじゃあ、いざっていう時、刀が抜けやせんからね。お侍はそうでなくっちゃあ」

「え？　違うよ、雨に濡れてる方が俺は絵になるからさ。これぞ、水も滴《したた》る良い男ってね。なあ、浅さん！」

これには苦笑するしかない浅右衛門だった。


その夜。竹太郎の吉原通いの真相を引っ提げて二人は文字梅の家を訪れた。感謝の手料理でもてなされたのは言うまでもない。

「本当にお世話をおかけしました、黒沼の旦那様、山田様。戯作のためと聞いて私も安心いたしました。どうぞ、何もありませんがゆっくりしていっておくんなさい」

「芝海老の乾《ほ》し煎《い》り、きんぴら、ほう！　渦巻豆腐とは気合が入ってるな、文字梅！」

「フフフ、旦那の好物の卵ふわふわも、ちゃあんと用意してござんす」

しかし、賑やかに並んだ皿を前に、いつにも増して口数の少ない浅右衛門に久馬は気づいた。

「なんだい、浅さん。何が一体そんなに気になるんだ？　今日の殺しの件か？」

「それもある。久さん、今日の仏、ありゃあ、かなりの手練《てだ》れの仕業だぞ。肩口から一刀両断。微塵《みじん》も迷いのない剣だ」

「やはりそうか。三日前の浅草寺裏のソレも俺が検視したんだが——あっちも、俺の目から見ても鮮やかな斬り口だった」

南町奉行所配下の定廻《じょうまわ》り同心・黒沼久馬の剣術が全く冴えないのは、本人も自覚しているところである。

「尤《もっと》も、剣はヘッポコでも俺には推理の才がある。三日前のは身なりの良い小金持ちを狙った追剥ぎの仕業で、今日のはやくざ者同士の喧嘩というのが俺の結論さ」

「雨の夜に斬られた身元不明の二つの死体ですか？　おお、怖い」

剥身《すきみ》を交ぜた切干大根の小鉢と燗徳利《かんどっくり》を持って戻ってきた文字梅が、ブルッと肩を震わせる。

「ほっといて大丈夫なんですか？　今また、雨が酷く降ってきましたよ。お二人ともお帰りは十分お気をつけくださいまし」

「アハハハ、俺たちが襲われるかよ。天下の定廻《じょうまわ》りと首打ち人だぞ。とはいえ——雨中の殺しが二度も続くと流石にいやぁな気分だぜ」

久馬は咳払いをした。

「言うまでもなく、俺としてもこのまま見過ごすつもりはない。二人の身元――いやさ、どっちか一人でもいい。何処《どこ》の誰か、一日でも早くはっきりさせたい。そこでだ、ぜひ力を貸してくれないか、浅さん？　俺にはあんたの助けが必要だ」

率直で明朗な協力要請に浅右衛門は噴き出す。

「久さん、頼りにしてもらうのは光栄だが、俺も今回ばかりは〝腕の立つ人物に斬られた〟ということ以外はわからない。特別気にかかる点も見当たらなかったし……」

自分が拘《こだわ》っている理由は、と浅右衛門は明かした。

「実はな、今日、松兵衛親分に傘の話を聞いて――耳が痛かったよ。何故って、俺は今の今まで傘の事情について全くの無知同然だったからさ」

首打ち人は心から恥じ入っている。その様子を見て久馬はクスッと笑い、浅右衛門の盃になみなみと酒を注いだ。

「そういうところがいかにも浅さんだな！　よろず目利きは伊達《だて》じゃないや！」

山田家の斬首請負は副業にすぎない。本職は刀剣鑑定である。だが、専門の刀剣だけではなく、未知のモノはなんでも知ろうとするあくなき探求心がこの男にはある。わからないことに出会ったら徹底的に追求せずにはいられないのだ。こういうところが凄い、と久馬は思う。そうやって蓄積した知識が、他人を見下す尊大な態度や驕慢《きょうまん》にならず、あの優しい静かな眼差しになるから不思議だ。

手酌した酒を喉を鳴らして飲み干すと、久馬は言った。

「そうか、浅さんは傘について興味がある、もっと知りたいというのだな。そういうことなら——どうだい、明日、一緒に照降町《てりふりちょう》へ行ってみねぇか？」

素晴らしい笑顔を友に向けて続ける。

「俺もよ、今、気づいたんだが、ひょっとして今回の〈雨の夜の殺し〉に繋がる血染めの傘なんぞが、あの町でならひょっこりめっかるかもしれねぇからよ」

浅右衛門はゆっくりと顔を上げた。

「照降町か……」

〈三〉

照降町は大伝馬《おおてんま》町の南、堀江町三、四丁目の辺り——

日本橋北詰から江戸橋方向へ進むと荒布《あらめ》橋というのに突き当たる。ここを渡って親父《おやじ》橋に至るまでの通りについた名だ。傘屋や、下駄、雪駄《せった》などの履物屋の店が並んでいる。

〈一町で　雨を泣いたり　笑ったり〉

雨が降れば傘屋が喜び、晴れてお天道様が照れば履物屋が喜ぶ。そのことを江戸っ子が面白がってつけた町名だ。元々は寛永三年頃、一軒の店が当時珍しかった傘と千利休《せんのりきゅう》の用いた庭下駄を売り出したら人気になり、同業者がどっと後に続いたのが始まりらしい。

「久さん、昨夜、お師匠さんの家から帰って、俺も家にある書物を漁って傘について多少は調べてみたんだが」

照降町への途上、魚河岸を歩きながら浅右衛門が言う。この日本橋から江戸橋の間の河岸、日本橋側の北岸は魚市場になっており朝はたいそう賑わう。ちなみにこの頃の江戸には〈一日千両〉と称された場所が三つあった。一日でそれだけの金が動くという意味だが、魚河岸は朝千両、歌舞伎小屋は昼千両、そして昨日、久馬と浅右衛門が足を運んだ吉原が夜千両である。

その魚河岸には、薄曇りの今日も大量の魚介類が荷揚げされ、威勢の良い取引の声が響いている。

「あの後？　ふぇー、浅さんは書物を調べたのか？　俺は、昨夜は文字梅の美味《うま》い手料理と良い酒を飲んで、ぐっすり寝たよ」

「傘はその昔、仏教や漢字などと同じ頃に中国より伝来したそうだ。とはいえ平安の絵巻物にある傘は今の傘じゃなくて天蓋――貴人や偉い僧侶に差しかける日除けや魔除け、そして権威の象徴だった」

眠そうに目を擦っている同心に、首打ち人がいきなり訊いた。

「久さん、その時代の傘と今の傘の違いは何だと思うね？」

「え？　え？　そりゃあ、えーと……」

「閉じられるかどうか、さ」

傘の開閉ができるようになったのは安土桃山の世からなのだと浅右衛門は教える。

「その後、傘は度々改良が加えられた。聞いてるかい、久さん？」

「おうよ、聞いてるともっ！」

「萬里亭寥和《ばんりていりょうわ》撰の《俳諧職人尽《はいかいしょくにんづくし》》にも傘職人の句が載っていた。なかなかいい句もあったぞ。聞きたいかい、久さん？」

「え？　あ、も、勿論だ」

「萬里亭本人の『五月雨《さみだれ》や　雲かたづくや　日傘張り』、その他傘職人では『傘張りや　菜の花にまで　良い日向』……」

自らも和水《わすい》の号を持つ浅右衛門。自然、和歌や俳句に心魅かれるようだ。

「『傘張りの　眠り胡蝶の　やどりかな』『傘張りや　かがりも錦　ふゆもみじ』なんてぇのは優美だな！　『あぶら引き　傘の匂いや　草いきれ』……これは傘づくりの工程を巧みに読み込んでいる」

「ふぁ〜〜ぁ」

遂に大あくびをして久馬は本音を漏らす。

「俺ぁ、やっぱし傘職人より吉原関係の艶《つや》っぽい句の方がいいや！」

そうこうするうちに荒布橋を二人は渡っていた。

「さあ、着いた！　ここが照降町だぜ！」

周囲を見回して久馬が訊く。

「さて、これからどうする？　傘関係の店を一軒ずつ廻るかい？」

と、浅右衛門がスタスタと道の向こう側へ渡っていくではないか。その先にはしゃがみ込んで蠢《うごめ》いている子供たちの姿が見える。

「いもむしごろごろーーひょうたんぽっくりこーーーーー」

近寄ると浅右衛門は声をかけた。

「みんな、せっかくの虫行列の道中に申し訳ない。チョット教えてくれないか？　この辺りで一番新しい傘屋は何処《どこ》だろう？」

〈芋虫ごろごろ〉に興じていた子供たちが顔を上げ、可愛らしい声が返ってきた。

「それなら、あそこ、日喜屋《ひよしや》さんだよ、お侍さん！」

「日喜屋さんの傘は〝下り物〟だからそりゃ人気だぜ！」

下り物とは上方から来た物品のことだ。江戸っ子はやたら上方のものをありがたがった。一方、上方伝来でないものはありがたくない、〝くだらないもの〟だ。

「辰巳《たつみ》芸者の綺麗処も買いに来るってお父《と》っつぁんが言ってた！」

「日喜屋さんか、ありがとう」

「へぇー、俺はてっきり一番の老舗《しにせ》が何処か訊くかと思ったがよ」

しきりに感心する同心に首打ち人は微笑んで言う。

「いや、新しい店の方が柵《しがらみ》がなくて、噂話も含め色々訊きやすいかと思ったまでさ」

「これはこれは！　日喜屋へようこそおいでやす！」

暖簾《のれん》を潜った途端、久馬の巻羽織《まきばおり》を目ざとく見つけて大番頭が走り寄って来た。

間口三間、堂々たる店構えである。

「同心様！　ご妻女あるいは大切な御方への贈り物どすか？」

揉み手する大番頭に久馬の笑顔が弾ける。

「よくわかったな、まぁ、そんなところだ」

「まったく！　こんな男前な同心様にお心を寄せられるとは、なんとお幸せな女子《おなご》はんどっしゃろ！　どうどす、これなど？　上方より取り寄せたばかりの最新の傘でございます」

「おお！　こりゃ凄い！　こんな傘は初めて見た。綺麗だなぁ……！」

思わず声を上げる久馬。

「流石、お江戸の同心様、お目が高いどすな！　これは蛇《じゃ》の目の中でも一番繊細で、かよわい女子はんにもご負担のう扱える造りになっています。お色もお好みのものを選んでいただけるよう数多う揃えておりますので、どうぞお手に取ってごらんください」

「うむ、俺も友人も無骨者で傘についてはよく知らぬのだ。この際だ、傘について詳しく教えてくれ。えーと、傘には女物と男物があるのか？」

上方出身の商人らしく、大番頭は如才なく説明し始める。

「へえ、当店で扱っている傘は主に番傘、蛇の目傘、端折傘《つまおりがさ》どす」

端折傘は大型で柄が長く、野点《のだて》などに使われる特殊な傘だと奥の棚を指差した後で、

「こちらが番傘。一般に使用される頑丈な傘どすな。和紙も厚く骨も太い」

「ほう？　《守貞漫稿《もりさだまんこう》》に記された大黒傘とはその番傘をいうのか？」

身を乗り出した浅右衛門に番頭は頷いた。

「さようで。お詳しいどすな、お侍様。大黒屋は大坂にあった傘屋の草分けやそうで——残念ながら現在はのうなって、番傘の別名として名だけが残ったゆうことです」

大番頭は番傘が並ぶ一角から移動する。

「番傘もよろしおすが——やはり私はこちら、蛇の目をお勧めします。番傘よりも繊細で粋でっしゃろ？　お似合いどすえ！」

蛇の目は細身で男女を問わず洒落者が好むと大番頭は言う。その分、値段も高いというわけだ。大番頭は小僧に運ばせた中から一本抜き取った。

「蛇の目はその名の通り、傘の中央部と端に青い土佐紙を張り、その中間に白い紙を用いて、開くと蛇《へび》の目みたいに見えるさかい、この名がついたそうどす。現在《いま》は和紙の張り方は色々で上方とお江戸の好みの違いもありますなぁ」

大番頭はちょっと声を低めて、

「どうもお江戸のお人は単色を好まれるようで」

久馬は目を瞠《みは》った。

「へー、そうなのか？　傘一つとっても江戸と上方で好みが別れるとは面白いものだな！」

「フフ……同心様ほどの御方が御心を寄せる佳人なら、こんなお色はどうでっしゃろ？」

大番頭が選んで差し出した傘は翡翠色《ひすいいろ》。柄の部分はしっとりとした黒塗りだ。

「どうどす？　ここに女子《おなご》はんの白い手が添えられて、『主様、雨が……』なんて差しかけられたら……」

「むむ、文字梅が……白い手で？　そりゃやたまらない」

久馬は叫んだ。

「か、買おうじゃねぇか！」

「毎度おおきに！」

まんまと術中にはまり――否、江戸っ子らしく気風《きっぷ》よく即決する久馬だった。

贈答品ということで、これまた上方風に藤色の薄紙で美しく包んでもらっている傍らで浅右衛門が尋ねる。

「それはそうと、大番頭さん、このお店《たな》は新しいな？　日喜屋という屋号は初めて聞く気がする。尤《もっと》も最近この辺りに来なかったせいかもしれないが」

お茶を差し出しながら、にこやかに大番頭が答えた。

「三年前、開店したばかりでございます。どうぞ、これを機に御贔屓《ごひいき》に願います」

この日喜屋は京都烏丸《からすま》に本店があり、ここは江戸での最初の出店だと大番頭は誇らしげに法被《はっぴ》の袖を揺らす。

「三年前、私が店を任されて江戸へ来ましたのや。おかげさまでようさん儲けさせてもろうて、このまま暖簾《のれん》分けしてもらえそうどす」

浅右衛門は興味深そうに店内を見回した。

「それにしても、こんないい立地がよく手に入ったな！」

「へえ。運が良かったんどす。ちょうど廃業して売りに出されたばかりのお店《たな》があり、渡りに船とばかり喜んで買い取らせていただきましてん。ご覧の通り立派な造作で、居抜きで買うてほとんど手も加えず、すぐに店開きできました」

「チェ、乗せられたかな？　傘一本で五百文だぜ。予定外の出費だ」

上方の美しい傘を肩に担いだ黒沼久馬、店を出るなりプックリ頬を膨らます。

「だが、まぁ、そんな傘をもらったら文字梅師匠、泣いて喜ぶぞ。久さんの株も一段と上がろうというものさ」

「やっぱり？　浅さんもそう思うか？　へへへ、照れるぜ。フラれ侍ならず、俺はモテモテの天晴《あっぱ》れ侍だな！」

これには浅右衛門、口の中で呟いた。

「やれやれ、それを言うなら照照侍《デレデレ》だろうが」

「なんか言ったか、浅さん？」

「いや、何も」

その後、数件の傘屋を巡り、古傘屋も覗いたが、そう上手い具合に〝血染めの傘〟は見つからない。

「同心様、血に汚れた怪しい傘なんぞ拾ったとしても、汚れた和紙は剥がして古傘屋に売るんじゃないでしょうかね？　私どもは骨だけでも買い取りますからね」

などと呆れられる始末。

通りへ戻ると、道の角に白玉屋が屋台を出していた。

「ちょうど小腹がすいたな。久さんは傘を買って散財したようだから、俺が奢《おご》るよ」

「お、いいねぇ！」

屋台の親父はニコニコして二人を迎えた。

「こりゃあ助六《すけろく》か、はたまた斧貞九郎《おのさだくろう》かと見紛いましたぜ、八丁堀の旦那。傘がよくお似合いで。日喜屋さんでお買いになった？　さすが下り物だけあってあそこの傘は人気ですねぇ！　しかし、以前の紅葉屋《もみじや》さんもいい傘を揃えていたし、あんなに繁盛していたのにねぇ」

歌舞伎役者のようだと煽てられた久馬、大切そうに傘を小脇に抱える。

「紅葉屋たぁ可愛らしい屋号だな！」

隣の浅右衛門がすかさず教えた。

「いや、久さん、昔は傘を紅葉傘と総称したから、そこから採った名だろうよ。古今集の歌からきているらしい。『雨降れば　笠取山の　もみじ葉は　行きかう人の　袖さえぞ照る』……」

「浅さん、昨日は傘について無知だと嘆いていたのによ、今日はここ、照降町で傘屋がやれそうな勢いだぜ」

久馬の言葉に浅右衛門は頬を染めて目を伏せる。この男でも照れるのだ。慌てて話題を変える。

「紅葉屋さんというのかえ、日喜屋が居抜きで買い取ったという以前の傘屋は？」

屋台の親父は一瞬、ハッとした顔になり、改めて浅右衛門と久馬を交互に見た。

「旦那様方、まさか、御用のスジで来られたんですか？」

「違う違う！　俺はコレにせがまれてさ。モテる男は辛いぜ」

小指を立て、次に傘を持ち上げて陽気に答える同心に、屋台の主《あるじ》も安心したようだ。

「でしょうね！　それに紅葉屋が店を畳んだのは誰のせいでもない、自業自得なんだから、事件になんてなりようがない――」

　冷水にさらされた白玉は見るからに涼しげで美味しそうだ。店主はすばやく椀に移すと、

「とはいえ、同情はしますがね。へい、お待ちどうさま！」

　椀を受け取りながら浅右衛門が訊いた。

「ほう？　店主が病《やまい》でも患ったのが？」

「病になったのは女将さんの方。ポックリ逝っちまって紅葉屋の主《あるじ》はソリャア気抜けになった。オシドリ夫婦だったからねぇ。だが、いけねぇのはここからです。女房を失った寂しさを別のもので紛らわせようとした。コレですよ」

　白玉屋は椀を持って壺を振る真似をした。久馬が顔を顰《しか》める。

「博打《ばくち》か」

「若《わけ》ぇ時まじめだった奴が、年取ってから覚えた遊びは危険とよく言いますが、まさにそれ。あれよあれよという間に身上を潰した。なんでもね、最初の内は同じ照降町の日向屋《ひなたや》――これは下駄屋ですがね、そこの若旦那がこっそり金を貸してたそうで。それがとんでもない額になったらしい。大旦那に見つかって大騒動でしたよ」

首に巻いた手拭いで顔を拭うと、白玉屋の親父はしんみりした口調で言った。

「結局、借金のカタに店は押さえられ、一人娘は苦界に入った。紅葉屋当人は娘が吉原に売り渡された夜に身を投げて、翌日、両国の百本杭に引っかかってるのがめっかった」

「そりゃ憐れな話だなぁ」

白玉の甘さを噛みしめながら久馬がつくづくと息を吐く。

「人生てのは降る日もありりゃ晴れる日もあるとは聞くがよ」

「こりゃいけねぇ。せっかく綺麗な傘をお買いになったのに湿っぽい話をしてしまいました。申し訳ねぇ」

「いいってことよ。気にするな」

ここで二人は背後に聞き覚えのある声を聞いた。

「黒沼の旦那！　大変《てぇへん》だ！」

息急《せ》き切って駆け寄った曲木の松親分、一気にまくし立てた。

「またずぶ濡れの斬死体が見つかった！　殺《や》られたのは昨晩らしいや！」

〈四〉


驚く久馬と浅右衛門を前に、曲木の松は告げた。

「ほら、昨夜も雨が降ったでござんしょう?」

「なんだと?　クソッ、場所は何処《どこ》だ?」

白玉を呑み下して久馬が前のめりになる。

「京橋川と三十間堀の――三ツ橋界隈です。ふざけやがって八丁堀の御組屋敷に近い辺りですよ。亡骸《なきがら》の方は最初に駆けつけておいでの鳥住《とりずみ》の旦那が検視を終えた後、番屋へ回す前に引き取られていきました」

「え?　ということは?」

「へい。今回は早い段階で身元が割れたんでさ。というのも、殺されたのはお武家様なんです。それも」

松兵衛はここでゴクリと唾を呑んでから、

「六百石の御旗本。向柳原《むこうやなぎばら》の宇貝《うかい》様の御三男で平三郎《へいざぶろう》様という名だそうです」

とりあえず久馬は浅右衛門と三ツ橋の番屋へ向かった。検視をした同僚の同心がまだそこにいると聞いて、詳しい話を聞こうと思ったのだ。松兵衛の方は先の斬死体の二人の身元を何としても割り出すと息まいて、砂埃とともに走り去った。

「そうさ、向柳原に屋敷を構えた宇貝外記《げき》様の御三男、平三郎殿。年齢は二十一。検視をしてる最中に屋敷の者が引き取りに駆けつけて来た」

番屋で渋茶を啜っていた定廻り同心、鳥住大吾《だいご》はそう言って笑った。

「まぁ、あのくらいのお歴々になると体面ってものがある。家人の話によると平三郎殿は桃井《もものい》の道場に通っていたそうで、どうもその帰りに襲われたらしい」

「桃井？　ってことは〈士学館〉か？　あさり河岸にある？」

「そう。屍骸《しがい》が見つかった場所が三ツ橋の白魚橋――」

〈士学館〉は安永二年（一七七三）、桃井春蔵《しゅんぞう》が創建した鏡新明智流《きょうしんめいちりゅう》の道場で、斎藤《さいとう》弥九郎《やくろう》の神道無念流《しんとうむねんりゅう》の〈練兵館〉、千葉周作《ちばしゅうさく》の北辰一刀流《ほくしんいっとう》〈玄武館〉とともに江戸三大道場に数えられる。幕末〈人斬り以蔵〉と恐れられた岡田以蔵《おかだいぞう》も〈士学館〉の出だ。

最初、道場は日本橋南茅場町《みなみかやば》にあったが二代目桃井直一《なおかず》が南八丁堀大富町に移した。そこがあさり河岸と呼ばれる一帯で、三つの橋がかかっていた。禅正橋、白魚橋、真福寺橋だ。

「傷はどんなでした？」

「これは山田殿……！」

幕府公認御様御用人《おためしごようにん》、山田浅右衛門に声をかけられて鳥住は姿勢を正した。侍は皆、山田浅右衛門を前にするとこのような態度となる。ただ一人の例外が久馬なのだ。

「鮮やかなものでした。こう、正面からの袈裟懸《けさが》け。抜く間も与えなかったらしい」

この定廻《じょうまわ》りは中々の遣い手で太刀筋を再現して見せてくれた。

「〈士学館〉の門弟ならば襲われた宇貝平三郎もそれなりに腕に覚えはあったはず。それをあそこまで見事に斬り殺しているんだから、内心、唸りましたよ」

久馬も唸った。

「どうもわからねぇ。裕福な町人、やくざ者、そしてお歴々の若様ときた。この三死体、無関係のようでいて共通するところもある。斬り口から見た〝鮮やかな剣の腕〟……」

浅右衛門が言い添える。

「そしてもう一つ。襲われたのが〝雨の夜〟……」

浅右衛門は久馬を隅に引っ張ってから言った。

「久さん、俺はどうしても気にかかることがある。それを確認するためにその宇貝という旗本の屋敷へ行ってみたいのだが」

斬られた若侍、平三郎が住んでいた屋敷、六百石の宇貝家がある向柳原は、神田川を挟んで南側にある柳原に対してその向かいだからと付いた名だ。大名、旗本、御家人の武家屋敷が並んでいる地域である。町家の通りにある番屋の代わりに辻番所が設けられ、警備の下士が立っているのも物々しい。だが、一番の違いは行商人がやってこないこと。だからどの道筋も森閑《しんかん》としている。

一緒にやって来た浅右衛門は宇貝家の長屋門の前で足を止めた。

「俺はここに残るから、後は久さん、頼んだぞ」

「おう、任せとけ！　例の件を訊けばいいんだな？」

三男とはいえ、子息である。邸内は葬儀の準備などで騒然としていた。

「このたび平三郎様にあらせられましては、誠にご愁傷様でした——」

式台の前で仰々しく頭を下げる南町奉行配下の定廻《じょうまわ》り同心、黒沼久馬。応対に出てきた初老の用人に「何用か？」と問われると、一気に告げた。

「平三郎殿のご遺品のことで私どもに不備があり、急ぎやって来た次第です。ご遺品をお渡しそびれたかもしれません。平三郎殿は当夜、傘をご使用でしたでしょうか？」

「さあ、私はそこまでは……」

宇貝家の用人は後方に控えていたもう少し若い家士の方へ首を向ける。

「某《それがし》も存じません」

「平三郎殿は、帰りは差していましたよ」

ずっと後ろから進み出た一人が声を上げた。

「道場へ来た時のことは知りませんが、帰りは確かに傘を差していました」

道場仲間だという若侍はきっぱりと言い切る。

「道場の玄関を出る際、傘を差していく平三郎殿の後ろ姿を見ました。急に雨脚が酷くなった時で、その雨音に吃驚《びっくり》して玄関を振り返ったので覚えているんです」

「そうですか。現在、傘は見つかっていないのですが、周辺をもう一度探して、見つけ次第お届けします」

そう言った久馬に用人は首を振った。

「傘は結構です。そちらで処分なさってください」


「差していたとよ！」

門前で待っていた友に駆け寄り、報告する久馬だった。

「そうか、どんな傘だと言っていた？」

「いや、そこまではわからないそうだ。ただ急に雨脚が強くなった時、傘を差して帰るのを道場仲間が見たと証言している。そういえば文字梅も昨夜、そんなことを言ってたな。酷く降ってきたとかなんとか。だから襲われたのは俺たちが飲んでいたあの時間だろう——ん？」

「む？」

ここで背後に忍び寄る影——

久馬は十手《じって》に、浅右衛門は刀の鍔《つば》に手を置いた。

「失礼、旦那様方——ご報告です。今夜はありません。当御屋敷にてご不幸があったため取りやめですので、ご承知願います。では」

それだけ告げると、人影は駆け去っていく。

「なんだぁ、ありゃあ？　驚かせやがって」

「人違いされたのだろう。俺がこんな格好で門前をうろついていたから、胡乱《うろん》な浪人と思われたかな。まぁ、浪人というのは間違っちゃあいないが——」

ここまで言って浅右衛門は自分の着流しの黒羽二重を繁々と見つめた。やがて唐突に顔を上げる。

「試したいことがある。久さんは、ちょっと何処《どこ》かへ隠れていてくれ。巻羽織《まきばおり》の旦那がいるより俺一人の方がいい」

「へ？　そりゃ、構わないが」

訝《いぶか》しがりながらも久馬は言われた通り浅右衛門から離れてやや遠い、道向こうの屋敷の生垣の陰に身を寄せる。すると、浅右衛門は宇貝家の前を行ったり来たりし始めた。ほどなく、正門横の耳門《くぐり》が開いて、一人の中間《ちゅうげん》が浅右衛門に近づくと低い声で囁く。

「お知らせします。本日は中止です。宇貝家にご不幸があって――」

「そいつは残念だ。せっかくやって来たのに。次に楽しませてもらえるのはいつだえ？」

「それはまだちょっと……今ははっきりとは申し上げられません。相すみませんが今日のところはお引き取り願います」

男が屋敷の中へ消えるのを待って、浅右衛門は久馬の傍へ戻ってきた。

「これでわかった。ここ宇貝の屋敷では中間部屋で賭場を開いているようだ」

久馬は舌打ちしただけで別段驚きはしない。大名や旗本が博打《ばくち》の場所を提供しているのは珍しいことではなかったからだ。賭博は幕府ご禁制だったが町方の奉行所には旗本を取り締まる権限はない。大名、旗本の捜査権を有するのは大目付である。それを利用して胴元たちは大名の下屋敷や旗本の中間部屋で賭場を開くのだ。寺銭《てらせん》の一部を場所代として上納されるので大名や旗本は潤う。

その種の話を嫌う清廉な同心、黒沼久馬は吐き捨てる。

「ふん、宇貝の屋敷が賭場になっている？　クソ面白くねぇがありそうなことだ。だが、それが今回の三男が斬られたこととどう繋がるってんだ？」

「確かにな」

浅右衛門は腕を組んでじっと考え込んだ。

「ここまでの経緯で唯一はっきりしたのは——傘についてだな」

練塀の向こう、高く伸びた椎《しい》の木を揺らしてモズがピィッと鳴いて飛び立った。浅右衛門が顔を上げる。

「宇貝平三郎は傘を差していた。どうも俺は思うんだが、雨の夜に斬られた他の二人もやはり傘を差していたんじゃないだろうか？」

また久馬が渋い顔をした。

「だがよ、浅さん、博打《ばくち》同様、傘から殺《や》られた者の身元や、はたまた下手人までを辿るのは無理というものだぜ。今日、照降町へ行ってわかったじゃないか。たとえ傘に何らかの手証があったとしても、傘ってやつは拾われたり売り払われたりして……あーーーーっ！」

突然、久馬が叫んだ。

「ど、どうした久さん、驚かすなよ」

「傘といえば、なんてこった！　あの傘！　俺が照降町で買った大切な日喜屋の下り傘、あれをさっきの番屋に置いたままだ、どうしよう！」

　首打ち人は微苦笑した。

「落ち着けよ、久さん、心配することはねぇやな。流石に番屋に置いてある傘を盗《と》る奴はいないだろう。しかも、新品で包んであるんだ」

「てやんでぃ！　番屋だって安心できるものか。置き傘だと思って誰かがひょいと差して帰るかもしれねぇ。松兵衛親分だって言っていたぞ。江戸っ子は落ちてる傘を悪気なく拾って帰る、と。置いてある傘だっておんなじだろうよ」

「置き傘だと思って……誰かがひょいと？」

　浅右衛門の顔が変わった。もう一度口の中で繰り返す。

「置き傘だと思って……誰かがひょいと……」

　暫《しばら》く黙って考え込んでいた浅右衛門が久馬に向き直った。

「久さん、急いで竹さんのところへ行こう。今一度じっくりと訊きたいことがある」

「えー、どっちかってぇと俺はキノコより姉のところへ行きてぇや。さっきの番屋に寄って、あの五百文はたいた綺麗な傘を持ってさ」

〈五〉

両国橋の際《きわ》に位置する米沢町《よねざわちょう》は両国広小路に隣接し、南は薬研掘に面している。現中央区東日本橋二丁目の辺りだ。ある時期の江戸古地図で見ると薬研堀の端に小さく柳橋の名が記されている。神田川に柳橋が架けられると、薬研堀のこの橋は元柳橋と呼ばれるようになったため米沢町の隅田川に沿った通りを元柳橋河岸という。この界隈は薬種問屋が多いことでも知られている。

そんな薬種屋の一軒、二階の窓から怪しい呻き声が漏れ聞こえてきた。

「う～ん……う～～～ん……」

ここが戯作者《げさくしゃ》見習い朽木思惟竹こと竹太郎の棲家である。一応実家からは独立しての一人住まい。とはいえ、未だ戯作では稼げないので、口では厳しく言うものの松兵衛が滞《とどこお》りがちな部屋賃を払ってやっているのを周りの者は皆知っている。その代わりに手数の要る時は目明《めあか》しである父の捕り物の助っ人をしているというわけだ。

「入るぜ、キノコ……げ？」

その勝手知ったる竹太郎の住まい。久馬は薬種屋の独特の匂いが籠った店舗を突っ切って、階段を上がり、カラリと襖《ふすま》を開ける。

狭い四畳半は一面、散らばった半紙で埋まっていた。

キノコの姿は何処《いずこ》？　目を凝らすとその半紙の山の下から小粋な本多髷《ほんだまげ》が見える。

「お、そこか、キノコ！」

引き起こしながら、久馬は真顔で訊いた。

「おめぇ、まさか書き損じの半紙で窒息しかけてたんじゃないだろうな？」

「うーん、うーん……俺はもうダメだぁ……やっぱり、ダメだあああ！　書けねぇ……どうしても書けねぇ……」

「ははぁ、例のフラれ侍の戯作《はなし》か？」

遠慮なく久馬は呵々《かか》と笑う。

「案の定、書きあぐねて行き詰まってやがるな！」

ここで漸《ようや》く我に返ったようで竹太郎は目を瞬《またた》いた。

「これはこれは——黒沼の旦那と山田様？　またまたお二人揃って、今日はわっちの塒《ねぐら》まで押しかけて一体何の騒ぎです？」

浅右衛門が丁寧に申し出る。

「竹さん、ここはあんたに訊くのが一番だと思ってね。前に言っていたフラれ侍について、今一度詳しく教えてくれないか？　どうも、気にかかることがあって……」

竹太郎の顔がパッと輝いた。

「天下の首打ち人、山田浅右衛門様に頭を下げられるたぁ、この朽木思惟竹一生の名誉。ようがす、お話しいたしましょう！」

大きく頷いた後で、言葉を続ける。

「それにしても、山田様、すこぶる運がよろしいようで。というのも――」

竹太郎が言うには、昨日、大門前の五十間通りの茶屋から飛び出した後、竹太郎はやり方を変えたのだとか。

「遊女じゃあるまいしフラれ侍をただ〝待つ〟だけでは埒《らち》が明かねぇと気づきましたんでさ。それでわっちは足を使って調べまくったね」

「吉原の中をかい？　そりゃ大変だったろう、竹さん？」

浅右衛門が吃驚《びっくり》して訊く。吉原の管轄は町奉行でも寺社奉行でもない。幕府は、代々その名を継ぐ長吏頭《ちょうりがしら》・浅草弾佐衛門《だんざえもん》なる人物に遊郭内の支配を委《ゆだ》ねていた。その上、商売上、どの見世も顧客について口が堅い。

「何ね、そこはそれ、大した難儀はありませんでした」

尻端折《しりはしょ》りして、若い衆のふりをしてチョロチョロ駆け巡ったと竹太郎は軽く流す。

「その結果、フラれ侍が通っている見世が揚屋町の某廓だと、そこまでは探し出したんでさ。さあ、ここからが勝負さね、それでわっちはなけなしの金を……」

「おい！　廓に上がったのか？　まともな働きもない半人前の分際でふてぇ野郎だ！　俺だって花魁《おいらん》なんぞ手を握ったことすらねぇってのに」

浅右衛門が遮る。

「落ち着け、久さん。そこは大事な部分じゃない」

「山田様の言う通りだ。最後まで聞いてくだせぇ、黒沼の旦那。わっちが金を渡したのは遊女は遊女でも元遊女。遣《や》り手でさぁ」

「あ、遣り手か」

散らばった半紙の上に四角く座り直す久馬だった。

〈遣り手〉とは年季が明けた後も遊郭に残り働いている女たちのことである。大多数の遊女たちは（無事生き延びていたなら）遣り手になる。遣り手の仕事は遊女の警固や見張りだ。狼藉《ろうぜき》を働く悪い客から遊女の身を守るのと同時に、遊女自身が逃亡やズル休みといった悪さをしないか常に目を光らせていた。当然、懲罰も担当した。その他に、客からの口利きや仲介なども請け負ったのである。

卍

「なんだい、これっぽっちの御銭《オアシ》で――」

さて、その遣《や》り手。渡された金から目を上げると竹太郎をじっと見つめて言った。

「と、冷たくあしらいたいところだが、イイ男だねぇ、あんた。アタシの死んだ情夫《イロ》に似てる。ちょっと笑って見せておくれでないか？　そうそう、そっくりだよ！」

ほつれ毛を直しながら、遣り手がホウッとため息をつく。

「ったく、惣吉《そうきち》の野郎、金遣いの荒い、浮気性のつれない男だったのにさ、ニコッと笑う笑顔良しときたもんだ。あたしゃ何度、喜んで騙されてやったことか」

噛んだ唇に昔の面影が色濃く匂った。

「悔しいねぇ。あんなに尽くしてやったのにあっさり死んじまってサ。今頃は地獄の釜の前で鬼どもにニッコリ笑ってみせてるんじゃないかねぇ。鬼どももアタシみたいに絆《ほだ》されてくれりゃいいけど……」

小さく首を振ると、遣り手は竹太郎の金を襟元に押し込んだ。

「もう一回、笑ってみせておくれよ。それに免じて、いいよ、請け負ってやるさ。どのコに口利きしてもらいたいんだえ？」

今一度竹太郎は笑ってみせた。今度は本気《まじ》の笑顔だ。

「いや、おいらが持ってるのはそれポッキリ。流石に遊女を買う金は持ってねぇや。これはあんたへの駄賃だよ。教えてくれ、姐さん、フラれ侍が通ってるのはこの見世だってな？　で、贔屓《ひいき》にしているのはなんていう子だい？　そして、いつ頃、何回くらい来た？　理由《わけ》あって俺はどうしてもフラれ侍に会いたいんだ」

「……モミジさ」

卍

「遊女の名はモミジ。部屋持ちの遊女さね」

定廻《じょうまわ》り同心と首打ち人の顔を交互に見ながら、竹太郎は告げた。

「モミジはその名の通り儚《はかな》げで、今にも枝を離れてハラハラと散りそうな風情《ふぜい》がたまらないと中々の人気だそうだ。そして肝心要《かなめ》のフラれ侍だが、顔を見せたのは今までで二回、どちらも昼見世とのこと」

吉原は昼見世が昼九つ（正午）から昼八つ（十四時）までで、夜見世が暮六つ

（十八時）から夜四つ（二十二時）までとなっていた。大門は夜四つで閉まる。そして暁ハツ（二時）、〈大引け〉となり拍子木が打ち鳴らされて吉原は眠りにつく……

「昼見世の二回？」

「そりゃ、おまえさんが中々捕まえられないはずだな」

「そうでしょう？『フラれていくさ』という粋な台詞のせいで吉原内に噂が広まったが、実際はフラれ侍は二回やって来ただけなんでぃ。ところが、遣《や》り手と話していた矢先――」

卍

遣り手が竹太郎の袖を引いた。

「来たよ、あれだよ、あれがあんたが会いたがってたフラれ侍さ」

「えっ！」

卍

「――てことは、会ったのかい、竹さん？」

「会いましたとも！　わっちの熱意が天に届いたか、この日は夜見世が始まったばかりの時刻だというのにフラれ侍がやって来た！　これが噂通りだったねぇ！　爽やかなイイ男さね。上背があって、切れ長の涼しい目。麻ちぢみの着流しに三本独鈷《どっこ》の角帯をキリリと締めて……そうそう、やっぱり小脇に傘を挟んでた！」

竹太郎はピシャリと額《ひたい》を叩いて続ける。

「俺は江戸っ子、野暮じゃねぇ。フラれ侍が中に入ってから、見世の前でじっくり待ったね。小半刻《こはんとき》経ったろうか？　夏の夜が暮れかけた頃、出て来たところで声をかけた」

ここで、竹太郎はガクリと首を折った。

「でも、ダメだった――」

卍

「お待ちくだせい、お侍様。あなたが最近吉原《ナカ》で噂のフラれ侍さんですか？　私はしがない戯作者《げさくしゃ》でして、あなたについて書きたいんです。絶対傑作にする自信がある。

それで――少しでもいい、お話を聞かせてもらえませんか？」

決死の覚悟で声をかけた竹太郎。だが侍は振り向きもしなかった。

「私は話すことなど何もない。失礼」

「あ、待っておくんなせぇ！　その傘……聞きましたよ。自分の思いを遂げるまで――惚れた女の心を勝ち取るまで決して傘は差さない。フラれていく。そうでしょう？」

竹太郎は追いすがる。ここで逃してなるものか！

「今日も差してねぇところを見ると……」

ちょうど雨が落ちてきたところだった。細い、囁くように優しい雨だ。

「まだ、ダメなんですか？　思いは届かない？　だとしたら、その女、この雨粒よりも冷てぇ女だな！　何度、あなたを濡れて帰せば気がすむんです？」

「構わないさ」

侍は足を止めた。傘を抱え直して袖に包み、目を細めて雲に塞がれた暗い空を見上げる。

「雨は……あの人の涙だ。私は喜んで濡れていくさ」

卍

「いただきました！　またしてもこの名台詞！　なのに――」

頭を抱える竹太郎。そのままドウと倒れて身もだえする。半紙がカサコソ笑っているかのような音を立てた。

「くー、書けねぇ！　こんなにいい材料が手に入って、役者が揃って、この名文句！　そ、それなのにいざ書こうとするとなんも書けねぇーーー」

同心と首打ち人も大いに落胆する。

「そうか、竹さんは昨日、会ったのか……」

「残念だな。せめてその侍の居場所でも聞いていたら良かったのによ」

「山ノ宿の長屋。木戸から入って三軒め」

「え？」

「だから、そのお侍の居場所ですよ。山ノ宿の長屋。今戸へ向かう道の浅草寺側」

定廻《じょうまわ》り同心は口をあんぐり開けた。

「だって、おまえ、けんもほろろで話もできなかったんじゃねぇのか？」

首打ち人も目を瞠《みは》って尋ねる。

「どうやって居場所を訊き出したんだい、竹さん？」

「いや、だからぁ、昨日は冷たくあしらわれたが、いつかその気になって胸襟《きょうきん》を開いてくれないとも限らねぇ。何度か訪ねて行って直談判しようと、要するに……つまるところ……こっそり後を付けたんでさぁ」

「でかした、キノコ！」

竹太郎に駆け寄って肩と言わず背中と言わずボカスカ叩きまくる久馬。浅右衛門も心から褒め称えた。

「竹さん！　やはり、あんたは目明《めあか》しが合っている！　その才があるよ！」

次の瞬間、二階の四畳間から本宅の薬種屋を突き抜けて、元柳橋一帯を揺るがす絶叫が響き渡った。

「いやだあああああ！　わっちは、わっちは絶対、お江戸一の戯作者《げさくしゃ》になるんだあああああ！」

〈六〉

竹太郎に教えられて久馬と浅右衛門が急ぎやって来た山ノ宿。

千住《せんじゅ》へ至る大通りは牛馬に引かれた荷車がひっきりなしに行き交っている。隅田川沿いの河岸には渡し場があり、ここから対岸の向島へ渡る人や、浅草寺詣での人々を乗せて舟はいつも大賑わいだ。ちなみに今でも〈山の宿の渡し跡〉として隅田公園内、東武鉄道線路近くに苔むした大きな石の碑が残っている。


長屋はすぐわかった。遠く五重の塔が見える浅草寺側、木戸から入って三軒目。

「もうし――いけねぇ、俺たち名前を知らないいんだった。フラれ侍殿とも言えねぇし……」

長屋の戸口に立って苦笑する久馬だった。浅右衛門は中の気配を窺って口を開く。

「留守のようだな。どうする、久さん？」

「この際だ、入るか」

久馬は桟に手をかけてサッと開ける――

「これは……」

フラれ侍の部屋はきちんと片付けられていた。唯一目を引いたのは……

「なんでぇ、これは？」

「久さん、これは傘を作る道具、轆轤《ろくろ》だよ」

「奴ぁ、傘を自分で作っていたのか……」

ここで背後に人の気配を感じて、二人はそちらを振り返る。

「誰だ？」

「コリャ失礼しました。声がしたので、てっきり篠田《しのだ》様がお帰りになったかと……」

職人風の男が大根と小芋の煮っ転がしの入った丼を差し出しながら言う。

「篠田様がお帰りならウチの嬶《かかぁ》がこれを持って行けと言うんでね。晩飯の足しにでもと。お邪魔をして申し訳ねぇ。あっしは隣に住んでいる指物師《さしものし》で鉄《てつ》と申しやす。旦那様方は篠田様の御友人で？」

「うむ、そう！　俺たちは、し、し、篠田の御友人だっ」

慌てて久馬が応じた。

「いやぁ、今日、日本橋の袂《たもと》で久方ぶりにバッタリ会ってな。で、懐かしいので訪ねて来たわけだ。アハハハハ」

「それは良かった。篠田様もお喜びでしょう！」

「時に、篠田殿はいつからここに？」

こう訊いたのは浅右衛門だ。

「そう、越していらっしゃって——一月《ひとつき》になりますか」

「一月？　それにしちゃあ隣近所とすっかり打ち解けてるみたいだな！」

「そりゃあ、篠田様はこの長屋の神様みてぇなもんですやから！　ずっといてもらいてぇと長屋の住人は皆思っていやす」

　男は顔を綻ばせた。

「最初は、あの通り無口な御方だし、お武家様だし、取り付く島もないと私どもは少々おっかながっていたんですが……」

　あんなお優しい人はいない、と男は言い切る。

「いえね、篠田様が引っ越してきて早々、ウチの腕白坊主が木から落ちて足の骨を折ったんですがね、その時、即座にお医者を呼んで支払いまでしてくれた。私どもがそのお金をいつ返せるかわからないと言っても、自分はもう金など必要ない身だ、だから気にするなと笑うばかり。ごらんの通りご自分は傘の内職などなさりながら倹《つま》しくお暮らしなのに」

　頬を火照らせて指物師は続ける。

「ウチだけじゃないんで。大工の熊《くま》のとこは十五になる娘が胸を病んでの長患いだ。それを知った篠田様は唐渡りの何とかって、そりゃあ高価な薬を買ってきて手渡したんでさぁ。俺はあの熊が大泣きするのを初めて見やした」

その時のことを思い出したらしく、自分も洟《はな》を啜り上げると、

「おっと、いけねぇ、長居をしちまいました。じゃ、あっしはこれで」

丼を置いて帰ろうとした指物師《さしものし》を、浅右衛門が呼び止めた。

「時に、篠田殿は今、浪人なのだろうか？」

「詳しいことは知りませんが、そのようなことをおっしゃっていました。美濃《みの》の方の藩にお勤めだったのを理由《わけ》あって御辞めになったとか……」

指物師が去った後、暫《しばら》く二人は無言だった。上がり框《かまち》に腰を下ろしたままどのくらい経ったことだろう。久馬が口を開く。

「フラれ侍の名は篠田というのか。どうする、浅さん、篠田が帰るのを待つかえ？」

「そうだな……」

ポツ、ポツ、ポツ、ポツ……

長屋の屋根を打つこの音は――

「おや？　また雨かよ。降り出したようだな」

天井を見上げた久馬にボソリと浅右衛門が呟いた。

「『闇の夜は　吉原ばかり　月夜かな』」

「な、なんでぃ、いきなり？」

「いやな、昼に照降町へ行く道々、俺が傘職人の句を並べると、久さん、言っただろう？　自分は吉原に纏《まつ》わる句が好みだと。それで思い出した。今の吉原の句を詠んだのは其角《きかく》というのだが、この俳人は照降町に住んでいたそうだ。師である芭蕉《ばしょう》も一時、居候してたらしいとさ」

腕を組み直して浅右衛門は微苦笑する。

「気づいたのだが、久さん、この句は面白い句だな。〝闇の夜は〟で切ると〝吉原だけはいつも明るい月夜だ〟という意味になるが、〝闇の夜は吉原ばかり〟とも読める。江戸中、月が煌々と照り輝いているのに、吉原ばっかり闇夜だと」

竹太郎と元遊女《やりて》の話を聞いたせいだろう、浅右衛門は思った。吉原は光と闇が背中合わせだ。〈日本から　極楽僅か　五十間〉……ならば、地獄へも僅か五十間ということか。それに――

光の中に影を見る。実は先々代である五代目山田浅右衛門も辞世の句で似たことを詠んでいた。

〈蓮の露　集まれば影　宿るべし〉

仏の花、蓮に煌《きらめ》く露にも影を見る――

罪人とはいえ人の命を断つことを生業《なりわい》としている自分の行く末を、浅右衛門は強く意識した。

(闇の夜は己《おのれ》ばかりさ月夜かな……)

ここで久馬が明るい声を響かせる。

「お、其角か？　その俳人なら知ってるぜ。俺好みの粋な句を詠んでるだろう？

えーと、えーと……〈わが物と　思えば軽《かろ》し　笠の雪〉」

得意そうに鼻を擦って同心は笑う。

「へへっ、この句もよ、照降町の傘屋の前で詠んだのかねぇ」

傘と笠を間違えているのには気づいてないらしい。

「照降町……」

一方、闇を見つめていた首打ち人は現実的な問題へ戻ってきた。

照降町の傘屋……博打《ばくち》に嵌《はま》って潰れた一軒……店主は入水、娘は吉原へ……

今一度、断片を拾い集める。

博打……傘屋の屋号は紅葉屋だった……フラれ侍こと篠田が通っている花魁《おいらん》の名

は……

——モミジさ。

「久さん、どうも俺たちは順番を間違えたかもしれない」

雨音が響く部屋の中、傘作りの轆轤《ろくろ》と整然と並べられた和紙や骨木の箱に視線を走らせ、浅右衛門はやおら立ち上がった。

「久さん、これから照降町へ戻ろう！」

「俺は地獄の底へでもついていくぜ、浅さん。で？　照降町の何処《どこ》へだ？」

「照降町の下駄屋――潰れた傘屋、紅葉屋に金を貸した下駄屋だ。確か、日向屋と言ったはず」

「あ、思い出した！　そういやぁ、白玉屋の親父がそんなこと言っていたな？」

降り出した雨の中へ二人は勢いよく飛び出した。

惜しいかな。かの浮世絵師、歌川広重が〈大橋・安宅《あたけ》の夕立〉と題して隅田川に架かる新大橋を描くのは安政三年（一八五六）。今は天保の世だから二十数年後のことで、チョイ早い。だが、その浮世絵そのままの光景、隙間もないザンザン降りの雨の中を突っ走る定廻《じょうまわ》り同心と首打ち人だった。

傘を持たない二人はあっという間にぐっしょり濡れる。盛大に滴を滴《したた》らせて、久馬は叫ばずにはいられない。

「チキショウメ！　これじゃあ、俺たちこそフラれ侍だぜ！」

〈七〉

「はい？　若旦那様？　佑太郎《ゆうたろう》様ですか？　今しがたお出かけになったところでございます」

飛び入った照降町の角店《かどみせ》。下駄屋日向《ひなた》屋の大番頭は濡れ鼠のような同心と首打ち人を見て、吃驚《びっくり》して目を丸くした。

「これ、小僧さん、こちらの同心様たちに手拭いをお持ちしなさい」

「ありがたい。で、若旦那は何処《どこ》へ行ったんだ？」

飛沫を弾き飛ばしながら問う久馬に、暫《しば》し大番頭は言い淀んだ。

「……踊りのお師匠さんのお宅です。最近お知り合いになって、大層お気に入りのご様子で」

「場所は何処だ？」

「花川戸《はなかわど》です」

雨の夜に訪ねて行くのも風情《ふぜい》があるし、知った道だからと提灯も持たず出ていったとのこと。

「供は連れてったのか？」

お察しくださいとばかりに大番頭は含み笑いを漏らす。

「いえ、お一人です。お泊まりになられることが多いので」

「傘は差していったか？」

この問いには大番頭、即座に答えた。

「もちろんです。お出かけの時、既に雨が降っていましたから」

続けて、手拭いを持って来た小僧が胸を張った。

「傘立てにあった一番新しい傘を私がお渡しいたしました！」

卍

花川戸は美しい名だ。対岸が花の名所の向島で、そこへ至る〝戸口〟だから付いたとも伝わる。その名の通りこの辺りの家々は皆、大川を背にしている。とはいえ、今宵、川面と空は黒く塗り潰されて境目が何処か判然としない。晴れていれば優しく心を擽《くすぐ》る漣《さざなみ》の音も今は聞こえない。日向屋の若旦那の耳に響くのは、降る雨と傘を打つ音だけだった。

ザン、ザンザン……

パラパラパラ……

ザン、ザンザン……

パラパラパラ……

ザン、ザン、ザン……

……ボゾ。

音が変わった。くぐもった音。それだけではない、先刻から酷く傘が重い。妙な気がして佑太郎は顔を上げた。

「ゲ？」

いつの間に？　傘に黒く染みができている。まるで血が飛び散ったようだった。

違う、これは舞い散る楓《かえで》だ。そして浮き上がる、今はなき屋号――

〈紅葉屋〉

「う、嘘だ！　なんだこりゃあ、目の迷いか？」

一旦、目をギュッと閉じ、改めて傘の内を見上げる。だが、目の迷いではなかった。いよいよ楓の形は鮮明になった。

「ひええ！」

思わず傘を放り出す。と、目の前に男が立っていた。

暗闇の中、大地に叩きつけられる雨が白く見えた。ユラリと男の体が揺れる。鈍く光る刃の匂いを佑太郎は確かに嗅いだ――

刹那、雨の音が乱れた。

ザンザン、ズン！

鮮血が迸《ほとばし》り、泥水が跳ね、ぬかるんだ地面に屍が転がった。

その後、再び規則正しい雨の音だけが辺りに響く。

そこに、声。

「遅かった！　間に合わなかったか――」

「おまえが篠田だな！」

喘ぎに近い浅右衛門の呟きに、久馬の怒号が重なる。

「またの名を、フラれ侍――」

フラれ侍は晴れ晴れと笑った。

「間に合いました、私にとっては、ね。これで全部だ。悪党は全て、葬った……！」


〈八〉


篠田は血刀を振って鞘に納めると、浅右衛門と久馬を交互に見て、巻羽織《まきばおり》の方――久馬に差し出す。

「抵抗はしません、同心殿。お縄につきます。私は思いを遂げましたから」

「おまえさんの思いは、モミジ花魁《おいらん》と相思相愛になることじゃなかったのかえ？」

同心にそう言われても篠田は驚かなかった。

「やはり全てお見通しのようですね。何やら陰で張られている気配には気づいていました。戯作者《げさくしゃ》のふりをした鯔背《いなせ》な目明《めあか》しといい……だから、急いだんです。私は邪魔されたくはなかった。どうしてもやり遂げたかった。悪党四人、屠《ほふ》った。もう思い残すことはありません」

雨が激しくなっている。


ザーザーザー……


降り続く雨の中、誰も動こうとしない。改めてフラれ侍が口を開く。

「私は微塵《みじん》も後悔してはいません。私が斬った四人は斬られて当然の悪党だ」

そう遠くない昔、お江戸は照降町に繁盛している傘屋があったとお思いください。

そう前置きして、篠田は話し始めた。

「私の父は浪人でした。長く苦労をかけ続けた妻――私にとって母を早くに亡くし、男手一つで私を育ててくれました。私たち父子の命を繋いだのが内職の傘張りです。幼い私の仕事は父の張った傘を傘屋さんに届けに行くこと。店には一人娘のお嬢さんがいて、名を楓殿《かえで》といわれた。歳は同じくらい。その楓お嬢さんが私には眩しいばかり――さながらお天道様のようでした。いつも笑顔で迎えてくれるんです」

――傘をお届けにまいりました!

――まぁ、ご苦労様!
貴方様《あなた》のお父様は本当に丁寧なお仕事をなさる……!
貴方様もさぞや重かったでしょう? さあ、お茶をどうぞ。
ゆっくりなさってください、ね? 玄乃介様?

「本当に、楓殿の笑顔は私の全てだった……その笑顔に励まされて私は剣術にも学問にも精を出したのだ。私は真剣に思いました。いつか、ひとかどの人物になって楓殿に会いに行きたい。立派な姿を見てもらいたい。その時、楓殿が私に与えてくれたもの……照らしてくれたその温かな光の御礼を伝えられたらと。そして――私はやりましたよ!」

パッと篠田の顔が輝いた。

「参加の機会を得たとある藩の剣術試合で私は見事、勝者となりました。私の剣技をご覧になった藩主様が直々にお声をかけてくださり、褒美として書院番に取り立ててくださったのです。天にも昇る心地でした。勿論、真っ先にそのことを報告しに私は照降町へ走りましたよ。楓殿は一緒に喜んでくれました」


――おめでとうございます。玄乃介様！

　仕官の夢が叶ってさぞやお父様、お母様もお喜びでしょう！


「父は既に他界していました。でも、父と同じくらい私を支えてくれたのは、楓殿、あなたです。あなたの温かな笑顔です……実際はそんなこと口に出して言えませんでしたが。ただもう、仕官が叶ったことを告げるのが精いっぱい。その後はニコニコ笑う楓殿の眩しい笑顔を見つめていました。藩主様に目をかけていただいた私は翌年の参勤交代の際、御供をして美濃へ下りました。そして三年を彼の地で過ごし今年、江戸へ帰って来たのです」

　篠田の口調が変わった。

「だが、挨拶がてら久しぶりに訪れた照降町で私が見聞きしたのは、消え失せた紅葉屋と店主一家の悲報だった！　僅か数年の間に紅葉屋の看板は下ろされて店舗は上方からやって来た別の傘屋になっている。何より、旧主は己《おのれ》を悔いて大川に入水、一人娘は吉原に売られた……そんな馬鹿な！　これは絶対、何かある――私は吉原へ向かいました。その際、急遽作った傘を小脇に抱えて持って行ったのです。これには父の遺品が役に立ちました。父母の苦労を忘れないように、藩に取り立てられて組屋敷に移った際も傘作りの道具を手元に残していたのです」

ここで初めて久馬が声を発した。

「篠田さん、傘を作って吉原へ赴いた……それは何故だい？」

「楓お嬢さんに私だとわかってもらうためでした。目印になればと思ったんです。私のことなど忘れていて当然だ。傘張りの内職者はたくさんいた。たかが傘を届けに来た浪人の子など大店《おおだな》のお嬢さんが覚えているはずもない……」

「だが、お嬢さんは覚えていた？」

「ええ！」

篠田は満面の笑みで頷いた。

「多少照れながらおどけて言った私の挨拶に元紅葉屋の一人娘楓殿、モミジ花魁《おいらん》は即座に答えてくれました。懐かしい笑顔はとめどなく流れる涙に滲んでいましたが」

――傘をお届けにまいりました。

――ありがとうございりんす。……ほんに丁寧な良い仕事をしなんす……

どうぞ、ゆっくりと……していってくんなまし。

ね？　玄乃介様……？

「見世に上がり再会を果たしたその日のうちに、私は照降町の老舗《しにせ》の傘屋・紅葉屋廃業の真相を聞くことができました。表向きはよくある話だ。恋女房に先立たれ落胆した店主が、気休めに手を染めた賭博に嵌《はま》って身上を潰した。しかし、悪意を持った人物四人が加わると全く違う絵柄になる。賭博に誘ったのは喜助《きすけ》という紅葉屋の手代だった男だ。この手代はお嬢さんを口説いてきっぱりと拒絶されて以来、歪んだ情念を燻《くすぶ》らせていた。優しい楓殿は言い寄られたことを親御に明かさなかったのだが、その温情が仇《あだ》になった。私が斬った最初の男です」

早口に篠田は続けた。

「手代は行きつけの賭場の馴染みの壺振りを抱き込んだ。名をマサという。これが悪党の二人目。二番目に私が斬った男ですよ。イカサマで最初は勝たせてその気にさせる。だが勝つのは始めだけ。やがて負けが込み、取り戻そうとのめり込んでいく。店主にお金を貸し続けたのが同じ町内の老舗の下駄屋、日向屋の若旦那、佑太郎――こいつです」

白々と足元の死体を見下ろして篠田は言う。

「実はこの若旦那も賭博仲間でした。おまけに賭場に少なからぬ借金があった。ハナから紅葉屋を潰して売り払い、その資金を強奪する目論見だったのさ」

篠田は暫《しば》らく黙ったまま屍と地面を叩く激しい雨の音を聞いていた。やがて、ゆっくりと視線を上げる。

「これでおわかりでしょう？　こいつら四人は老舗《しにせ》を一軒潰して売り払い、手に入れた金を山分けした。若旦那は自分の借金も帳消しにできた。壺振りと手代は以後、遊び暮らす良い御身分だ。手代なんぞはもう何処《どこ》へも奉公することなく竜泉寺村に家を買って、一人気ままに暮らしていましたよ」

「そうか！　正体を隠して暮らしていたので殺されても誰も名乗りを上げる者がいなかったのか。しかも竜泉寺村だと？　あそこは吉原の真裏じゃねぇか！　松兵衛親分も走り損だな」

合点がいったと大きく頷いてから、改めて久馬が質《ただ》した。

「三番目に斬られた宇貝家の三男坊はどういう関わりだ？　賭場主の息子だったから場所の提供と、イカサマを大目に見過ごす約束でもしたのか？」

「あいつもシンから性根の腐った人間でね」

昨日斬った旗本の息子を思い出してか、篠田は暗く笑う。

「自分の屋敷の中間部屋の賭場にしょっちゅう出入りして遊んでいた。その上で、手代や日向屋の若旦那の悪巧みを知り、自分も噛ませろと飛び入った。三男坊の目的は金よりも……こういえばおわかりでしょう？　連中が山分けにしたのは紅葉屋の売り賃だけじゃない。一人娘を苦界に売った代金と、その前にさんざん――さんざん――」

フラれ侍の声は低くくぐもって雨の音にかき消された。


――連中は面白がっていまだに通って来んす。

「そんな残酷な言葉を聞いて、私は身の内が凍りました。それなのにあの日のままの笑顔で楓殿は言うのです」

――そんなことはもういいでありんす。どうぞ、悲しいお顔をなさりんすな。
あちきは地獄へ行きんす。
こんな罰当たりな仕事をしている、ここにいる遊女《もの》は皆そうでありんすから、
それはもうかまやしんせん。あちきはとっくに覚悟を決めんした。
でも、廓に暮らしても嬉しいことはござんす。
こうして、ぬしの御顔を……
二度と再び見ることは叶わぬと諦めていた、玄乃介様と会うことができんした。
それだけが今生の喜びでありんすぇ。あちきとぬしはこの世以外では……
死んだら二度と会えんせん。
あちきは地獄へ行く身でありんすが、玄乃介様は立派に生きて、
極楽浄土で御父上、御母上と会ってくんなまし……

――いや、会える！　楓殿。私たちは地獄で会おう――

「私が四人を屠《ほふ》ろうと心に誓った瞬間でした。『いや、会える！　楓殿。私たちは地獄で会おう。その時こそ、私と夫婦《めおと》になってください』。最後の部分は口には出さな

かったが……あの場で私は決めたのだ。大切な人を地獄へ落とした連中を斬って、諸共に地獄へ。私はそこであの人を待ちますよ」

ここまで話し終えると、篠田は静かに首を振った。

「尤《もっと》も、私が行った修羅の所業を楓殿は知りません。私が一人で筋書きを練り、実行しました。吉原で楓殿と再会した翌日に私は藩に致仕願いを出しています。そうして長屋を借り、そこで傘作りに専念しました。傘張り浪人を父に持つ私です。傘の作り方は熟知していました。最初の一本は自分だとわかってもらうための目印のつもりだったと、このことは既にお話ししましたが、あの日、吉原で私はその傘に楓殿の手で屋号を入れてもらったのです。その後も、思いを込めた傘を作り上げては、それを持って見世へ行き楓殿に屋号を入れてもらった――この傘を何に使うか、楓殿は知らなかったでしょう」

篠田は遠い目をした。

「ただ、懐かしがって昔を思い出す戯《たわむ》れとして楽しんだのではあるまいか……」

――あれ、また今日も！　傘を持っておいでなんしたか！

綺麗な傘でござりんす、玄乃介様。

さながら紅葉屋の店先に座っているような気になりぃす。

「それで——わざと傘に仕上げを施さなかったんですね？」

地面に落ちている傘を浅右衛門は拾い上げる。

「あなたは仕上げの油を塗らなかった……」

虚空を見つめていた篠田は姿勢を正し、浅右衛門を真正面に見つめると頷いた。

「おっしゃる通りです。私は意図的に最後の工程を省きました」

〈油引き　傘の匂いや　草いきれ〉

《俳諧職人尽》で詠まれているように、雨傘は最後に油を塗る。これをしないと雨水が弾かれずに和紙に沁み込んでしまうのだ。とはいえ、そのことに注意を払う一般人などいないだろう。

　モミジ花魁《おいらん》が懐かしい屋号を記した傘を吉原から持ち帰った篠田は、油引きをせず代わりに上から和紙を重ねて張った。これでもう、一見しただけでは普通の傘と見分けがつかない。出来上がった傘を、篠田は目指す相手が手に取るように仕向けた。傘が何本もある日向屋では小僧に駄賃を与えて、新しい傘だからぜひ持たせて御主人を喜ばせてやってほしいと頼んだ。元手代や壺振りなら住居の前に置くだけで事足りた。宇貝の三男坊は帰る間際に道場の玄関に置いた。標的が傘を手にしたのを確認した後は、ただ後ろについていけばいい。この傘を差して雨中を行くと暫《しばら》くして雨が沁み、下に隠した模様が浮き上がってくるのだ。散り振る楓と屋号……

「気づいた時にはもう遅い」

篠田玄乃介は凶刃を振るうたびに繰り返した言葉を、最後の屍に投げ落とした。

「しっかりと目に焼き付けるがいい。おまえらが散らせた美しい葉だ——」

〈九〉

自分が作った傘は、目的の相手を斬った後、回収して大川に流した。紅葉屋の主《あるじ》の供養に代えて。

こう言って篠田は話を締め括った。

篠田が話し終えた後も三つの影は動かない。

激しかった雨がいつしか小降りになっている。遂に久馬が同心らしい厳めしい声で言った。

「浅さん、その傘は大切な手証だ。悪いが持ってくれるか？　俺は刀を預かるからよ」

それから、篠田を振り返る。

「いつまでもここに突っ立っているわけにはいかねぇ。番屋へ行くぞ。あんたも侍だ。縄は打たねぇ。おとなしく付いて来い、さあ——」

定廻《じょうまわ》り同心を先頭に、首打ち人を殿《しんがり》にして、花川戸から大川沿いを黙々と歩いた。

この道は、まっすぐに行けば待乳山聖天社だが左へ曲がる。ここが馬道。門を潜れば浅草寺の本堂、三社権現と続いている。

晴れた昼間なら馬を引いた馬子や駕籠《かご》かきの居並ぶ広い道筋から、侘しい田んぼの畦道《あぜみち》をひたすら突っ切って、やがて日本堤に至る。ここで一度だけ、篠田が声を発した。

「……どちらの番屋へ行かれるつもりですか？」

「うるせぇ！　何処《どこ》の番屋を目指そうとそれは同心の自由だ。罪人に口出しされる筋合いはねぇ。四の五の言わずにキリキリ歩けぃ！」

日本堤を歩き通して衣紋坂を下る。

この道はいつか来た道。遊郭を守護する玄徳稲荷《よしとく》も見えてきた。見返り柳も見返らずに素通りする。五十間道はくの字に曲がってダラダラ続く。若い男三人の足は速い、遂に大門だ。

実は大門の前、右手に番所があった。吉原に出入りする怪しい人物に目を光らせるための場で、始終同心が立ち寄っている。また大店《おおだな》への押し込みがあった際は、町奉行所はここに総力を結集する。遊郭は大金をせしめた盗賊どもが真っ先にやって来る場所と認識しているからだ。だが、久馬はそこでも足を止めなかった。大門を抜けて目に飛び込んで来たのは、吉原を貫いてまっすぐに伸びる仲之町通り。雨だというのに行き交う人で溢れ、傘の花が開いていた。

最初の左右の区画、江戸町一丁目、二丁目は、間口十三間（約二十四メートル）、奥行二十二間（約四十メートル）の大籬《おおまがき》と称する一流見世が並んでいる。そこをやり過ごして、仲之町通りを更に進む。三番目の角で右に折れた。ここが揚屋町。大籬ほどではないが中々の見世が軒を連ねている。大小にかかわらず遊郭の一階は前面が細格子になっていて、中に居並ぶ花魁《おいらん》を見立《ながめ》てることができた。その何軒目かの格子の前で、突然久馬がよろけて叫んだ。

「くそっ、いけねぇ！　鼻緒が切れちまった！　先刻、照降町の履物屋で買っておくんだった！」

久馬は路地の反対側へ片足を引きずっていくと、天水桶の横にしゃがみ込んだ。

すかさず浅右衛門が篠田の背を押す。

「篠田さん、同心殿の温情を汲んでやってくれ」

細格子を顎で指して目配せする。

「――挨拶をしてくるといい」

ハッと息を呑むと、篠田は深々と頭を下げた。それから一目散に格子へ走る。

見世の最奥、中央近くに座していた花魁《おいらん》がツッと立った。白い素足が緞子《どんす》の打ち掛けの裾を蹴る。キラキラと簪《かんざし》を揺らしてモミジ花魁《おいらん》は格子窓に顔を寄せた。

「あれ？　今日は、傘はなしでありんすか？」

「いや、私に雨は降りません。ずっと……照らされていたんです。だから、傘はいらない……」

後はただ、格子越しに見つめ合う侍と遊女だった。

「おいおい、あの黒羽二重のお侍さんは傘を持っているのに、何故、差さないんだ？ズブ濡れじゃないか！」

道の真ん中に佇《たたず》んでいた浅右衛門にすれ違いざま、三人連れの一人が呟いた。

「フフン、雨なのに傘を差さない色男――今日日、吉原《ナカ》ではあれが流行《はや》ってんだよ」

もう一人が即座に茶化す。

「おまえ、それを知らないとはトウシロだな？」

「なんだと！　自慢じゃないが私は吉原では通《つう》でとおってるんだぞ。おまえこそ、〈吉原細見〉頼りのくせして」

すかさず割って入る幇間《ほうかん》らしき案内役。

「まぁまぁ、大将！　知らなばこの私めが教えてしんぜましょう。つい最近、晴れた日だというのに傘を小脇に挟んでやって来たお武家がいた。そのお武家、吉原中を巡り、とある遊女を見初《みそ》めて一軒の廓に上がった。帰る際、雨が降っていたというのに傘を差さない。来た時同様、小脇に挟んで歩き出した。その姿を不審に思った店の男衆が『若様、何故、傘を差さないのですか？』と問うと、しとどに濡れながらこう言ったそうな。『私は思いを遂げていない。だから、フラれていくさ』……」

「くーっ！　粋だねぇ」

「決めた！　私も、もう傘は差さない！」

「私もだ！」

浅右衛門はさざめく人波から離れて軒下の同心の隣にやって来た。そして傘を手に提げたまま、囁く。

「あーあ、久さん、照降町の白玉屋にはやたら褒められていたが、やっぱり、あんたは役者にゃなれねぇぜ、大根すぎる」

「てやんでぃ、うるせーよ」

目を眇《すが》めて張見世の方を見た久馬は深く息を吐いた。

「不思議だな、浅さん。あの地獄へ落ちるという二人だが、俺はよ――」

きっと降り続く雨のせいだろう。軒を飾る提灯の赤い灯がやけに滲んで目に染みる。

久馬の声が掠れた。

「俺は、俺は……あの二人が、羨ましくって仕方ねぇ……！」

薄緑

〈一〉

ほうっと嘆息して久馬が言った。

「目に青葉　山時鳥《ほととぎす》　初鰹《はつがつお》……」

時は初夏、ところは谷中《やなか》、笠森稲荷前の茶屋である。何やらお参りがしたいという常磐津《ときわづ》のお師匠・文字梅に誘われて一緒に参詣した定廻《じょうまわ》り同心と首打ち人――正式名称は公儀御様御用《おためしごよう》の三人だった。

「ううむ、久さん、上手い句を選んだな！　本当に今時分の緑は眼福だ」

周囲を見回して頷く浅右衛門。片や文字梅は糸菖蒲《あやめ》の模様も涼しげな袖をサッと振る。

「フン、何が緑なもんですか。白々しい。黒沼様の御目当ては茶屋娘なんじゃござんせんか？　ほうら、さっきからそっちばかり見つめている」

まさに一刀両断。久馬は派手に茶を噴き出した。

「ぶっ」

この笠森稲荷門前の茶屋は可愛い娘を揃えているので有名だ。遡《さかのぼ》れば明和年間（一七六四〜一七七二）、お江戸三大看板娘と讃《たた》えられ、美人画の大家・鈴木春信《すずきはるのぶ》も描いた〈笠森お仙〉はその名の通り、ここ笠森稲荷門前の茶屋〈鍵屋〉の娘だった。

図星を突かれて久馬、咳込みながら言い返す。

「な、何を言う、俺の風流心を疑うとは！　お師匠さんこそやたら熱心に祈っていたが一体何の願掛けでぇ？　嫁にもらってくれそうなトンマを見つけたいってか？」

「お言葉ですが、黒沼様、私と夫婦《めおと》になりたがっている男なんざ、このお江戸、いやさ、関八州に掃いて捨てるほどいますのさ」

目明《めあか》しを父に持つだけあって、度胸と気風《きっぷ》の良さでは文字梅も負けていない。

「だいたいお稲荷さんといえば商売繁盛の神様、私は夏に向けて大切なお弟子さんたちの健康と、益々お弟子が増えるようお祈りしたんです」

と、そっと襟足のおくれ毛を直しつつ言い添えた。

「それから——弟がまっとうな職につきますように」

久馬はポリポリ頬を掻いて反論する。

「ふぅん？　未だまともな戯作《げさく》一つ書けず脛を齧《かじ》っている弟の件はともかく、お師匠の願《がん》は俺の推測通りじゃねぇか。要するに、その新しい弟子の中に亭主にしたくなるくらいイイ男がいますようにってことだろ？　へヘン、この天下の定廻《じょうまわ》り同心、黒沼久馬には全てお見通しなのさ」

「はいはい、自分一人で手柄を立てたことはない癖に。私だって知っていますのさ。黒沼様のご活躍はみぃんな山田様のお知恵あってこそでしょうに」

「青葉ってやつはほんとに美しいな！」

絶妙な間合いで割って入る浅右衛門だった。

「常々俺は、緑を最も美しい色だと思っているのだ。特に薄緑……なんと馨《かぐわ》しい響きだろう……」

途端に久馬の目が光る。

「お、浅さん！　そりゃあ〝色〟の話じゃねぇな！　わかった！　その薄緑とは——浅さんの想い人の名だな？」

「え」

「どうだ、図星か？　いや、いいってことよ、皆まで言うな。俺と浅さんの仲だ、以心伝心、目を見ればわかる。薄緑ねぇ……そうか、浅さんにそんな特別の女人がいたとはな」

うんうんと腕を組んで一人頷く久馬。

「ふむ、名から察するにそりゃ辰巳《たつみ》の芸妓だな。で、一つ聞くがよ、浅さん。その薄緑とは最近会っていないのか？」

「いや、まぁ……」

一気に捲し立てられて浅右衛門はボソリと答えた。

「最近どころか、多分、この先一生相まみえることはないだろうさ」

「なんだと？　そいつはいけねぇ。そうだ！」

定廻りはパチンと手を打ち鳴らす。

「浅さん、この俺が願《がん》をかけてやるぜ。浅さんの薄緑殿への想いが叶いますように。絶対、近々、会えますようにってな」

「いや、久さん、こればかりは無理というものさ」

「いいってことよ、遠慮はいらねぇ。浅さんにはいつも世話になりっぱなしなんだ。その恋、俺が全力で応援するぜ」

言うが早いか久馬は赤い毛氈《もうせん》を敷いた茶屋の腰掛から勢いよく立ち上がると、笠森稲荷の社殿の前へ一目散に駆け戻っていった。巻羽織《まきばおり》の背にキラキラ降る緑。目を瞬《またた》いてその姿を見つめながら浅右衛門は微苦笑する。この同心の早合点は今に始まったことではない。

（ま、いいか。俺のためにあんなに懸命に祈ってくれているんだものな）

一声、時鳥《ほととぎす》が鳴いた。声だけで、鳥の姿は燦《さん》ざめく樹々の葉に隠されている。

「フフ、そう言えばこんな川柳があったな。〈見た者は　いないががんばれ　時鳥〉……」

この場合、がんばれと応援すべきはオッチョコチョイで底抜けに人の良い定廻《じょうまわ》り同心だろうか？

もう一度、密かににっこり笑う浅右衛門だった。

ところが――

その久馬の〝がんばり〟のおかげかどうか、早くも帰路で緑がらみの意外な展開があったのである。

日本橋まで駕籠《かご》で戻ってきた三人。せっかくなのでこのまま軍鶏《シャモ》鍋でもつつこうと人形町の名店〈玉ひで〉へと歩き出した矢先、悲痛な声が耳へ飛び込んで来た。

「やめろ、ゲン！　逃げろ、逃げろったら！　そいつはおまえが歯の立つ相手じゃない――」

泣き叫んでいるのは子供のようだ。

「だめだったら、ゲン！　あー、誰か、助けて！　やめさせてよーー」

「む？　往来で喧嘩か？」

素早く身を翻す浅右衛門、だがそれより速く久馬が動いた。

「すわ、一大事！　小僧、借りるぞ」

ちょうど店先を掃除していた太物屋の小僧から箒を奪い取って人だかりの方へ駆け出す。さてもこの同心、スラリとした背に巻羽織《まきばおり》がよく似合って江戸っ子が惚れ惚れする容貌だが、剣技の腕はカラッキシなのを浅右衛門も文字梅も知っている。

「久さんが仲裁だと？」

「いやですよ、返り討ちに合って怪我をするに決まってます。止めておくんなさい、山田様」

慌てて二人も後を追う。一方、久馬は人垣を割って入るや、

「どけどけ、黒沼久馬見参！　この喧嘩、俺が受けて立つぞ」

箒を上段に構え、裂帛《れっぱく》の気合で一気に振り下ろした。

「ギャウン！」

肩先を痛打された対手《あいて》側は尻尾を巻いて逃げ去る。

「ありがとうございます、黒沼の旦那！　ゲンを助けてくださって」

「いいってことよ」

「ゲン、ゲン、大丈夫か？」

あちこち噛まれてボロボロになった痩せ犬を抱きしめる少年。久馬も覗き込み、優しく撫でてやる。

「ったく、ゲン、おめえは弱いくせに向こうっ気が強くていけねぇ。喧嘩を売られても敵わぬ相手なら逃げろといつも言ってるのによ。ま、そこを俺は気に入ってるんだがよ、なぁ、ゲン？」

ここで一言、浅右衛門が呟いた。

「犬だったのか……」

そう、犬だった。

「俺の一撃で退散したあいつは、柴次郎《しばじろう》ってんだ。凶暴なヤツでここらであいつに噛まれてない犬はいない。とはいえ、日本橋界隈でいっち強ぇのは日吉丸《ひよしまる》、海鮮問屋で飼われている赤犬さ。但《ただ》し、日吉丸は自分より小さい犬は相手にしない大物だよ」

「流石、黒沼様でござんすね。町内の犬のことまでよぉくご存知でいらっしゃる」

文字梅の言葉に久馬は得意げに胸を反らし、太物屋の小僧に箒を返しながら笑う。

「あたぼうよ。俺は江戸中の犬を知ってらぁ、ハハハハハ」

江戸時代の犬は基本、放し飼いだ。浮世絵には猫の絵が多いが、実は犬にも傑作がある。まさに今、久馬たちが立っている日本橋を背景に歌川広重が描いた〈日本橋の朝市〉には追いかける魚売り、大きな魚を咥えて逃げる犬の姿が生き生きと描かれていた。

さて、物見高い江戸っ子の野次馬も散っている。歩き出した三人。浅右衛門が微苦笑しつつ言う。

「ううむ。『子を持って　近所の犬の　名を覚え』という名句があるが、久さんはまだ独り者なのに凄いな」

「ホホホ、黒沼様はご本人が〝子供〟ですからねぇ」

「ハハハ……って、ん？　文字梅、おめぇ褒めていないな？」

その通り、ハナからお師匠は褒めてない。抗議しようとした久馬が勢いよく身を捩《よじ》った次の瞬間、ドン！　人とぶつかった。

と、久馬の背中に当たったその人――風呂敷包みを胸に抱いた若い娘はそのまま地面へ倒れ込んでしまったではないか。

「久さん――」

「な、な、なんだ、なんだ？　俺、そんなに強くぶつかったかい、浅さん？」

文字梅と一緒で良かった。戸惑う男二人を尻目にお師匠は素早く駆け寄って娘を抱き起こす。

「大丈夫でござんすか、お嬢さん？」

娘はうっすらと目を開けた。

「も、申し訳ありません。私の不注意です。前をよく見ていませんでした……」

倒れても風呂敷包みはしっかり胸に抱いて離さない。歳の頃は十六、七、地味な花菱模様の木綿の着物を着た、武家の子女のようだ。血の気の失せた真っ青な顔で娘は謝罪の言葉を口にした。

「よりによって同心様にぶつかるなんて……どうか無作法をお許しください」

「そんなことはいい、それより、酷《ひど》い顔色だぜ。具合が悪いんじゃないのか？　大丈夫かい？」

同心の優しい言葉に安心したのか、円《つぶ》らな瞳に涙が滲む。

「ご迷惑をおかけした上にお気遣いいただき、ありがとうございます。あの、私、私、名をみどりと申します……」

「緑……」

なんと、早くも緑と遭遇か？

〈二〉


とりあえず、久馬たちは娘を抱きかかえて道横の蕎麦屋《そば》の座敷に入った。

みどりと名乗った武家娘は改めて丁寧に頭を下げた。風呂敷包みは胸に抱いたままである。

「皆様にご心配をおかけして申し訳ありません。私は大丈夫です、病《やまい》ではありません。ただ、思いもかけぬことが起こって気が動転してしまい、周りが見えなくなっていたんです」

「うむ、その様子からして、相当な困りごとと見た。良かったら話してみな。力になるぜ。定廻り《じょうまわ》の黒沼久馬と言えば、ちったぁ知られた男だ」

例によって安請け合いをする久馬。とはいえ、今回は文字梅も即座に頷いた。

「ご安心なさいませ、お嬢さん。こちら黒沼の同心様と御友人の山田様は信頼できる頼もしい御方です。それに袖振り合うも多生の縁というじゃござんせんか」

寄り添うように隣に座ったお師匠の言葉に励まされて、娘は話し始めた。

「先程も申し上げました通り、私は名をみどりと申します。我が佐藤家は祖父の代から浪人に身を窶《やつ》しておりまして、母は私を産んですぐに、父も昨年亡くなりました。嫡男の兄は武士として生きていくのを諦め菓子職人になるべく修業しています。その兄の年季が近々開けるんです」

それで娘は一大決心をした。

「私は、代々受け継いできた家宝の名刀を売り払おうと思ったのです。私たちの住む長屋の表道に小さいながらも売りに出されたお店《たな》があるので、そこを買うなり、借りるなりして兄に菓子屋を開業させたくて。私も手伝って兄妹二人して商売に精を出すつもりです。両親も御先祖様もきっと喜んでくれるはず。それで、今日、遂に刀を武具屋に持ち込んだところ――」

またまた両の目に溢れる涙。

「名刀などとは真っ赤な嘘、まがいものだと言われました」

「ほう、刀を持ち込んだ、そりゃ、何てぇ店だえ？」

久馬の問いに、即座にみどりは答えた。

「本町の伊勢屋《いせや》さんです」

「本町の武具屋の伊勢屋？　はて、呉服屋や両替屋の伊勢屋なら知ってるが、本町で武具屋の伊勢屋ってのはあんまし聞かねぇな。浅さん、知ってるか？」

「いや」

「あの、とても小さなお店なんです。同心様がご存知なくても当然かと思います」

立派な店には気後れして何軒も素通りしてしまった、とみどりは涙を拭き拭き言う。足を棒にして市中を歩き巡った果てに偶然、地味なその店に行き当たったので飛び込んだ、とのこと。

「刀はまがいものだが、可哀想だから一両で引き取ってもいいと言われました。でも、代々名刀として受け継いだ大切な家宝です。一両で置いてくることなどとてもできず……」

その後、何処《どこ》をどう歩いたか覚えていない、とみどりはまた啜《すす》り泣いた。

「知らなければ良かった！　我が家の家宝がまがいものだったなんて。この事実を兄にどう告げたらいいのか……でも、何より、こんなことになったのは私の浅はかな行いのせいです。兄に黙って先走った真似をして、この先どうしたらいいのか……そんなことをあれこれ思ったら心が千々に乱れて……」

「そうだったのか」

しんみりと久馬が頷いた。

「先祖伝来の家宝が一両とはなぁ。そりゃ、途方に暮れて当然だわな」

「ワッ！」

後はまた涙、涙。家宝の刀を胸に抱いて、涙に噎《むせ》ぶ娘だった。

とはいえ――泣きに泣いて涙も枯れた頃、娘は静かに顔を上げる。

初めて風呂敷包みを離すとそれを脇に置いて、膝の前できちんと両手を揃えた。そして零落したとはいえ武家娘らしい所作で深々と頭を下げる。

「このたびはご面倒をおかけした上に見苦しい振る舞いをしてしまい申し訳ありませんでした。私――」

キリリと唇を噛んで言う。

「皆様に洗い浚《ざら》い打ち明けたら胸の閊《つかえ》が取れました。勿論、落胆は消え失せたわけではありません。でも、もう大丈夫です。私にも、少ないとはいえ今日まで仕立物などしながら貯めたお金があります。今回は叶《かな》いませんでしたが、いつか兄と二人してお店が持てるよう、また頑張りたいと思います」

実際、娘の頬には赤みが差し、瞳は輝きを取り戻している。

「元気が出たのなら、良かった！」

心の底から久馬が言った。

「先祖伝来の家宝がまがいものだとしても、何もこの世の終わりというのではないものな」

「そうですよ。そうだ、これを――」

文字梅が帯の間から抜いて差し出したものは……

「私たちは笠森稲荷様からの帰り道でしてね。これも何かのご縁、どうぞこのお守りをお持ちくださいませ」

「そんな……御面倒をおかけした上に大切なお守りまで……」

「いいんですよ」

「そう、いいってことよ、遠慮はいらねぇ。お稲荷さんだって大年増より、若くて可愛いあんたに持たれた方がよっぽど嬉しいってもんだ――イタタタ」

思いっきり抓《つね》って不埒な同心を成敗すると、文字梅は立ち上がった。

「それじゃ、私が送って行きましょう。まだ足元がふらついてお一人で帰すのは心配ですからね。お嬢さんも今日はもうお家に戻ってゆっくりなさいませ」

女同士の方が気安いので、と連れだって出ていく二人を久馬と浅右衛門は見送った。

それから改めて座り直す。酒と蕎麦《そば》、天婦羅《てんぷら》などを追加で注文した久馬は浅右衛門の顔を覗き込んだ。ほとんど口を利かず端座していたのが、いかにもこの男らしい。

「浅さん、あの場であんたがもう一度、鑑定《み》てやる手もあったんじゃないか？」

「いや、それはよしたが賢明さ」

浅右衛門は首を振った。

「俺が見て、その武具屋——何と言った？ 伊勢屋か？ の言葉通りだったらどうする？ せっかく立ち直ったんだからもういいじゃないか。若い娘の心の傷を再び抉《えぐ》るのは酷《こく》というものだ」

ボソリと言い添える。

「だいたい家宝と言われるものが、その通りの逸品であることは少ないからな」

これは浅右衛門の経験に裏打ちされた言葉なのだろう。妙な凄味があった。

「へぇ、そんなもんかねぇ。それにしても、良い娘だなぁ！」

「まったくだ、文字梅師匠は気が利いて、誰にでも優しい、本当に良い人だよ」

「え？ ちげーよ、俺の言ったのは、みどりさんだよ。一途で、健気で可愛いときた。ああ、あんな娘と夫婦《めおと》になれたら幸せだろうなぁ！」

「〈懲りないで また抓《つね》られる 同心かな〉……字余り」

首打ち人の警告の句は聞こえなかったらしい。久馬は満面の笑みで言う。

「それにしても、残念だったたな、浅さん。せっかく俺が願《がん》を掛けたのに、会えたのがあんたの緑じゃなくってさ。さしずめさっきのは薄緑じゃなくて……若緑ってとこだな、アハハハハ」

「ああ、そのことか」

浅右衛門も笑い返した。

「いいさ、ハナから期待はしていない。薄緑には会えるはずがないからな。その件は、俺はとっくに諦めているよ」

途端、ドンと背中を叩かれた。

「そんな弱気じゃ恋は成就《じょうじゅ》しねえぜ、もっとがんばれよ、浅さん！」

「え？　俺ががんばるのか？　イヤ、うん、わかった、が、がんばるよ、久さん……」

ところで――

願掛けした緑の縁は決して〝薄く〟はなかったようで、翌日、新たな展開があった。


〈三〉

「黒沼の旦那！　大変《てぇへん》だ！」

昼八つ（午後二時）。

市中見回りとは名ばかり、日本橋の袂《たもと》で大きな赤い提灯を揺らすかりんとう売りから子供たちに交じってかりんとうを買っていた久馬の背後で、聞き慣れた台詞が響いた。但し、いつもの松兵衛親分より声が若い。

「なんだ、キノコか？」

そう、駆け寄って来たのは曲木の松ではなく倅《せがれ》の方。キノコこと竹太郎、自称戯作《げさく》者《しゃ》・朽木思惟竹である。

「ははぁ？　また家賃が払えずに親父の手伝いか？」

「へん、親父は半鐘泥棒の大捕り物で馬喰《ばくろ》町の鹿蔵《しかぞう》親分の助太刀に出向いているんでさ。前回、筆屋の家出娘探しの件で助けてもらった借りがあってね。んなことより――」

久馬の言葉を軽くイナした竹太郎、

「急ぎ来て下せえ。南塗師《みなみぬし》町の長屋で盗人《ぬすっと》騒ぎだ。姉貴が待ってます」

これに久馬は二つの点で吃驚《びっくり》した。

「おいおい、大店《おおだな》ならいざ知らず、長屋に盗人だと？　その上、そこで文字梅が待っているたぁ、どういうことでぇ？」

「百聞は一見に如《し》かず。わっちにくどくど説明させるより、その場に来て姉貴に直接訊いておくんなせえ！」

竹太郎はもう走り出している。せっかく買ったかりんとうの袋を一番近くにいた子供に渡し、尻端折《しりはしょり》した烏天狗の柄も鯔背《いなせ》な浴衣の背中を追って駆け出す定廻《じょうまわ》り同心だった。


「えー、盗みのあった長屋の住人とは、おまえさん、、、だったのか！」

駆けつけた南塗師町の長屋で、久馬は開口一番叫んだ。それもそのはず、大家や町役人、番太郎が取り巻く中、袂《たもと》に顔を埋めて啜《すす》り上げているのは昨日のあの娘、みどりだった。肩を抱いて慰めているのが文字梅である。

「一体全体、何がどうしたんだ？　俺も同心になって結構経つがよ、長屋で盗人騒ぎは初めてだぜ」

「それが聞いておくんなさいまし、黒沼の旦那様――」

涙にくれているみどりに代わって常磐津の師匠が説明し始める。それによると――

正午、九つの鐘が鳴って間もなく、深川は菊川町にある文字梅の玄関先にみどりが息せき切って飛び込んできたのだとか。曰く、今朝、お針の仕事を請け負っている呉服屋さんから、頼まれていた着物を急遽仕上げて持ってきてほしいと使いが来た。それで急ぎ仕立て上げて届けた。それから兄のこともあり、日本橋から今川橋の通りにある立ち売りの菓子屋を順番に巡って長屋へ戻ったところ、押し入れの戸が開いているではないか。果たして、そこへ入れていた家宝の名刀がなくなっている。盗まれたのだ――

「それで無我夢中、お師匠さんの家へ走ったと？　近くの番屋ではなく？」

番屋とは自身番の詰所のことだ。享保年間（一七一六～一七三六）に町人地の各町に設けられた。大抵、東西が交叉する大通りの南側にあり、戸口の右側に〈自身番〉、左に〈町名〉が墨書されているので一目でわかる。木戸番や火の見櫓《やぐら》を併設しているところが多い。町奉行所の出張所でもあり、久馬たち定廻《じょうまわ》り同心も順繰りに立ち寄って異常がないか報告を受けている。

文字梅の話に戻ると――

文字梅は昨日、あれからみどりをここ南塗師町の長屋まで送り届けた。その道中すっかり仲良くなって、自分の家の場所も教えたとか。母を早くに亡くしずっと父と兄の男所帯で育ったみどりは、すっかり文字梅に懐いてしまったようだ。それで家宝が盗まれた一大事に、番所より文字梅を頼ってその家へと一目散に走ったのだろう。

「私は事情を聞いてから、みどりさんに付き添ってここへ戻り、中の様子を確認した後で町内の番屋へ届け出たんですのさ」

その際、文字梅は実家の父、曲木の松親分へも知らせてほしいと頼んだ。そして、やって来たのが弟の竹太郎というわけだ。その竹太郎が久馬へ伝え、今こうして姉弟と同心の三人が顔を突き合わせて現場に立っている……

「よし。そこまではわかった。で、盗られたものは例の、家宝の名刀だけなのか？」

中に入って一通りザッと見回しながら、久馬がみどりに確認する。長屋は台所を兼ねた土間に二畳と四畳半の部屋という造りである。

「はい、他は何もなくなっていません。私が貯めていたお針の仕立て賃も無事でした」

みどりは頬を染めて言い添えた。

「それ以外、うちには取り立てて盗むほどのものはありませんし」

「貯めていたお金――ははぁ、これだな」

竹太郎が古箪笥の上の姫鏡台に目を止める。その引き出しを開けて中にあった巾着袋を摘まみ出した。

「あ、はい、それです」

竹太郎が差し出した袋を受け取り中身を検《あらた》めてから、久馬は誰に訊くともなく訊いた。

「ふぅむ、盗人《ぬすっと》が入ったのはみどり殿が留守にしていた時刻、つまり午前中ってことになる。その時間、普段は見かけない人物を見たり、怪しい物音を聞いたりした長屋の住人はいなかったのか？」

「いませんね」

きっぱりと答える竹太郎。

「この四軒長屋、両隣は独り者の職人で大工の留吉《とめきち》と錺《かざり》職人の半七《はんしち》。つまり昼間は不在ってわけでさぁ。一番端は元産婆をしていたというバァさんで、気は強いが耳が遠いとくる。真向かいは左官の若女房がいたにはいたが、生まれたばかりの赤ん坊に乳をやって当人もぐっすり添い寝してたそうで。斜め向かいが貸本屋の安《やす》、両端は棒手《ぼて》振《ふ》りの魚屋源助《げんすけ》に、同じく棒手振りの納豆売りの勘吉《かんきち》――この三人は所帯持ちでさ」

竹太郎の報告は続く。

「何やかやと井戸の周りに出てるかみさん連中も今日、その時間帯は一人も外にはいなかった。要するに闖入者《ちんにゅうしゃ》を目撃した者は誰もいなかったってこってす」

まぁ、昼日中の長屋は総じてこんなものだろう。

「だいたい長屋なんかに入る盗人なんて普通いやせんや。だから誰も注意を払ってなくても仕方がない。盗人は金目の物があるところに入るのが常識というものさね」

小鬢《こびん》を掻く目明《めあか》し代理の横でいよいよみどりは声を上げて泣き出した。

「どうしよう……全て私が悪いんです、私が招いた災難だわ。家宝を勝手に持ち出したからご先祖様がお怒《いか》りになったんだ。いえご先祖様以上に、兄上に叱られる……」

拭っても拭っても溢れる涙。目が真っ赤だ。

「ああ、どうして私、こんな馬鹿なことをしてしまったんだろう？　家宝を持ち出した上に、盗まれてしまうなんて！　このままではご先祖様や死んだ両親に顔向けができません。この上は武士の娘らしく死んでお詫びを――」

帯に手挟《たばさ》んだ懐剣を引き抜くのを、久馬が横っ飛びに押さえた。

「あ、こら、待て待て待て！　早まるんじゃねぇ」

「みどり！」

鋭い一声。

続けて戸口から駆け入ってきたその人こそ――

「兄上！」

「同心様、このたびは我が愚妹のせいでお騒がせして申し訳ありません」

深々と頭を下げた人物、口調は武家ながら姿形はきっぱりと町人のそれだった。

「おう、では貴殿がみどり殿の？」

「はい、みどりの兄の佐藤忠嗣《さとうただつぐ》と申します」

　ご覧の通り、と忠嗣は続けた。

「私は横山町三丁目の菓子屋〈望月《もちづき》〉で修業させてもらって五年になります。普段は向こうに寝起きしていて、今回の騒ぎも町役人さんが知らせてくれて急ぎ駆けつけた次第です。事の詳細は今、戸口で聞きました」

「兄上、お許しください。私、私……」

「いいから、おまえは黙っていなさい」

　妹を叱ってすぐに兄は同心に向き直る。

「今回の騒動は全て妹と、兄である私の不始末です。まさに身から出た錆。これ以上のご迷惑を同心様、ひいては家主様、町役人の皆皆様におかけするつもりはありません。何卒、何もなかったこととしてお引き取り願います」

「むむ、しかし、現実にお家の宝が盗まれているのだが……」

「改めて申し上げます。あれは嫡男の私にとって無用の長物でした。誰かが欲して持っていってくれたのなら、むしろサッパリ、晴れ晴れした気分です」

　実際、澄み切った声だった。

「あんなものに縋《すが》ろうとは、私はとっくの昔に思っちゃあいませんでした」

ここで兄が、妹の方へ優しい一瞥《いちべつ》をくれる。

「妹には言っていませんでしたが、あの刀について私は薄々悟っておりました。我が佐藤家は祖父の代から仕官のあてもない浪人暮らしです。盆も正月もなく食うにも困る惨めな暮らしを続けてきました。あの家宝が真実、名刀なら、過去の時点でとっくに売り払っていたのではありますまいか。逆に言えば、ニセモノだからこそ私の代まで受け継がれてきたのでしょう。だとすればアレは虚飾以外の何物でもありません」

「兄上……」

「そんな夢幻《ゆめまぼろし》、過去の亡霊に縋る生き方は嫌だ。だから侍をやめ、幼いころから憧れていた菓子職人を志《こころざ》しました。晴れて年季が開け、独立した暁にはあの刀は処分しようと思っていたのです。今回の泥棒騒ぎはそれが幾分早くなっただけのこと」

佐藤家嫡男は久馬の目をまっすぐに見つめて言った。

「私の心情、洗い浚《ざら》いお話しいたしました。同心様、ご理解いただけることと思います」

「わかるにはわかったが……盗まれたままなら一銭にもならねぇぜ。取り戻せば、最低一両にはなるってんだから店を開く足しにはなるだろうに」

侍をやめた青年は切れ長の涼しい目を細めて笑った。清々《すがすが》しい微笑とは、まさにこれだ。

「いえ、店など分不相応です。私は棒手振《ぼてふ》りの担ぎ商いから自分の菓子屋を始めようと思っています」

〈四〉


「いい気風《きっぷ》だねぇ、あの兄上！　棒手振りからときたか……」

長屋からの帰り道、いたく感激した様子で竹太郎は幾度も頷いた。

「ありゃもう立派な江戸っ子さね」

「ううむ。実際、このお江戸に祖父の代から住んでるらしいからなぁ」

当世、三代住まないと江戸っ子とは認められなかったのだ。久馬はそのことを言っている。それはともかく――

「あのお侍が担ぎで菓子を売り出したら、わっちは飛んで行って買いますぜ！　そういやぁ、この前、人気だという海獣饅頭を食ったんだがヒデェ味でよ。便乗商売にもほどがある。ねぇ、黒沼の旦那、長屋の盗人《ぬすっと》をフン縛るのもいいが、ああいう手合いも取り締まってくださいよ」

「海獣饅頭？　なんでぇ、そりゃ？」

「おや、旦那はまだご覧になってない？　ならばぜひとも見るべきだ。両国の広小路で今大評判の見世物、海獣でさあ！　将軍様も上覧なさって連日満員御礼ですぜ」

この話、事実である。

〈朝暾抄《ちょうとんしょう》〉に依れば、「天保九年（一八三八）六月十七日、相模国辻堂で海獣を網に捕える。馬入川河口付近に二匹で住みついていた。体長三尺（或いは五尺とも）。将軍家慶公上覧後、両国で見世物になる」とある。

この海の怪物人気にあやかって、物見高い見物人で賑わう両国の見世物小屋の周辺では饅頭や煎餅《せんべい》が売り出された。この辺り、現代と変わらない。

「いやぁ、海獣ってやつ、これがね、いっぺん見たらやめられない。わっちなんざ、毎日通ってます。白くって丸っこくてツベツベしてて、黒目がちの円《つぶ》らな目！　そりゃあ可愛いときたもんだ。実は、ここだけの話――」

小鼻を膨らませ、声を潜める竹太郎。

「わっちはこの海獣のことを書こうと思っているんでさ。今度こそ、江戸中の人々を虜《とりこ》にして朽木思惟竹の名を不動のものにするつもりです。題名も決めてます。〈お江戸見参海獣言の葉〉いや、〈お江戸見物海怪之記〉の方がいいかな？　海獣の目から江戸とその住人を見るという趣向でね。あ〜、ワクワクする、飛ぶように売れるのが目に見えるようだ」

「なあ、キノコ」

定廻《じょうまわ》り同心は咳払いをした。

「さっき、棒手振《ぼてふ》りから始める佐藤家の兄貴を誉めそやしてたが、おまえのはまるっきり正反対の生き方じゃねぇかよ」

「へ？」

「おまえのそういう地に足の着かない浮ついた姿勢こそ、まがいものの家宝に縋《すが》るに等しいってことに気づけよ。あの気丈な文字梅もな、おまえがまっとうな職に就くようお稲荷さんに祈ってたぞ。悪いことは言わねぇ、海獣の話なんざ、真に実力のある書き手に任せて、才能のないおまえは物書きになるのをここらでスッパリ諦めろ」

「いやでぇ！　俺は、俺は、絶対、江戸一の戯作者《げさくしゃ》になるんだあああああ」

自称戯作者は父親譲りの健脚で砂埃を巻き上げ、往来の彼方へ走り去ってしまった。

「あ〜あ、人がせっかく親切心で助言してやったのに……」

半刻（一時間）後、定廻り同心は榎《えのき》の大樹の下にいた。

「浅さん！」

日本橋小伝馬町の牢屋敷。門の横に植えられた名物、榎の木下闇《こしたやみ》に浮かび上がる人懐こい笑み。もう慣れっこになっているので、お勤めを終え玄関を出て来た首打ち人も即座に笑い返す。

「久さんか――フフ、今宵も酒宴のお誘いか？」

「そんなところだ。今日はちいっと面白い酒の肴《さかな》もあるぜ。ホラ、昨日の〝薄くはない方の緑〟の話さ」

「ほう？」

というわけで、馴染みの伊勢《いせ》町河岸の小料理屋で酒を酌み交わしつつ、今日の騒動を浅右衛門に語って聞かせる久馬だった。

「クーッ、やっぱ鰹《かつお》の刺身はよ、芥子酢《からしす》で食うのが最高だな！　――って、どうした、浅さん？　浅さんは蓼酢《たです》が好みかい？」

話を聞き終えた浅右衛門がいきなり盃を置いたのだ。

「久さん、今の話だが奇妙《けぶ》じゃないか？」

「え、ど、何処《どこ》ら辺が？」

「長屋に入る盗人《ぬすっと》はいない。その通りだ。逆に考えたら、盗人は予《あらかじ》め目的を持って――ハナから狙いを定めて入ったとは考えられないか？」

「あ、なるほどな。てことは、この場合、狙いはみどり殿のお家の家宝、先祖伝来の刀……？」

「嫌な予感がする……」

卍

「ああ、良かった！」

思わず独り言がみどりの唇から漏れた。色々あった一日の終わり、湯屋の帰り道である。

道の片側には楓《もみじ》川が流れている。日は暮れかけていて、川沿いに続く柳の木立からサワサワと吹き抜ける風も涼しくて心地良い。

「ふふ、まさか今日という日をこんなに爽やかな気持ちで終えることができるなんて……」

白木屋さんへ仕立て物を届けて帰って、押し入れから家宝がなくなっているのを目の当たりにした時の絶望感たらなかった。卒倒しそうになりつつも気が付くと文字梅師匠の家まで無我夢中で駆けていた。昨日知り合ったばかりだというのに……でも、頼ったのは間違いじゃなかった！　テキパキと事を運んでくださって、なんて親切な御方だろう。それに、お師匠さんはお優しいだけじゃない、ホントに綺麗で浮世絵から抜け出たよう。あんな姉上がいたらよかったのに。

姉という言葉に、次にみどりの目裏に浮かんだのは兄の顔だった。

(兄上……)

どんなに叱られるかと思ったけれど、兄上は笑っただけ……

今度の件で嫌というほどわかった。私は何から何までほんとに愚かな子供だったんだわ。古いというだけの刀を後生大事に奉《たてまつ》って、あわよくばお金に換えようなんて。それに比べて流石、兄上。なんと頼もしいこと！

『私は棒手振《ぼてふ》りの担ぎ商いから自分の菓子屋を始めようと思っています』

ならば、私も！　兄上と一緒にこのお江戸八百八町《はっぴゃくやちょう》でお菓子を売り歩くわ！

「あら？」

その時、スッと冷たい風を頬に感じた。瞬《またた》いた目に白い光。みどりは声を上げる暇もなかった――

キン！

額《ひたい》の前で冴えた音が響いた、と思う間もあらばこそ、反対側からグイと腕を掴まれて次の瞬間には土手を転がっていた。冷たい音は背後で続いている。

　カッ、キン……

　娘を真正面から斬り裂こうとしていた剣先が止まる。それを踏み込みつつ防いだ刃があった。浅右衛門だ。首打ち人は刃を受けた刹那、鎬《しのぎ》に滑らせている。凶刃は軽々と巻き上げられて宙を流れた。一瞬の間を置いて体勢を整えた襲撃者が再び喉先へ突いてくるのを下から弾く。相手は反転して横から薙いだ。が、この一閃は間合いが遠すぎる。足を開いて躱《かわ》す。再び上段から斬り込んできた時、地に向けていた浅右衛門の鋩《きっさき》が煌《きらめ》いて、逆袈裟に切り上げた——

　突然、静寂が訪れる。

　ややして、土手に優しい声が降ってきた。

「娘さんはどうだ、久さん？」

「大丈夫だ、浅さん。俺がいきなり引き寄せて土手を転がったから掠り傷はあるかもわからねぇが、そのくらいさ」

　未だしっかりとみどりの腕を握っている、一緒に転げ落ちた久馬が答える。

「ふぇー、間一髪だったな！　危ないところだった……」

立ち上がった黒羽織と駆け寄って来たもう一人を、みどりは交互に見つめた。

「……同心様？　そして、貴方様は昨日のお武家様……」

だが、それ以上言葉にならない。歯がガチガチ鳴るばかり。

「斬ったのか、浅さん？」

「いや、逃げられた。しかし手傷は負っているはず、手応えがあった」

既に浅右衛門の刀は鞘に納められている。

「……私、私、斬りつけられたんですね？」

みどりはそう言うのが精いっぱいだった。

「安心しな、賊はもう逃げたとよ。こっちの仁は覚えてるだろう？　昨日は詳しく名乗らなかったが、御様御用人《おためしごようにん》の山田浅右衛門殿さ。剣の冴えは天下一品だぁな」

同心の歯切れ良い声は続く。

「そして、俺は今更名乗らなくてももう十分承知、お江戸一頼りになる定廻《じょうまわ》り、庶民の味方、黒沼久馬でぇ！」

「み、み、皆様、命を助けていただいて、あ、あ、ありがとうございました」

「へへっ、礼なら浅さんに言いな。今日の顛末を俺が話した途端、あんたの命が危ないと叫んだのよ」

——嫌な予感がする、行こう、久さん！

あの後、小料理屋を飛び出し、久馬と浅右衛門はみどりの長屋へ急行した。だが、長屋には誰もいなかったのだ。すると、兄は住み込みで厄介になっている菓子屋へ戻り、みどりは湯屋へ行ったと赤ん坊を抱いた向かいの左官の女房が教えてくれた。それで湯屋へ向かう道をひた走っている最中、まさに襲われる瞬間に二人は遭遇したのだった。

襲撃者が消えていった闇を透かし見て浅右衛門が言う。

「よもや戻ってはこないと思うが——用心に越したことはないぞ、久さん」

「わかってる」

久馬はキリリと眉を上げた。

「今夜は、みどり殿は文字梅のところに預かってもらおう」

娘を振り返るといつもの優しい笑顔に戻って、

「な、みどり殿、あんたもその方が落ち着くだろう？　兄さんにはその旨、伝えておくよ」

〈五〉


「それにしても、昨夜、みどり殿を襲ったのは何者なんだろう？」

一夜明けて、本石町《ほんごくちょう》。お江戸へ真っ先に刻限を告げる〈時の鐘〉近くの茶飯屋で、朝食代わりのとろろ丼を食べ終えた久馬は唸った。

昨夜はあの後、みどりを菊川町の文字梅の家へ送り届け、兄にも事の次第を伝えた。長屋には万一を考えて松兵衛親分の手下を置いて見張らせている。

「長屋に入って家宝の刀を盗んだ者と、昨日の襲撃者は繋がりがある——もっと言えば同一人物と考えてもいいんじゃねぇか、浅さん？」

「うむ……」

久馬が真向いの浅右衛門に問いかけた時——

「や、ここにいましたね？　黒沼の旦那と山田様！」

例のごとく背後で響く声は、キノコこと竹太郎こと朽木思惟竹のもの。

「さても、江戸一番面白いモノを引っ提げてまいりましたぜ、旦那方」

懐に手をやって冊子を二冊取り出した。

「どっちもわっちが夜を徹して書き上げた傑作でさ。こっちが新作〈お江戸見物海獣之記〉、そしてこっちが実録〈曲木の松捕り物控〉、さあ、どっちを先に読みたいでござんすか？」

鯉口に手を置いてユラリと久馬が立ち上がる。

「俺と浅さんが真剣に頭を抱えているというのに、朝っぱらからふざけるのも大概にしろ、キノコ。俺は江戸一温厚な同心で刀を抜いたことはないと有名だが、それでも抜く時は抜くからな」

「はてな？　ふざけてなんかいねぇや、わっちは大真面目なんですが。まぁいいや、じゃ、こっちはひっこめます。この後、蔦重《つたじゅう》の〈耕書堂〉へ持ち込む大切な原稿だ。汚しちゃならねぇ」

一冊を大切そうに懐にしまった後で、竹太郎は神妙な面持ちで話し始めた。

「さて、親父が助太刀で馬喰町の鹿蔵親分のところへ出張《でば》ってるってのはお知らせしやしたが、どうも長引きそうなんでさぁ。昨日は馬喰町の旅籠《はたご》という旅籠を虱潰《しらみつぶ》しに探ったものの、未だ半鐘泥棒はお縄にできてない。それはともかく」

キノコは一度息を吐く。

「わっちは昨日の内に親父のところへ寄って、こっち、南塗師町の家宝の名刀泥棒の件を報告したんでさ。すると親父がね、面白いことを教えてくれた。それをザザッと書き留めたのがこれでさあ。なんでも親父がまだ駆け出しだったころの話です」

「ふぅん？　だから〈曲木の松捕り物控〉か。どれどれ……」

卍

『長屋に盗人《ぬすっと》とは珍しい？　待てよ、そういやぁ似たような話があったな。ありゃあ、かれこれ三十年も前のこと。ちょうど車町《くるまちょう》火事の年だったからよぉく覚えてら』

　車町火事は文化三年三月四日に起こった大火事のことなり。火元が芝の車町の材木座なればこの名あり。巳の刻《こく》に出火、薩摩藩上屋敷、増上寺五重塔、なすすべもなく灰燼《かいじん》と帰す。更に西南の強風に煽られ、木挽町、数寄屋橋に飛び火、瞬《また》く間に京橋、日本橋を焼き尽くすとぞ。

『勿論、おまえや梅も生まれてない、それどころか俺は花の独身だった。俺が通りをひとっ走りするだけで大店《おおだな》のお嬢さんから屋台の看板娘に至るまでキャーキャー騒いで大変だった。卒倒するコもいたと思いねぇ』

『親父、そのくだりはいらねぇから』

『おっと、勿論、黄色い歓声は俺一人のせいじゃない。いつも一緒に走った黒沼の旦那のおかげもある。いやぁ、男の俺が見ても惚れる男っぷりだったねぇ！　黒沼の坊《ぼう》は、ま、多少は似てはいるがあんなもんじゃねぇやな。やっぱりな、俺にとっての旦那は黒沼数馬《かずま》様だけよ。渋くって落着きがあって聡明だった！　坊とはダンチだぜ』

卍

最初の数頁に目を通した現・定廻《じょうまわ》り同心黒沼久馬、冊子から徐《おもむろ》に顔を上げる。

「キノコ、ここのくだりもいらねぇから」

「じゃ、その部分は飛ばして——その先、読んでみてくだせえ」

とはいえ、竹太郎の駄文などとても読めたものではないので、以下、要約する。

今を去ること三十有余年、文化三年（一八〇六）四月。稀有《けう》な事件があった。

本所横網の長屋に盗人《ぬすっと》が入ったのだ。

申し立てたのは生嶋縫衛門《いくじまぬいえもん》と名乗る浪人である。盗まれたのは先祖伝来の世に聞こえし名刀なり。あまりの名刀故《ゆえ》、大切に保管していた。ちなみに自分が日頃腰に差しているのは竹光だという。

十手《じって》を預かったばかりの曲木の松は、当年取って二十二。定廻り同心の黒沼数馬は二十一だった。若い二人は、自分たちの手で必ずや盗人を捕縛して天下の名刀を取り戻してみせようぞ、と奮い立ったものだ。

だが、この案件は呆気なく幕が下りる。

縫衛門の近辺を調べるに、盗まれたとされる名刀の方、まずこれが怪しくなった。盗難にあった数日前、金に窮した縫衛門がその刀を道具屋へ持ち込んだところ、まがいものだと言われ激怒して持ち帰っていたと長屋の住人たちが口々に証言したのだ。その上、盗人を目撃した者は皆無だ。こうなると名刀盗難は浪人の狂言とも考えられる。これは慎重に調査する必要があると、黒沼数馬と松兵衛は次に縫衛門が刀を持ち込んだという道具屋へ出向いた。

春先の大火事で焼けつくされた江戸市中、その店はいつの間にできたものか、焼け野原に一軒だけポツネンと建っていた。未だ年若い店主は即座に長屋の人たちの言葉を裏打ちした。浪人生嶋縫衛門の刀はまがいものだと言うのだ。そこで松兵衛と黒沼数馬が明日再び縫衛門と会って更に詳しく話を聞こうとした矢先、当人が死んでしまった。居酒屋からの帰り道、辻斬りに襲われての惨死と報告を受ける――

　曲木の松親分の記憶にのみ残された事件の一つだ。


「どうです？」

「ムム……今回の話と似たところがあるな」

「似てるも何も」

　大得意で鼻を擦る竹太郎。

「この生嶋某《なにがし》が刀を持ち込んだ道具屋……〝焼野原の江戸市中にいち早くポツネンと建った小さな店〟こそ、あの娘さんが言ってた本町の伊勢屋なんでさぁ！」

「キノコ――」

　久馬が飛びついて竹太郎の首を絞めた。

「おまえ！　肝心な店名ぐらいきちんと書きやがれ！　本文中、何処《どこ》にも店の名なんぞ書いてねぇじゃねぇか！　だからヘタクソと言われるんだ！　戯作者《げさくしゃ》失格だぜ」

「えー、なんでぇ、『でかした！』と褒めてくれると思ったのによ！」

「いや、でかしたよ、竹さん。良い話を松兵衛親分から聞き出してくれた！　これは物凄く貴重な情報だ」

竹太郎から久馬を引き剥がし、浅右衛門は静かな口調ながらきっぱりと言った。

「久さん、これはぜひともその店に行ってみる必要があるぞ」

「勿論、そのつもりでぇ！　若い日の父も関わったとは面白ぇや！」

妙な因縁を感じる。俄然、武者震いして鼻息を荒くする久馬だった。


〈六〉


本町の伊勢屋――

文化三年（一八〇六）の車町火事は後年、お江戸三大火事の一つに数えられる。その焼け野原にいち早くポツネンと建った小さな店、それが本町の伊勢屋だという。若き日の曲木の松こと松兵衛親分が記憶していたその店を、久馬と浅右衛門の二人は探し出すのに難儀した。というのも、火事のすぐ後は目立ったかもしれないが、今はその後相次いで建てられた家々に塞がれて、よほど目を凝らさないと見つけられなくなってしまったせいだ。

何度か行きつ戻りつして、漸《ようや》く豪壮な大店《おおだな》と大店の隙間にすっぽり嵌《はま》ったその店を見つけた時、久馬は思わず口走った。

「こりゃまた、ちいせえ伊勢屋だな！」

みどりは偶然目に付いたと言っていたが、なるほど、逆に探そうと思ったら、中々行き当たらなかったろう。間口は二間足らず、看板も暖簾《のれん》もなく軒下に細い木札が下げてあるだけ。その木札の表に〈伊勢屋〉、裏に〈御道具鑑定〉と墨書されている。

「御免、伊勢屋殿――」

腰高障子の戸を開けて中へ入る。土間の奥が六畳ほどの板敷の間となっており、ここが店舗らしい。申し訳程度に武具類が置いてあった。鎧櫃《よろいびつ》と鎧、壁に月剣の槍や薙刀、刀掛けには数本の刀、そしてバラバラッと鍔《つば》類。目を転ずると茶器が数点、箱とともに置かれている。茶入れや古裂《こぎれ》もあった。その他、古書、書籍、錦絵など、総じて取り留めがない。

奥の暖簾が揺れて初老の男が出て来た。

「いらっしゃいませ」

「貴方が店主殿かえ？」

「左様でございます。伊勢屋彦四郎《ひこしろう》と申します」

畏《かしこ》まって挨拶した伊勢屋の主《あるじ》は中背で痩せぎすの人物だった。羽織の下は勝色《かち》の着物、博多の角帯。立ち居振る舞いから一目で武家の出とわかる。

「俺は定廻《じょうまわ》りの黒沼ってもんだ。一昨日《おとつい》、先祖伝来の名刀だという刀を持って若い娘がこの店に来たそうだが、その件で聞きたいことがある」

「そういうことでしたら——ここではなんです、どうぞ奥の座敷へお上がりください」

店主に導かれるままに久馬と浅右衛門はついていった。店舗の奥に更に四畳ほどの板敷の小部屋があり、そこにも唐櫃や具足櫃が数個あった。店に並べていないものをこちらへ置いているのだろう。その先が八畳の座敷だ。突き当りの障子が開け放たれ、縁の向こうに小さな庭が見える。

「どうぞここでお待ちください」

伊勢屋彦四郎は二人を残して縁伝いに去った。暫《しばら》くしてお茶の盆を持って戻ってくる。

「申し訳ありません。何分、使用人もいないので」

店主自らお茶を用意してきたらしい。

「お言葉通り、一昨日《おととい》、娘さんが家宝だと言って一振りお持ちになりました。見せていただいたところ残念ながらご期待通りのものではなかったので、娘さんはお持ち帰りになりましたが」

「一両で引き取ってもいいと言ったそうだな？」

「はい。こういう商売をしていますと、家宝など持ち込まれるお方は至急お金が必要な場合が多いと心得ております。それで、そう申し出ました。あちら様はお断りになられましたが。お気が変わられたのなら、改めていつでもお引き取りいたします」

「ところがどっこい、そりゃ無理だ。その刀、昨日、盗まれちまった」

「なんと！　それは災難でございましたね」

店主は驚きを隠さなかった。

「つかぬことを聞くが、三十数年前、やはり先祖伝来の名刀という触れ込みでこの店へ刀を持ち込んだ者がいたろう？」

「はて？　三十年前？」

店主は当惑気味に笑った。

「我が店はご覧の通り吹けば飛ぶようなささやかな店ではありますが、刀などを持ち込む客人は年に数人はございます。三十年前のこととなると記憶が定かではありません」

「そうかえ？　その刀が時を置かず盗難された上、持ち込んだ男は数日後に辻斬りに遭って死んでいる。流石にそういう客は珍しいんじゃねぇか？」

店主を覗き込むようにして久馬が言った。

「実はな、さっき言った、ここに刀を持ち込んで翌日盗まれたその娘も、昨夜辻斬りに襲われている……」

「ああ、それで思い出しました！」

　店主が膝を叩いた。

「三十年前、同心様が店にやって来たことがある……そうだ、そう言えばそういうことがあった。何という奇遇！」

「もっと奇遇にも、三十年前やって来たその同心は俺の父親さ」

　店主はじぃっと久馬の顔を見つめた。

「なるほど、よく似ておられる。男前の清廉な同心様でした」

「だが、結局、父は見つけられなかった。刀を盗んだ輩《やから》も、持ち主を襲った輩も。そして、行方知れずになった刀も」

「残念なことです。貴方様に代替わりしているということは、お父上は隠居されたのですね？　お元気でお過ごしですか？」

「父は亡くなったよ。だが、当時一緒に事に当たった目明《めあか》しは今も現役で、解決できなかったことを悔しがっている」

「その方のことも覚えています。鯔背《いなせ》な、江戸っ子らしい親分さんでした」

　伊勢屋彦四郎は白いものがまじった鬢《びん》に手を置いた。

「目に浮かぶようだ。そう、あれは、私がこの店を開いたばかりの頃だった」

「火事のすぐ後だろう？」

「ええ。我が家に奉公していた乳母の実家の小間物屋が焼けて、その跡地を譲り受けたのです。いい機会だからと、私は武士をやめて祖父や父が集めた骨董や武具でこの店を始めたのですが――そうですか、なにやら感慨深いものがあります」

「俺もさ。父がこの同じ場所に座っていたと思うと妙なカンジだぜ。尤《もっと》も今回は隣に座す人物がちいっと違う」

久馬は浅右衛門の方へ身を捩った。

「紹介が遅れたが、こちらは山田浅右衛門殿だ。俺の友人で色々知恵を貸してもらっている」

「御様御用人《おためしごようにん》の山田浅右衛門様ですね？　お名前は重々存じ上げておりますよ。お会いできて光栄でございます」

だが、話が弾んだのはここまで。過去の思い出などを話してしまうと、もはや言うことがなくなった。

（もう行き詰まった……）

攻めあぐねた久馬、首を振る。庭の方を見たその目に鮮やかな黄色が飛び込んできた。

「おお、綺麗だな！」

「狭い庭でお恥ずかしい限りです。見苦しくない程度に、せめて好きな草木などを集めて楽しんでいます。ご覧の通り、今は山吹《やまぶき》が盛りですが、もう少しすると桔梗《ききょう》や鉄線《てっせん》の青が加わります」

「ほう、山吹とな……」

花に誘われて気さくな調子で腰を上げ、縁に立った久馬はハッとする。

（父上？）

何のことはない。縁のすぐ下に小さな池が掘ってあって、その水面《みなも》に自分が映っていたのだ。水鏡の影は幼い頃見上げた父に似ていた。

（こうして見ると俺も、どうして中々、イッパシの同心に見えるじゃねぇか！）

久馬は奥歯を噛みしめた。このまま帰ってなるものか！　絶対、何らかの手証を見つけてやる！

「軒に下げてある木札は見たがよ、伊勢屋さん」

縁から戻って座り直すと久馬は訊いた。

「どうして看板はかけていないんだい？」

店主は照れたように笑って左手を振る。

「いえいえ、こんな店に看板は烏滸《おこ》がましい」

「ふぅん？　目立つのが嫌いか。だから屋号も目暗《めくら》ましになるよう伊勢屋にしたのかえ？」

「はい？」

冗談とも真面目ともつかない顔で久馬は続けた。

「〈お江戸に多いもの。火事、喧嘩、伊勢屋、お稲荷、犬の糞〉というものな」

これはお江戸名物を数えた江戸っ子流の諧謔《かいぎゃく》だ。実際、この五つがお江戸には多かった。しかし、流石にこれはあまりにも失礼な言い草だ。人の店を犬の糞と同列呼ばわりとは！

強張った顔で伊勢屋が言葉を返す。

「うちの屋号は、単に父祖の出身地故《ゆえ》名付けたもので他意はありません。我が家は桓《かん》武《む》帝以来、伊勢に根を張る武門の末流でして」

ここで、それまで静かに控えていた浅右衛門が初めて口を開く。

「伊勢屋彦四郎さん、店先にあった錦絵……〈頼光一行と衣を洗う女〉は素晴らしいな！　あれは絵暦《えごよみ》だろう？」

「おお、御目に留まりましたか！　流石は山田様！」

店主は顔を綻《ほころ》ばせた。

「おっしゃる通り絵暦です。描いたのは小松屋百亀《こまつやひゃっき》。明和二年（一七六五）の作で、酒呑童子の血染めの衣を洗う女の着物の柄の菱形に、年号の〝明和〟を薄く刷り込み、雪輪の中の模様の数が〝暦〟を表しています」

絵暦とは、一般人が取り扱うことが禁じられている〈暦〉を巧みに絵の中に刷り込んだ騙し絵のことで、明和の初期、趣味人の間で流行した。

「あの種の絵暦は鈴木春信なども多く描いていますが、小松屋のあれは春信に負けない出色の作ですよ。さるご大身のご正室がやんごとない事情でお売りになられたものです。当店はなんでも引き受けますから」

「この蕪村《ぶそん》もいいな！　〈公達《きんだち》に　狐化けたり　宵の春〉……」

続けて浅右衛門は床の間の掛け軸についても言及する。

「恐れ入ります。こちらは私の趣味です」

「へえ？　この句は蕪村か？　ケダモノの句だから俺ぁ一茶《いっさ》と思ったぜ」

久馬は常に一茶一本勝負である。

「一茶？　今、一茶とおっしゃったのですか？」

ピクリと伊勢屋彦四郎の眉が上がった。蕪村贔屓《びいき》の店主の気分を害してしまったか？

「いや、久さん、蕪村もな、獣を数多く詠んでいるんだよ」

慌てて助け舟を出す浅右衛門。

「確かに一茶にも狐の句はある。だが、同じ狐でも蕪村は幻想的で耽美だな。例えば〈草枯れて　狐の飛脚　通りけり〉……」

店主も笑顔に戻って応じた。

「〈狐火や　髑髏《どくろ》に雨の　たまる夜に〉……おっと、男前でお若いお二人にはこちらの艶《つや》っぽい句がお似合いでしょうか？〈巫女《かんなぎ》に　狐恋する　夜寒かな〉」

「面白えなぁ！　そんなにポンポン狐が口をついて出てくる伊勢屋さんだけに、よもや客を誑《たぶらか》すなんてことはないよな？」

「私が？　ハハハ、愉快なことを言われる同心様だ」

ここでまた話題が尽きる。長い沈黙の後で今度は店主が口を開いた。

「私などとは違って、天下の山田様は、それこそ素晴らしい名刀を嫌というほど目にしてこられたのでございましょうな。羨ましい限りです」

それから、さりげない口調で問う。

「さても冥途《めいど》の土産にぜひお聞かせ願いたい。山田様が一番素晴らしいとお思いになった刀は何でした？」

「いや。私は鑑定《み》るだけです。心は残さないようにしています」

「ほう、そういうものですか！」

伊勢屋はいったん伏せた顔を上げた。

「では、こうお聞きしたら如何《いかが》でしょう？　過去に見たものではなく未だ見ていないもの……一生の内にこれだけは見てみたいというモノなどはございませんか？」

浅右衛門は口を引き結んだ。

「なるほどなるほど、言わぬが花ということですね」

風が吹き抜ける。庭に目をやって揺れる黄色い花たちを眺めてから再び眼前の首打ち人に視線を据え、伊勢屋は言った。

「これぞ明鏡止水《めいきょうしすい》の境地。心にさざ波を立てない貴方様のような御仁に初めてお会いしました。本当に羨ましい限りです」

〈七〉


「はあ――……最後の方は話がちっともわからなかった。父に負けてはならじと俺なりに斬り込んだつもりなんだが。いいように躱《かわ》された気がするぜ」

伊勢屋からの帰り道。しきりにぼやく久馬の横で浅右衛門も苦々しげに首を振る。

「明鏡止水の境地というのは俺には当てはまらない。俺の心はしょっちゅうさざ波が立つ。だから、必死にそうならないように努めているだけだ」

足を止め、唐突に久馬が訊いてきた。

「なぁ、教えてくれよ、浅さん」

「俺が死ぬまでに見たいと願っている名刀かい？　いいよ、久さんになら喜んで教えるさ」

「え？　違うよ！」

慌てて黒羽織の袖をブン回す久馬。

「俺は刀なんぞに興味はない。俺が知りたいのは、一茶の詠んだ狐の句だよ」

「あ、そっちか」

浅右衛門は噴き出した。

「久さんらしいや。刀は興味ない、か」

この男には父から受け継いだ名刀、〈小竜景光〉をあっさり人にくれてやった前歴がある。

「伊勢屋め。俺がちょっと間違えて一茶と言っただけで、あそこまでわざとらしく驚くこたぁねえだろうによ。癪に障るからきっちりと覚えておきたい。さっき伊勢屋とやり合った口ぶりでは、浅さんは勿論、知ってるんだろう？　一茶の狐の句」

「そうだな、一茶が詠んだ狐の句で一番有名なのは〈里の子や　草摘んで出る　狐穴〉かな」

「気に入った！　やっぱり俺は一茶だな！　わかりやすくっていいや！　こう、景色がすぐ目に見えるもの。蕪村とやらの句、公達《きんだち》や飛脚に化けた狐なんか想像もつかねえ。狐火や髑髏《どくろ》なんぞ尚更だ。ブルル、薄気味悪くってご免被《こうむ》るぜ」

身震いした後で大真面目な顔で付け足す。

「尤《もっと》も、狐穴にみどり殿の名刀が隠されているなら——俺は喜んで探しに入るがな！」

友の言葉にまた笑う浅右衛門だった。

「おお、頼もしい！　これぞ〈同心や　刀掴んで　出る狐穴〉だな」

「アハハハハ、惜しいぜ、浅さん、またも字余り！」

だが、二人して笑っていられたのもこの日までだった。翌日、衝撃の展開があった。蕪村流に言うなら、狐火が燃え髑髏《どくろ》が一つ転がったのだ。

「浅さん！　大変《てぇへん》だ！　伊勢屋まで今すぐ俺と一緒に来てくれ！」

まだ早い朝六つ半（午前七時）、山田浅右衛門の平川町の屋敷に駆け込んできたのは久馬本人だった。

「何があった、久さん？」

「朝方、本町の番屋に子供がやって来た。手習いへ行く途中で伊勢屋の主《あるじ》に呼び止められ、番太郎にすぐ店へ来てくれと伝えるよう頼まれたそうだ。で、乗り込んだ番太郎が直《ただ》ちに俺に知らせてきて――ええい」

焦れったそうに、同心は玄関先で雪駄《せった》を鳴らす。

「とにかく、見てもらうのが一番いいや！　早く、浅さん……！」

久馬にせっつかれて伊勢屋にやって来た浅右衛門も、その光景に絶句した。

なんと、伊勢屋彦四郎が座敷で自刃していたのだ。腹を十文字に斬り裂く、作法に則《のっと》った壮絶な切腹だった。

「俺も驚いたよ。室内は一切手をつけてはいない。まずはありのままを浅さんに見てもらおうと思って」

久馬は眉間に皺を寄せて首を傾げる。

「しかし、何だってこんなことをしたのだろう？　昨日は泰然と俺たちに相対していたというのに……」

まず浅右衛門が気づいた。

「久さん、この傷――」

腹を抉《えぐ》った小刀を掴んだままの両手。その右腕の肘から肩にかけて晒《さらし》が巻かれている。

「や！　これはまさかあの時の……？」

即座に久馬も思い当たった。

一昨日《おととい》、湯屋帰りの道でみどりを襲った輩《やから》と浅右衛門は斬り結んでいる。

「浅さん、手応えがあったと言っていたものな」

定廻《じょうまわ》り同心は意気込んで言葉を続けた。

「てことは、やはり、あの夜の襲撃者は伊勢屋だったってことか！　すぐに俺たちが店にやって来たので、遅かれ早かれ自分の悪事が露顕すると観念しての割腹……それなら辻褄が合う」

とはいえ、今一つ釈然としない。何処《どこ》か納まりの悪い気がするのは何故だろう？

「これは？」

屍骸《しがい》の前に封書があり、その表には黒々と山田浅右衛門様と記してあった。

「そうさ、浅さんを呼びに行った理由の一つがこれだ。見た通り、書状の宛名は浅さん、あんたになっているんだ」

久馬立ち合いの下、中を検《あらた》める。それは遺書にしては実に奇妙な内容だった。

文字はない。緑色の丸い模様が七つ描かれている。

それだけ。

「なんだ、こりゃあ？」

「久さん、ここに書かれていることの意味はまだわからないが――」

吐き捨てるように浅右衛門は断言した。

「これだけは言える。この書状は明らかに果し状だ」

「果し状だって？」

久馬は耳を疑った。腹を掻っ切っている伊勢屋彦四郎の屍骸をまじまじと見つめて、

「あの通り、本人はさっさと死んじまってるじゃねぇか」

「こんなやり方をされるとはな」

浅右衛門は声のない笑いを漏らす。

「死してなお、俺を翻弄するつもりなのだ、伊勢屋は」

刀に心を残さないと答えた俺がそんなに気に食わなかったのか？　それとも、俺の嘘を暴きたくなった？

——ほうら？　私の所有しているお宝を見たいでしょう、山田浅右衛門様？

　私もお見せしたい。ぜひとも私の残した謎を解いてくださいませ。

そんな伊勢屋の声が聞こえてくるようだった。

（いずれにせよ、俺の心にさざ波を立てようとしている——）

伊勢屋彦四郎の遺骸は医師を交えた正式な検視の後、番屋へ運ばれた。そして、久馬は配下の手先を総動員して伊勢屋の店舗と住居部分を隅から隅まで、それこそ床下

から天井裏まで徹底的に調べた。家は平屋で、店舗とその裏の板敷の間、座敷と隣室の三畳の寝所、台所、庭横の雪隠《せっちん》という造りである。だが、敷地内の何処《どこ》からも佐藤家の刀は見つからなかった。

「みどり殿の刀を奪ったのは伊勢屋の店主彦四郎、それは間違いない。そうだろう、浅さん？　てぇことは、伊勢屋彦四郎はこの家以外の何処かにその刀を隠しているということだな？」

既に日は傾いている。夕陽が長く射す座敷に残っているのは久馬と浅右衛門の二人だけだ。浅右衛門は伊勢屋が遺した書状を前に静かに座したまま動かない。遂に痺れを切らして、久馬が周囲をグルグル歩き回り始めた。

「その書状に記された謎の文様は刀の隠し場所を示唆しているんじゃねぇのか？　そしてそれを浅さんに解いてみろと言っている？　それとも、解けなくて右往左往する様子をあの世で面白がってるのか？　どっちにしろ、いい根性してやがるぜ、伊勢屋の野郎。死して天下の山田浅右衛門を走らせるとは！」

「確かにな。伊勢屋は面白がっているだろうよ」

ゆっくりと浅右衛門は顔を上げる。

「だが、同時に見つけてもらいたくもあるのだ」

「え？」

「自分が奪った刀……自分だけが持っている名刀を誰かに見てもらいたがっている……」

「ええ？　どういうことだよ、そりゃ？」

久馬は目を白黒させた。

「俺にはてんでわからない。伊勢屋は、見つけられたくないのか、見つけてほしいのか、どっちなんだよ？」

「だから、始末に負えないのさ、久さん。人やものに心を込め過ぎると碌《ろく》なことがない。それ故《ゆえ》、俺はできるだけ心を平らにしてさざ波を立てないよう、人や物に想いを移さないように努力してきた。伊勢屋はそれが気に食わなくてひっかきまわして嵐を起こそうとしているのだ」

「待てよ、浅さんの考えは間違っている」

珍しく久馬が反論する。

「心を平らにした方がものは映る、、、かもしれないが、さざ波が立ってるぐらいの方が水面にものは映らねぇんじゃねえのか？」

同心はバシバシと公儀御様御用人《おためしごようにん》の肩を叩いた。

「な？　遠慮はいらねぇ。たくさんさざ波を立てりゃあいいんだよ。思う存分好きになりゃいい、ものも、人も！」

「たくさんさざ波を？　そう考えたことはなかったが。なるほど、面白いな」

同心は〝移す〟ことと〝映す〟ことをゴッチャにしている。論破にもなっていない。しかし――

存分にさざ波を立てろと言う友が傍にいる、その幸福を浅右衛門はしみじみと噛みしめた。確かに波立つ水面には何も映らない。残心も邪念も。それに、さざ波どころか、この男なら怒涛《どとう》の中でも平気で同船してくれそうだ。吹っ切れた、と浅右衛門は思った。

（これで心置きなく探し物ができる！）

受けて立とうではないか、伊勢屋彦四郎さんよ。あんたの隠した名刀、あんたを虜《とりこ》にしたそれを見ても俺は大丈夫だ。あんたのように乗っ取られることはないだろう。そのことを今、確信した。自分はものよりも人の方が大切だと思っている。そう思わせる知己《ちき》が俺にはいる――

「いいことを教えてもらった。礼を言うよ、久さん。ありがとう」

「役に立ったかい？　そりゃ良かった！　浅さんにはいつもいろんな知恵を授けてもらっているから、たまには俺もお返ししなきゃな。アハハハハ」

気分一新、勢いよく浅右衛門は立ち上がった。

「伊勢屋彦四郎が命を賭して刀の隠し場所を仕込んだ謎かけはこの書状だけではない、と俺は思うのだ」

座敷を見渡しながら口を開く。

「昨日、俺たちが乗り込んだ時、伊勢屋は既に自刃を決意していた、とも考えている」

「え？　そうなのか？」

「粋人、通人……モノに心を持っていかれた者はえてして常識から逸脱した奇妙な考え方をするものだ。それこそ俺が恐れた生き方だよ」

サラリと言って、浅右衛門は続ける。

「謎を仕込むのは、さぞ楽しかったろう。何故ならこの勝負、伊勢屋彦四郎は絶対に〝負け〟はないと考えていたからだ。謎が解けず刀の隠し場所がわからなければもちろん、己《おのれ》の勝ち。だが、謎が解けても勝ちなのだ。自分の所有していた宝物を見せつけられるからな」

眉根を寄せて聞き入っている久馬を振り返って、浅右衛門は一つ頷いた。

「あの男のことだ。用意周到に謎を仕込んだに違いない。昨日交わされた会話、そして俺たちを招き入れた場所——腹を斬ったまさにこの座敷にも、謎を隠しているはずだ」

「ううむ、通人の考えなど俺には金輪際《こんりんざい》わからないが——よっしゃ」

久馬も力強く頷き返す。

「とにかく、この座敷をじっくりと調べればいいんだな？　やろうじゃないか！」

座敷と言っても、物が置いてあるのは床の間だけである。二人は今一度、隅から隅まで眺め渡した。

「やや！　掛け軸が違ってるぞ！」

まず久馬が声を上げる。

「昨日は蕪村の狐の句と絵だった。だが今は——」

美人画だ。可愛らしい娘が一人佇《たたず》んでいる。その手が捧げるように持った一輪の黄色い花……

「記名はないが、娘の顔から見て作者は鈴木春信だな」

「これも例の絵暦ってやつかい？」

暫《しばら》く眺めていた浅右衛門、きっぱりと首を横に振る。

「いや、これは違う。絵暦ではないな。何処《どこ》にも年号らしきものは見当たらない」

飾られた絵のちょうど真下、床の間に置かれたギヤマンの花瓶にも黄色い花が挿してあった。庭を振り返って浅右衛門は確認する。

「この花は庭から採ってきたんだな？　今が盛りと自慢していた山吹《やまぶき》か。となると、掛けてある絵の中の花も山吹で間違いない」

花瓶の横に置かれている品々も奇妙だった。

「お、こりゃ昨日は店先にあった錦絵だろ。浅さんが凄いと言ったソレじゃねぇか？」

「うむ。小松屋百亀の絵暦〈頼光一行と衣を洗う女〉」

「浅さんに褒められたから嬉しくて、改めてこっちへ持ってきたのかな？」

「いや、まさか。そんな単純なものじゃないだろう……」

他にもう一つ、例の木札が置いてあった。軒に下げていた看板代わりのそれだ。表に〈伊勢屋〉、裏に〈御道具鑑定〉。

「むむ？　なんでわざわざ木札までここへ？　これも、重大な意味があるのか？」

座敷にあるものは、以上の五品。

そして、浅右衛門宛の書状に記されたの七つの緑の丸い文様。

これらが、佐藤家の家宝の在処《ありか》を告げている……？

〈八〉

「で？　この三日というもの、山田様は伊勢屋の座敷に籠って彦四郎の遺した謎を解こうとがんばっていなさると言うわけでござんすか？」

「そう。だが浅さんだけじゃねぇ。俺もこうやって気張ってるのよ」

「──って、何処《どこ》が気張ってるんで、黒沼の旦那は？」

赤い毛氈《もうせん》の腰掛に座り、可愛い娘が置いていった団子を頬張っている同心を見つめて竹太郎が訊いた。

「馬鹿野郎、気張り方にも色々あるわな。二人で雁首《がんくび》並べてウンウン言っててもしょうがないだろ。俺は定廻り《じょうまわり》──市中を見回るという大切なお役目もあるし、じっと籠って頭を使うのは浅さんに任せてだな、俺は……」

「茶屋の看板娘探訪？」

「ちがーう！　いいか、よく聞け、キノコ。今回の騒動の初めに、俺が願掛けしたのが、ここ、笠森稲荷なんだよ。だから忙しい市中見回りの合間を縫って改めて拝みに来たのさ。前の時は浅さんが想い人の薄緑に会えますようにと願ったが、今度は、浅さんが謎を解けますように」

「いや、同心がそんな神仏頼みでいいんですか？　やっぱり、どう見ても気晴らしに出て来たとしか見えねぇや」

「だってよぅ、謎なんて全然解けねぇんだもん」

思わず本音を吐いた後で、久馬はまじまじと竹太郎を眺めた。

「おまえこそ、キノコ、やけに浮かない顔してるじゃねぇか」

曲木の松親分は出張《でば》っていた馬喰町の半鐘泥棒の件が片付いて、通常の持ち場に復帰した。竹太郎もお役御免となったのだが……先刻、通油町《とおりあぶらちょう》の先、栄橋の真ん中で魂が抜けたようにボウッと突っ立っているのに出くわして、久馬から声をかけたのである。

「例の海獣の話はどうなった？　版元はなんて言ってる？」

「――」

深く項垂《うなだ》れる竹太郎。

「あ、聞くだけ野暮だったか」

キノコこと朽木思惟竹は洟《はな》を啜る。

「黒沼の旦那、どうやら俺は早く生まれ過ぎた気がするんでさ。チキショウメ、いいネタだと思ったんだがよ。俺の戯作《げさく》の何処《どこ》がいけねぇんだ？」

「ハナシが面白くないんだろ」

あっさりと断言する定廻《じょうまわ》りだった。

「そっちの答えは簡単だ。そんなことに頭を使う暇があるんなら、キノコ、こっちの謎解きに協力してくれ」

写し取ってきた例の伊勢屋彦四郎の遺書を、団子の皿の横に広げる。

「さあ、これをどう読み解く？」

「七匹の海獣？」

キノコは頭を抱えて仰《の》け反《ぞ》った。

「だめだぁ！　こんな丸、今のわっちには皆、海獣の頭にしか見えねぇ！　ああ、両国の見世物の海獣はあんなに可愛らしいし、それを描き切ったわっちの〈お江戸見物海獣之記〉はあんなに傑作なのに、何故、何故、ボツなんだあああああ」

「海獣の頭だぁ？　しっかり見やがれ、キノコ。これは写しだ。だから色は塗っていないが、伊勢屋彦四郎が遺したモノホンの書状では七つの文様は全て緑に塗られているんだぞ。いくら丸くっても海獣は白いんだろ――って、待てよ」

久馬はいったん言葉を呑んだ。眉根を寄せて自問自答する。

「この際、色に囚われずに考える……つまり、色は忘れて形だけで見るとどう見える？　例えばこれが白い丸なら……七つの丸……」

次の瞬間、仁王立ちになって叫んだ。

「来たぁ！　流石、霊験あらたかな笠森稲荷様だ！　今、俺の目には確かに見えたぞ、七つの星が！　そして、七つ星といえば……北斗七星……！」

「北斗七星？　なるほど、うまいぞ、久さん！　俺は、その方向は全く思いつかなかった……」

竹太郎を引き連れてすっ飛んで向かった先、日本橋は本町の伊勢屋の座敷。久馬の発想を聞いて浅右衛門も膝を乗り出した。

「へへ、照れるぜ、浅さん。だがまぁ、俺が本気を出したらこんなものさ。与力の添《そえ》島《じま》様も俺のこと〈眠れる獅子《しし》〉っておっしゃってるくらいだ」

「そりゃ聞き違いでしょう？」

手慣れた様子でお茶を差し出しながら竹太郎が一言。

「獅子じゃなくって〈眠りっぱなしの狒々《ひひ》〉じゃねぇんですか？　ほら、サルのでっかい奴」

「おいキノコ、俺はおめぇにお茶を淹れろと頼んだんだ。誰が茶々を入れろと言った？」

不埒な自称戯作者《げさくしゃ》を横目で睨んでから、久馬は改めて浅右衛門へ体を向ける。

「で、この七つの丸印を北斗七星と見た場合、この見方で何か繋がるモノがあるかい、浅さん？」

「ある」

浅右衛門が深々と頷く。

「北斗七星といえば七星剣――」

「しちせいけん……？」

七星剣とはその名の通り、北斗七星が意匠された剣のことだ。中国の道教思想を起源とする。破邪や鎮護の力が宿るとされ、上古、儀式に用いられた。

「俺が知っているものでは、大坂の四天王寺に奉《たてまつ》られている一振り。これには七星とともに雲文、三星、龍頭、白虎が刻まれている。奈良の法隆寺にもあるらしい。こちらは銅七星剣、または七曜剣、七曜御剣とも呼ばれていて、七星の他に雲文、日輪、月の文様を配しているそうだ。四天王寺の物も法隆寺の物も、どちらも聖徳太子の佩刀として伝わっている」

もう一つ、と御様御用人《おためしごようにん》は言った。

「奈良に、古代の宝物が納められている正倉院という建物があるのだが、ここに収蔵されている一刀。呉竹鞘御杖刀《くれたけさやのごじょうとう》も七星剣らしい。こちらは七星、三星、雲文は同じながら、竹で包んだ木鞘に納められた仕込み杖だそうだ」

そして、低く息を吐いて腕を組む。

「この刀を含めて八振りの七星剣が正倉院には納められていたのだが、藤原仲麻呂《ふじわらのなかまろ》の乱で持ち出され、この仕込み杖以外は行方知れずになってしまったとか」

「へえ、その藤原ナントカが誰かは知らねぇが、我が日の本にはそんな凄い秘剣、名剣があるのか！」

苦悶の色を滲ませて浅右衛門は口を開く。

「久さん、俺は今のところ、伊勢屋彦四郎が佐藤家の刀を隠した〝場所〟については、全く解読できていない。だから、ここはひとまず久さんの読み取った北斗七星から七星剣の線で刀の〝形状〟について確認してみたい。そのためにはみどり殿に会って話を聞く必要がある」

「それ、間違っていると思います」

娘は言下に言い切った。

深川は菊川町にある裏店《うらだな》、常磐津のお師匠文字梅の住まいである。

家宝の刀を奪ったのも、湯屋帰りに襲ってきたのも、伊勢屋彦四郎だとわかり、その彦四郎当人は自害して果てた今、ひとまず身の危険は去ったのだが、みどりは長屋へは帰らず文字梅のもとに居続けている。

「黒沼様、山田様、ようこそおいでくださいました。ちょうど良かった！　いただきものの瓜がいい具合に冷えておりますよ。おや、竹も一緒かえ？　じゃ、切り分けるのを手伝っておくれな」

先刻、玄関先で久馬たちを出迎えた文字梅はそのまま奥へ引っ込んだ。佐藤家の娘に家宝の刀に関して質《ただ》していた浅右衛門、瓜を持って座敷に入ってきた文字梅を見て目を細める。

「ほう、涼しげだな！　瓜もお師匠さんも、夏を先取りだ」

「お気づきですか？　流石、山田様！　この新しい浴衣、みどりさんがお礼だと言って半日で仕立ててくれたんです。私は気を遣うなって言ってるのに」

師匠は嬉しそうにクルッと回ってみせた。洗髪後らしく長い髪を笄《こうがい》一本でまとめた姿も噎《む》せ返るほど婀娜《あだ》っぽい。一方、みどりは慌てて首を振った。

「いいえ、こんなのお世話になってる御礼にもなりません。私、凄く嬉しかったんです。お師匠さんに今年は朝顔市へ一緒に行こうって誘っていただいて……」

　頬を染め、胸の目で両手の指を組むみどり。

「私、母を早くに亡くし、父と兄の男所帯で育ったから、縁日とかお祭りとか、そういうものに一度も行ったことがなくて」

　七夕前後の三日間、入谷鬼子母神《いりやきしもじん》周辺で開かれる朝顔市は文化文政期（一八〇四〜一八二九）に始まった。今や江戸っ子に夏の到来を告げる風物詩となっている。

「ああ、だから朝顔の柄か！　なるほど、いいねぇ！」

　久馬も目尻を下げたままでは良かったが……

「しかし、大年増には瑞々《みずみず》しい朝顔の柄はかなり無理があるんじゃねぇか？　その浴衣、みどり殿が着た方が断然似合う——イテテテ」

「大きなお世話ですっ！　私は藍地、みどりさんは白地のお揃いなんです。ねー？」

「はい。私のは今、仕立て中です」

「そ、そりゃあ二人なら、纏《まと》うは朝顔ながら、いずれが菖蒲《アヤメ》か杜若《カキツバタ》——花尽くし、名花の競演、まさに目の保養だな！」

「ま！　山田様ったらお上手ですこと」

　なんとか機嫌を直した文字梅師匠だった。

（まったく……）

怒涛《どとう》の海でも同船してくれそうな頼もしい友とはいえ、こういう場面でいらないことを口走ってさざ波ばかり立てる久馬を一睨《ひとにら》みし、浅右衛門は話を本筋へ戻した。

「ところでさっきの件だが、みどり殿、奪われた家宝の刀が七星剣ではないかという私の推測を何故、違うと言ったんだい？　その理由を教えてくれないか？」

「はい、私は家宝の刀の銘は知りません。抜き身すら見たことがありませんから。でも形状は存じています」

実際、それを風呂敷に包んで持ち出したみどりである。

「山田様のお話では、七星剣は古式の剣——古代の剣ということは、つまり、直刀ですよね？　そこが違います。ウチのは明らかに太刀の形です。長さも二尺七寸（八十二センチ）はありました」

「あ、なるほど」

流石は武家の娘、刀に対するみどりの指摘は的確だ。

冷えた瓜は美味だったが、七つの丸い文様から北斗七星、そして七星剣というこの読み解きはあっさり潰《つい》えてしまった。

〈九〉


「やっぱりなぁ、謎はそんなに簡単ではないか。だいたい浅さんがこんなに苦労してるのによ、俺風情《ふぜい》が解けっこないやな」

　久馬は大きく息を吐いた。

「いや、そうしょげるな、久さん。七星剣は外《はず》したが、役に立った。というのは、俺は伊勢屋の遺した謎は全て盗んだ刀の〝隠し場所〟と決めてかかっていたんだ。北斗七星から七星剣……そういう読みができるなら、場所だけでなく刀自体の情報も謎の中に混ぜ込まれている可能性があると気づかせてもらったよ」

　定廻《じょうまわ》り同心の肩を叩いて浅右衛門が慰める。

「つまり、新しい角度から謎解きに挑めるというものさ！」

「甘やかしちゃだめですぜ、山田様。黒沼の旦那はすぐ調子に乗りますからね」

　徳利を置きながら竹太郎が言う。中に入っている酒は文字梅の家から戻る道で買ってきた日本橋和泉町四方《よも》酒店の、美味《うま》いと評判の〈瀧水〉だ。こういうところ機転が利いてそつのない目明《めあか》しの息子である。三人は夜鳴き蕎麦《そば》の屋台で夕食も済ませていた。今宵は夜を徹して伊勢屋彦四郎の遺した〈謎〉を解明する決意だ。すっかり日が落ちて、百目蝋燭の灯に浮かび上がる伊勢屋の座敷は昼間より一層、殺伐とした雰囲気だった。

「とすると、やっぱり書状のこの図柄——七つの丸は色が重要ってことですかねぇ？」

膝を正し、書状を眺める竹太郎。

「うーむ、だがよ、緑の丸って言っても、さっき食べた瓜とか、でなきゃ葉っぱくらいしか俺は思い当たらねぇや」

そう言った後で久馬は口を尖らせる。

「瓜は美味《うま》かったとはいえ——狐に抓《つま》まれるとはよく聞くが、おめぇの姉貴は狐かよ。どんだけ人を抓《つね》れば気が済むんだ？　イテテ。おかげで俺は痣《あざ》だらけだぜ」

「それは黒沼の旦那が悪いんでしょ。姉貴を怒らせることばっか言うからだ。弟の俺だってあそこまでは言えない。ってか、姉貴はともかく、狐の化生の女人ならわっちは大歓迎ですぜ。ゾッとするほどの美人に決まってる。喜んで女房にでもなんでもしまさぁ」

浅右衛門の方を竹太郎は振り返った。

「ねぇ、山田様、その昔、偉《え》ぇ陰陽師の安倍《あべの》ナントカのおっ母さんも狐だったんでしょう？」

　浅右衛門の答えを待たず久馬が目を輝かせる。

「ほんとか？　人が獣と夫婦《めおと》になれるのか？」

「ま、浄瑠璃の話ですがね。〈芦屋道満大内鑑《あしやどうまんおおうちかがみ》〉。享保の頃の作で江戸よりは上方で人気を博したとか。歌舞伎にもなってます。いい話でわっちは大好きでさ。正体がバレて森へ帰る狐のおっ母さんが泣かせる。その際、屏風に書きつけた歌も哀しいや」

「へぇ、どんな歌だ？　教えてくれ、キノコ。そしたら俺をデカイ猿と言ったことは水に流してやるから」

「……〈恋しくば　尋ね来てみよ　和泉《いずみ》なる　信太《しのだ》の森の　うらみ葛《くず》の葉〉」

　笑いを噛み殺して竹太郎は同心の顔を覗き込んだ。

「わかります？　狒々《ひひ》の旦那？　葛の葉ってのが狐の名で、信太の森がその棲家、うらみは森の〝裏〟と情の〝恨み〟をかけてるんでさ」

「すっとこどっこい、そのくらいわからぁ」

「この葛の葉、稲荷大明神の第一の神使《しんし》だけあって、それはそれは美しい真っ白な狐なんですぜ」

ここまで言って竹太郎、ハッと息を呑む。

「う？　真っ白い……ケダモノ……白い……海獣……似たような題材なのに？　何故だぁ！　何故、わっちの話は売れないんだあああ」

「まあ飲め、キノコ。そして、忘れろ」

徳利の瀧水を茶碗に盛大に注いでやる久馬だった。自分も勢いよく飲み干すとクスクス笑い出す。

「なんです、旦那？」

「いや、おまえを笑ったんじゃねぇ。俺が面白いと思ったのは、狐のおっ母さんが帰る場所さ。森に訪ねて来いか。フフ、人間の女房になってたくせにそういうとこ、やっぱり狐だな？　塒《ねぐら》が森の巣とは、フフ、ケダモノらしくて可愛いや」

「なんてこった、それだ！」

浅右衛門が低く叫んだ。床の間に置かれた伊勢屋の看板代わりの木札をじっと見つめている。

「え？　なんだ、浅さん？」

「山田様、何かおわかりになったんで？」

「伊勢屋め。やはり奴は最初から解いてもらいたがっていたんだ。隠し場所への手掛かりをいたるところに鏤《ちりば》めてやがる。覚えてるか？　久さん、俺たちが二人してこの店へやって来た時、あいつはやたら狐の話をした」

「うん、そうだった。蕪村の狐の句を並べたてたっけ。そもそも、あの日は床の間の掛け軸も蕪村の狐の句だった。俺は気づかなかったが、浅さんがズバッと指摘したんだよな」

「いや、一番最初に、伊勢屋に斬り込んだのは、久さん、あんただよ」

「へ？」

「伊勢屋の屋号について、久さん、言っただろ？」


――お江戸に多いもの。火事、喧嘩、伊勢屋、お稲荷、犬の糞というものな。


「既にそこに答えがあった。だからかあの時、伊勢屋の態度が少々おかしかったんだ。謎は解いてほしいが早すぎる。もうばれたかと流石に焦ったのだろう。俺は犬の糞扱いされて腹を立てたのかと思ったんだが……」

「え？」

「久さんの一言こそ、盗み取った刀の隠し場所を的確に言い当てていたのさ」

「えええ？　ていうか、当人の俺がまるでわからねぇ」

「お江戸に多いものは何だ？　もう一回、言ってくれ」

「火事、喧嘩、伊勢屋、お稲荷、犬の糞……」

「そうさ、それだ」

浅右衛門は伊勢屋の書状を掴み取った。

「いいか、久さん、この七つの緑の丸印は、そのものズバリ〝森〟を表しているとしたら？　狐の帰る場所、森さ。ところでお江戸には〝森〟と〝お稲荷さん〟が一緒に呼び名として付いてる神社があるだろう？」

チャキチャキの江戸っ子、竹太郎が我慢できずに割って入る。

「えーと、待ってくだせぇ、まずは笠森稲荷、それから、柳森稲荷、烏《からす》森稲荷、椙《すぎの》森稲荷、雀《すずめの》森稲荷、吾嬬《あづま》森稲荷、宮戸森稲荷、東灌《とうかん》森稲荷……」

「ご名答、竹さん」

「あ、ほんとだ。改めて確認すると森と稲荷が入ってる。だけど、数は八つですよ？」

「ここまでわかればもういい。――よし、明日、さっそく行ってみよう」

「って、待てよ、浅さん。俺たちだけでその八つの稲荷の森を全部巡るのか？　中々大変だぞ。そういうことなら俺が朝一番に優秀な加勢を手配するぜ」

そこで久馬が身を乗り出して、

「曲木の松親分は当然ながら、馬喰町の鹿蔵に黒門町の赤兵衛《あかべえ》……」

「いや、俺たちだけで大丈夫だ。目指す森は一ヶ所だから」

そう言って、浅右衛門は床の間の一輪を見つめた。それから庭へ視線を転じる。夜の闇にくっきりと浮かび上がる、今が盛りの黄色い花の群れ。最後に床の間の掛け軸へ。

「ここ数日、俺はこの錦絵の解読に頭を悩ましてきた。これは絵暦ではなく見立て絵と呼ばれる類《たぐい》のモノなのだが」

〈見立て絵〉とは古典の物語や故事などを江戸の当世風の風俗に移して描いた浮世絵のことだ。〈絵暦〉同様、明和の頃流行した。

「鈴木春信はこの見立て絵も得意だった。春信は原典について決して言葉では記さず絵柄だけで表現する。そういうところがいっそう趣味人の興を誘ったのだろう。例えば有名なものに〈見立玉虫屋島の合戦〉というのがある」

「屋島の合戦？　その話なら俺も知ってるぜ！　源氏側の弓の名手、那須与一《なすのよいち》が、平氏の軍勢が船上に立てた扇を見事射落とす名場面だな」

久馬の言葉に浅右衛門は頷く。

「うむ。春信はそれを優雅な舟遊びの絵に仕立てて描いているのだが、扇を持って立つ娘をよく見ると振袖の柄が平家の軍船になっている。で、対になっている〈見立那須与一屋島の合戦〉で向かい合う矢をつがえた若衆の背後の風景が茄子《なす》畑……」

竹太郎、手を叩いて面白がる。

「ナス？　あ、那須与一……駄洒落《だじゃれ》ですね？　こいつぁいいや！」

「そういうのに比べたら、ここに飾ってある絵は見立て絵としては他愛ない。調べたところ、絵の題は〈見立山吹の里〉、明和三年（一七六六）頃の作だ」

浅右衛門は腕を組んで頭を捻った。

「これがさっぱりわからねぇ。単純すぎるのだ。見立てと言ったって、まんまだろう？　降り注ぐ雨、縄暖簾《のれん》を分けて立つ娘。差し出すのが山吹の一枝……山吹といえば武士なら知らぬ者がない逸話があるが」

「わっちは武士にはあらねど、知ってまさぁ！」

またしても竹太郎が声を上げる。

「このお江戸の創始者、太田道灌《おおたどうかん》の話ですね？」

太田道灌がまだ若かった頃、狩りの途中、突然雨が降ってきた。そこで蓑《みの》を借りようと近くの農家に立ち寄ったところ娘は無言で山吹の花を差し出した。『私は蓑を所望したのだ。花ではない！』　激怒した道灌は居城に戻った後で娘の行為の意味に気づく。そして、その場で娘の意図を理解できなかった己《おのれ》の無粋と無学を恥じ、以後、武芸だけでなく勉学や歌道に精進した――

「歌にもなっています。〈七重八重　花は咲けども　山吹の　実の一つだに　無きぞ悲しき〉」

「実際、その歌を詠んだのは醍醐《だいご》天皇の皇子の兼明《かねあきら》親王だがな」

山吹は実をつけない花。娘は貧しくて〝蓑〟がないことを〝実の〟ない山吹に託したのだ。

「今、漸《ようや》くわかったよ。この絵で拘《こだわ》るべきは話の内容じゃない。太田道灌その人だ。そしてこれが伊勢屋の書状に繋がっていくのさ」

浅右衛門は筆を執ると七つの稲荷社の名を紙面に書き並べた。

「さっき竹さんが数え上げた森と稲荷の付く八つの神社――この中で、残念ながら最初の笠森は違うのだ。あの稲荷は実は勧請されたのが新しい。それ以外の七つ。これらは〈道灌七稲荷〉として括《くく》られる古社だ。太田道灌が江戸城を築城するに当たって方位除けの守護神として江戸周辺に奉《たてまつ》ったと伝わっている」

「へえ、そうなんですか？　道灌七稲荷ねぇ？　わっちは知りませんでした。お稲荷さんは皆、同じようなもんだと思っていた。黒沼の旦那はどうです？」

「俺も知らなかった。って、コラ、キノコ、言わせるな」

「更に、この中から……これだ」

首打ち人の指はたった一つの名を差している。

「この東灌森稲荷こそ伊勢屋彦四郎が刀を隠した場所と俺は見た。何故って？　この文字をよく見てみろ。字面《じづら》さ。〝東灌〟は音で〝とうか〟と読めば稲荷と同字の〝稲《とう》荷《か》〟の音《おん》が由来とも言われるが、それ以上に俺は太田道灌の〝道灌〟の書き換えではないかと思うのだ。道灌森稲荷。だとすれば」

浅右衛門は静かに目を上げた。

「七つの緑の丸印は森の付く七稲荷。そして、掛け軸の絵と花瓶に挿した山吹は道灌繋がりで、七社の中の一つを暗示している……」

「それだ！　東灌森稲荷、それ以外ない！」

久馬が飛び跳ねて同意する。

「いかにもあの伊勢屋彦四郎が仕込みそうなネタじゃあねぇか！」

竹太郎も力いっぱい頷いた。

「わっちもそう思いやす。流石、山田様だ！」

三人は逸《はや》る心を抑えて、その夜は伊勢屋の座敷で雑魚寝した。そして夜が明けるや、東灌稲荷へ向かった。

〈十〉

東灌森稲荷は江戸の北東、田端《たばた》にある。田端はその名の示す通り一面、田畑が広がっていた。

台地になっている南側には多数の神社や社《やしろ》があるが、低地の北側に奉《たてまつ》られているのはこの東灌森稲荷だけだ。見渡す限りの田畑の中、一ヶ所、蹲《うずくま》った獣のように古木の杉の森がこんもりと盛り上がっていて、その前に一軒の茶屋がある。それが目印だ。

入り口の石の鳥居には奉納者である吉原遊郭の尾張彦太郎《おわりひこたろう》の名が刻んであった。灯篭や手水鉢《ちょうずばち》は寛政六年（一七九四）、手水舎は寛政十一年（一七九九）の銘。境内は美しく手入れされて、社殿の左手、こんこんと湧き出る清水が清々《すがすが》しい。稲荷社自体はさほど大きくはないが人々に篤《あつ》く信仰されているのがわかる。

「ここだ。伊勢屋彦四郎はこの境内の何処《どこ》かに奪った刀を隠しているはず……」

唇を引き結んで四方を眺める浅右衛門。稲荷の像を撫でながら竹太郎が呟く。

「一体何処でしょうね？」

「俺が思うに――やっぱり、あそこじゃねぇのか？」

久馬が意気込んで言った。

「狐穴！」

即座に浅右衛門も同意する。

「狐穴か、なるほど、良い読みだ」

「な！　蕪村の句を俺が一茶かと聞いた時、伊勢屋は目をひん剥いた。馬鹿にされたのかと思ったのだが、あれは俺の鋭い読みに息を呑んだんだな。一茶の句には〝狐穴〟という言葉が出てくるから」

ボソリと、竹太郎。

「というか、それ、単に間違って口走ったことがたまたま関係のある事柄だっただけでしょ？　俗に言う、瓢箪《ひょうたん》から駒ってやつですよ、黒沼の旦那」

ともあれ一同、周囲一帯を探ってみた。が、狐穴らしきものは見つからない。

「うーむ、狐穴のありそうな場所を本格的に探して、そこをまた掘り起こすとなると寺社奉行に協力を仰ぐ必要があるぞ。こりゃ思った以上に時間がかかりそうだ」

「正直、狐穴一つ探すのがこんなに大変だとは思ってもいなかった……」

「そもそも、狐穴なんてホントにあるんですかね。わっちはガキの頃、神社の境内で遊んだものですが、んなもの見た覚えがねぇ」

「狐穴をお探しですか？」

背後から突然声をかけてきたのは白衣に浅黄色の袴をつけた禰宜《ねぎ》だった。掃除中らしく箒を手に近づいて来る。

「実はそうなんだが――」

巻羽織《まきばおり》の襟を正した久馬は、苦笑しつつ訊いた。

「えーと、狐穴は何処かと聞かれても、そんなこと知っちゃあいませんよね？」

「知っていますよ！」

明快な返答に、三人は面食らってしまう。

「狐穴が、あるんですか、この境内に？」

「もちろんです。稲荷社ならば決まってあります。ご存知なかったですか？」

禰宜は胸を張って教えてくれた。

「その昔、稲荷社の祠で火事が続いて『狐穴がないせいだ』ということになりました。

それで試しに狐穴を作ったところ、ピタリと火事が収まった。以来、稲荷社では必ず狐穴を設けるようになったのです。ところによっては狐穴自体を祀っている神社もあります」

「そ、それで、その狐穴は、何処《どこ》に？」

「こちらです」

禰宜が三人を導いたのは意外な場所だった。木立や茂みなどではなく――

「え？　これ？　これが狐穴？」

拝殿の側面。その床下に木板が嵌《は》められていて、小さな穴が三つ穿《うが》ってある。

「穴の数は一つのところもございますが、ご覧の通り、ウチは三つです」

「へー、これが稲荷社の〝狐穴〟かえ？　言われなきゃわからねぇや。俺はてっきり境内の森の中にあると思った……」

同心の言葉に禰宜《ねぎ》は目を細めておかしそうに笑った。その顔が妙に狐じみていたのは気のせいだろう。

「まぁ、狐穴と言っても火事封じのお呪《まじな》いの類《たぐい》ですからね」

この狐穴に盗品を隠したという疑惑があり探索中なのだと久馬が告げると、禰宜は快く床下に入ることを許してくれた。

さっそく袖をまくり尻端折《しりはしょ》りする竹太郎を久馬が制す。

「待った、キノコ、俺が入るよ。なんたって浅さんが先に詠んでくれてるからな」

「へ？」

「〈同心や　刀掴んで　出る狐穴〉……」

果たして狐穴の裏に、刀箱が無造作にゴロンと置いてあった。

中には二振りの刀剣が入っている。

一刀は松兵衛親分の記憶にあった三十数年前の事件で盗まれた代物、浪人生嶋縫衛門が、開業したばかりだった伊勢屋に持ち込んだそれだろう。そして、もう一刀が佐藤家の家宝と思われる――


本町の伊勢屋へ刀箱を運ぶと、久馬は佐藤家の兄妹を呼んだ。

みどりは文字梅に付き添われてやって来て、時を置かず兄の忠嗣も修業先の横山町の菓子屋から駆けつけた。

床の間を背に久馬と浅右衛門、戻ってきた刀を間に置いて佐藤家兄妹が並んで座り、その後ろに文字梅と竹太郎が控える。

「では、私が鑑定させていただきます」

厳かに浅右衛門が言った。畏まって頭を下げる兄と妹。

「光栄です。よろしくお願いいたします」

山田浅右衛門は作法通りに、スラリ、抜き放った。

「――」

それから柄を外して茎を確かめたり、刃文を読んだりした暫《しば》し後、静かに鞘に納める。

そしてまず、兄の佐藤忠嗣に訊いた。

「ご当家にはどのように伝わっておられますか？」

「お笑いください。父から聞いた名は〈膝切《ひざきり》〉、または〈蜘蛛切《くもきり》〉です」

浅右衛門は笑わない。

「お父上の言葉通りと思います」

長い長い間。

その間、誰一人声を発するものはなく、伊勢屋彦四郎の座敷は無音だった。

どのくらい時間が経ったろう。

「嘘でしょう？」

沈黙を破った佐藤家嫡男の言葉は呻き声に近かった。

「そんな……信じられない……」

御様御用人《おためしごようにん》・山田浅右衛門はまっすぐに忠嗣を見て言う。

「〈膝切〉、〈蜘蛛切〉、またの名は〈吠丸《ほえまる》〉……どのような名で呼ぼうとも、源氏所縁《ゆかり》の名刀と見ました」

そこまで口にして、静かに息を吐く。

「伊勢屋彦四郎もそう鑑定したようです。だから、略奪した――」

浅右衛門はゆっくりと座敷を見回した。

「伊勢屋が死して遺した謎は二種類ありました。盗んだ刀の〈隠し場所〉と、刀の〈正体〉です。この座敷の床の間に掛かった掛け軸と花瓶の花、そして私宛に残された書状には刀の隠し場所を。そこ――床の間に置かれている絵暦〈頼光一行と衣を洗う女〉。これは刀の所有者を暗示しています」

「だが、有り得ない――」

「兄上……」

佐藤忠嗣は首を振って抗《あらが》った。

「だって、そうでしょう、山田様？　父に譲られて私も、来歴を一応調べています。

確かにそういう名の刀は存在します。かつて源氏の総大将源為重《みなもとのためしげ》が熊野権現に寄進、その後、平家打倒に立った御曹司の義経が佩《は》き、見事、宿敵平家に勝利したものの、不仲になった兄頼朝との和睦を祈願して義経自ら箱根権現に奉納した。つまり、その刀は現在、箱根権現に納められている。それが揺るぎない歴史の真実です」

目を伏せ、刀を見る。

「ここにあるものは偽物です」

「だが、この刀がここにあっても不思議ではない根拠が一つだけあります」

低く冴えた首打ち人の声。

「南北朝の頃書かれた〈義経記《ぎけいき》〉には、義経が兄の源頼朝に追われる山中で、最後まで付き従った従者の佐藤忠信に一振りの太刀を授けたと記されている。〈黄金造《こがねつく》りの太刀〉とのみ書かれたその刀の長さは二尺七寸。その賜った刀が〈膝切〉、〈蜘蛛切〉だったかもしれない。貴方は佐藤姓ですし」

再び伊勢屋の座敷に静寂が満ちる。

「本日は良いものを見せていただきました」

山田浅右衛門は深々と頭を下げた。

「よもや生涯に見ることは叶わぬと思っていましたが、願いは口に出してみるものだ。

友人がお稲荷さんに願を掛けてくれたおかげです」

「浅さん……」

「名刀ほど多くの名を有している。この天下の宝刀――元は罪人を試し斬りした際、膝まで斬り落とした故《ゆえ》に〈膝切〉となり、源頼光が妖怪大蜘蛛を斬ってより〈蜘蛛切〉、源為重の時代には毎夜、蛇のように鳴いた故〈吠丸〉……」

浅右衛門はちょっと言葉を切った。

「もう一つ特別の名で呼ばれた時期がある。いったん熊野権現に寄進されていたそれを、源氏が平家打倒に立ったと聞いた熊野の別当が、勝利を祈願して御曹司義経の下へ届けたのだ。その時、熊野の春の山を踏み分けて遙々齎《はるばるもたら》された故、山の緑が染みているると源義経が付けた新しい名。それこそ〈薄緑〉さ」


――熊野より春の山を分けて出たり。夏山は緑も深く、春は薄かるらん……


「どうだい、良い名だろう、久さん？　俺は刀の中で最も美しい名だと思っている」

浅右衛門は振り返ってにっこりと笑う。

「だから、ぜひ、ホンモノを見てみたかった……」

「えーーっ」

定廻《じょうまわ》り同心は仰《の》け反《ぞ》った。

「なんだよ、想い人……芸妓の名じゃあないのかよ！」


〈十二〉


「なんとも不思議な騒動だったなぁ……」

数日後。文字梅師匠の座敷で久馬はひとしきり首を捻って零した。

浅右衛門は微苦笑して、返す。

「まあ、お稲荷さんの御利益は素晴らしいってことでいいじゃないか」

「そうですよ、黒沼様。私は新しいお弟子さんができましたし」

文字梅師匠が言っているのはみどりのことだ。すっかり懐いてしまったみどりは常盤津《ときわづ》を習う口実で文字梅の家に通って来ている。

「でも、もう一つの願は叶ってねぇだろう？」

わざとらしく竹太郎を横目で見る久馬。

「『キノコがまっとうな職に就くこと』……」

「チェ、どうせ願うなら、そこは姉貴、『弟がお江戸一の戯作者《げさくしゃ》になれますように』だろう?」

「ふん、減らず口をお利きでないよ、半人前の遊び人が」

通りしなピチャッと弟の頭を叩いてから一旦奥に引っ込んだ文字梅、お茶の盆を持って戻ってきた。

「さあ、皆様、どうぞ召し上がってくださいな。今朝、みどりさんが届けてくれたんですよ」

皿に盛られたのは七つの丸……

「あ、鶯餅《うぐいすもち》!」

「美味《うま》そうだな!」

「忠嗣さんが作った菓子かい?」

みどりの兄の忠嗣はあの後、久馬たちが取り戻した刀を大切に持ち帰った。武士はやめたがこれからも刀は家宝としてしっかりと引き継ぐとのこと。

その忠嗣、今は長屋で菓子屋を開業している。作る菓子の数は少ないが毎日、担いで江戸市中を売り歩いているのだ。もちろん、みどりも甲斐甲斐しく付き従っている。

背中に挿した、薄緑の地に白く〈みどりや〉と染め抜いた幟《のぼり》が目印だ。爽やかな菓子売り兄妹の菓子は中々好評ですぐ売り切れるらしい。この調子なら店を持つ日もそう遠くないに違いない。

「少なくとも、キノコ、おめぇが戯作者《げさくしゃ》になるより、日本橋の室町辺りに〈みどり屋〉の暖簾《のれん》が揺れる方がよっぽど早いだろうよ」

「余計なお世話でさ、黒沼の旦那。しかし、うめぇ！　この鶯餅！」

浅右衛門も頷く。

「うむ、美味《うま》いな！」

「美味い！　いくつでも食える——ところで、浅さん、狐穴から俺が取り出したもう一振りの方はどんな刀だったんだ？」

久馬、二個目に手を伸ばしつつ訊いた。

「〈薄緑〉同様、持ち主を斬り殺してまで伊勢屋彦四郎が自分のものにしたがったんだ。やはり、物凄い名刀だったのか？」

「〈小烏丸《こがらすまる》〉……かな？」

眉を掻きながら浅右衛門が言う。

「ほう？　そりゃ一体どんな刀なんだ？」

「小烏丸は平家の秘宝だ。伝わるところでは桓武天皇の世、伊勢神宮より八尺余りの大烏《おおがらす》が飛んできてその羽から落とした刀とか。故《ゆえ》に小烏と命名された」

「大烏が落としたのに小烏丸？」

「久さん、そこは拘《こだわ》るところじゃない。刀の名にはその種の矛盾、不明点、謎が多い。それより肝心なのは――」

刀に知識のない同心に浅右衛門は簡潔に説明してくれた。

「この小烏丸は、平貞盛《たいらのさだもり》が平将門《まさかど》・藤原純友《すみとも》の乱の鎮圧を命じられた際、天皇より拝領、以後平家一門の重宝となったが、平家が壇ノ浦で滅んだ際、三種の神器とともに海中に沈んだと伝わっているのだ」

「ひぇ、それが今回、見つかったんで？　じゃ、とんでもねぇ大発見じゃないですか！」

「まぁ待て、竹さん。まだ続きがある。実は小烏丸は天明五年（一七八五）平家の子孫という旗本、伊勢貞丈《さだだけ》が所有を明かし〈小烏丸太刀図〉として幕府に提出しているのだ。その後、刀本体も将軍家に献上された。現在、伊勢家が将軍から預かる形で管理している」

「ちえっ、なんでぇ、それを先に言えよ、浅さん」

久馬は落胆を隠さなかった。お茶を一口啜ると、

「その伊勢家が所有してるってことは、今度めっかったのはニセモノってわけか」

「惜しかったですね。もしそっちの方もホンモノだったら、伊勢屋彦四郎が隠した刀箱に源平の名刀が収まって、狐穴の中でまさに日夜合戦状態だったんだから」

「キノコのくせに上手いことを言いやがる。戯作の方はヘタクソなのに。まっ、おまえも修業をしてこの忠嗣さんの菓子くらいウマい話が書けりゃ、その時は俺も一冊買ってやるからな」

四個目を頬張った同心、ここでハタと膝を打った。

「む、こうやってみると、一番初めに笠森稲荷の前で俺が引用したあの句はお稲荷さんの霊験に負けていないや。見事に結末を言い当ててるぞ！」

「〈目に青葉　山時鳥《ほととぎす》　初鰹《はつがつお》〉が、ですか？」

文字梅がその句を思い出して身を乗り出す。

「何処《どこ》がどう言い当ててるんで？　ぜひお聞かせください、黒沼様」

「〝目に青葉〟は浅さんが薄緑を見たこと。〝山時鳥《ほととぎす》〟は今食ってるこれ」

「鶯餅？」

「そうさ、鳥繋《つな》がりだ。時鳥《ほととぎす》と鶯なら似たようなもんだろ」

「ま、そこぐらいはいいとして、最後の初鰹は？　何処にありますんで？」

定廻《じょうまわ》り同心はサッと自分を指差した。

「俺だよ、俺！　わからねぇのか？　いつもハツラツとした勝男！」

お師匠の目が吊り上がって糸のように細くなる。浅右衛門が咳払いをした。

「……いや、久さん、さすがに、それは無理がある」

「こりゃいいいや！」

竹太郎は躍り上がって手を叩いた。

「いつも鶯餅並みに甘ぇ山田様にさえ、下手な洒落だと言われてらぁ。ヒヒヒヒヒ…」

「こら、キノコ、変な笑い方するんじゃねぇ！」

「ヒヒ狒々《ひひ》ヒヒヒヒヒ……」

お江戸の木々は薄緑からすっかり濃い緑へと変わっている。夏は間近の今日この頃……

以下、蛇足ながら。

小鳥丸は明治維新後、旧対馬藩主宗重正《そうしげまさ》が伊勢家より買い取り、明治十五年

（一八八二）宗家から明治天皇に献上された。現在は宮内庁の管理下にある。面白いのは、この小烏丸、江戸初期に鑑定家として名高い本阿弥光悦《ほんあみこうえつ》が押形を取っていて、そこにははっきりと〈大宝□年□月天国《あまくに》〉とあるのだが、現在の宮内庁のそれにはこの天国の銘がないのである。いずれかの時点で紛失、あるいは略奪されたか、すり替わったか？

狐穴から取り出した一刀《それ》に天国の銘があったかどうかは、この日、浅右衛門が明言していないので定かではない。

雛と狼

〈一〉

——狼に見初《みそ》められた娘ってのはおまえかい？　迎えに来たぜ？

とうとうその日が来た。朧《おぼろ》げに覚悟していたせいでしょうか？　私はただ、頷くよりほかにありませんでした。

卍

お江戸八百八町《はっぴゃくやちょう》の闇は濃い。夜四つ（午後十時）を過ぎると町々の木戸は閉まり、善良な老若男女は眠りにつく。外を彷徨《さまよ》うのは、野犬と辻斬りと盗賊たち。あとは妖《あやかし》ぐらいのものである。

今、その濃い闇の中を黒装束の一団が駆け抜けていった。慣れた様子で数人ずつ金箱を担っている。

「やりましたね、御頭《おかしら》、今回も見事な手際だった――」

「ほんとに夢のようだぜ」

「ったく、御頭と一緒なら、俺たちは千人力だ！」

「おい、それを言うなら千人連れだろ？　狼の血筋の御頭のおかげで、また俺たちは昔に戻れたんだからな！」

「ちげぇねぇ！　血が滾《たぎ》るぜ！」

「フフフ――あ、よせ！」

静かに笑っていた先頭の一人、群れを率いる黒装束が突然、声を荒らげた。道端で鳴き出した野犬たちに刃を向けた手下を叱ったのだ。

「でも御頭、あんまり煩く吠えやがるんで――」

「犬は斬っちゃあいけねぇよ。犬は狼の仲間じゃねぇか。見ねぇ、こいつらは私たちの手際を寿《ことほ》いでくれてるのさ」

一斉に感嘆の声が上がる。

「その通りだぜ！」

「なるほど、そう思えばこいつらの鳴き声も祝唄《いわいうた》に聞こえらぁ……」

「いいぞ、さあ、もっと鳴け、犬どもめ」
ワォーン、ワォーン、ワォーーーン……

同じ頃。闇の中に奇怪な音が響いていた。
ズ、ズ、ズ、ズ、ズ……
通り過ぎていったのは美しい娘だ。豪奢な扇模様の振袖を纏《まと》い、麻の葉柄の鼻緒の小町下駄。灯籠島田に結った髪の天辺《てっぺん》には、なんと、幾本もの簪《かんざし》を角《つの》のごとく挿している。更に奇妙なことに、娘は解《ほど》けた偽紅の帯を結び直すこともせず、背後に長くひきずっている。
ズ、ズ、ズ、ズ、ズ、ズ、ズ、
一体何処《どこ》から来て、何処へ向かっているのだろう？
ズ、ズ、ズ、ズ、ズ、ズ、ズ、ズ、
何町か先で、また酷く犬が鳴き出した。
ワォーン、ワォーン、ワォーーーン……
お江戸八百八町《はっぴゃくやちょう》の闇は濃い。その闇の中を彷徨《さまよ》うのは、野犬と辻斬りと盗賊たち。

あとは妖《あやかし》の類《たぐい》……

卍

「頭に簪を角のように挿し、豪奢な帯を地に引きずる美しい女だと？　そりゃ、幻じゃないのかえ？　でなきゃ見たと言ってる者が夢を見ていた、とか？」

冬の怪談でもあるまいに、といきなり友人が語り出した奇怪な話に浅右衛門は微苦笑した。

一月も気がつけば三十日。一昨日《おととい》、昨日とちらついた雪もやんで、今日のお江戸は突き抜けるような青空が広がっている。そんな空の下を久馬と浅右衛門は歩いていた。

「と思うだろ、浅さん。ところが、夢幻の類じゃねぇのよ。もちろん妖でもない。何故《ゆえ》なら、角のように簪を頭に突き刺し、帯を長ーく地に引いて歩くこの女が、何処の誰で名前は何というのか、わかっているときたもんだ」

ここで定廻《じょうまわ》り同心は片眉をクイッと吊り上げた。

「自分で言うのもなんだが黒沼久馬といえば江戸っ子の味方、気風《きっぷ》が良くて度胸があって優しい同心として知れ渡っている」

「……そうだな」

「まぁ、知恵の方はちったぁ天下の御様御用人《おためしごようにん》・山田浅右衛門に力を貸してもらっているがよ」

「……ほんとにそうだな」

「そういうわけだから、この俺は困り事を抱えた人々にしょっちゅう声をかけられると思いねぇ。今回もそれだ。昨日、俺が市中見回りをしている途中、天婦羅《てんぷら》の屋台の前にいた時――」

「市中見回りなのに天婦羅屋台の前？」

「細けぇことは言うな、浅さん。ちょうど休憩中だったのさ」

この頃の屋台の天婦羅は立ち食い形式である。ネタも高級魚ではなく江戸前で獲れた穴子やハゼ、鱚《きす》など。それらを一切れずつ串に刺して揚げ、共通の深鉢の漬け汁に突っ込んで食す。気の早い江戸っ子らしい食べ方だ。

「いいか、肝心な話はここからだ。背後からカボソイ声が俺の名を呼ぶじゃあねぇか」

卍

「同心様？　旦那様は同心様の黒沼様でございますよね？」

久馬は金色に揚がった鰭の串に齧《かじ》りついたばかり。慌てて呑み込むと声のした方へ顔を向けた。いつからそこにいたのか、娘が一人立っている。年の頃は十五、六。黄八丈に藍色の反幅帯、髪も一応島田に結って、華美ではないがこざっぱりした姿は何処《どこ》ぞの大店《おおだな》の奉公人と見えた。若い同心をほっとけない気にさせたのは右目の下の黒子《ほくろ》――俗に言う泣き黒子《ぼくろ》のせいだろうか？

「うむ、俺が黒沼だが。どうかしたかい？　何か困り事でも？」

「ご相談したいことがございます。とても大切な話です。他人様《ひとさま》には聞かせられない――」

駆け寄ると娘は引き攣《つ》った顔で訴えた。今にも黒子に涙の滴《しずく》が零れ落ちそうだ。

「身の程もわきまえず私のような者が同心様にお声をかけるご無礼を、どうぞお許しください」

袂《たもと》を握りしめて娘は言葉を継ぐ。

「じ、自分のことならこんな大それた真似はいたしません。命に代えても護りたい大切な人――私を救ってくれた御方を今度は私が何としてもお救いしたくて、勇気を振り絞って声をかけました」

久馬はお日様のような笑顔を返した。

「まぁ、そう固くならなくてもいいやな。落ち着いて話してみな」

卍

「娘の名はミネってんだ。今にも泣き出しそうな顔でその娘が語ったのが夜半、帯を引きずる美しい女の話なのさ」

久馬の話は続く。

「このミネ、両親《ふたおや》は亡くなって、去年の秋、江戸に出てきた。口入屋の紹介でとあるお店《たな》で女中奉公をしていたが、どうにも我慢ならねえことがあって逃げ出した。まあ、店主か番頭が好色とか、その類《たぐい》の話だろう。田舎出の可愛い娘にはよくあることよ。で、店を飛び出したはいいが行く当てがない。途方に暮れていたところを大店《おおだな》のお嬢さんが声をかけてくれた。事情を話すといたく同情して自分の家へ連れ帰り、そのまま自分付きの女中として雇ってくれたそうだ。以来、前の店とは大違い、大切にしてもらっていたのだが……突然、そのお嬢さんが奇妙な振る舞いをするようになったと――」

「なるほど。それが、久さんが最初に言った〈帯垂らし姫〉だな」

「オビタラシ？　な、なんだえ、そりゃ？」

「すまん。脇道に逸れた。ちょっとした駄洒落《だじゃれ》さ。〈帯比売命《たらしひめのみこと》〉は上古の偉大なお姫様の名だ」

「フン？　洒落も浅さんにかかると高尚過ぎていけねえ。とにかくだ、ミネが言うにはお嬢様がこんな奇妙な振る舞いをするのは心に何か深い悩みがあって、それがそうさせるのではないか。でも自分などではお嬢様から真実を聞き出すのは到底無理だ。そこで」

ここで再び久馬は眉を上げた。

「情け深くて賢明だと噂の同心、黒沼様ならきっとお嬢様の閉ざされた心を開いてくださる。必ずやお嬢様がこんな風になった理由《わけ》を探り当てて、元の明るいお嬢様に戻してくださるはず、と、まぁこう言うんだよ」

満面の笑みで友に頷いてみせる。

「そういうわけで、今、俺たちはそのお嬢様がいる今戸の寮へ向かっている途中なのさ。ほら、いい塩梅《あんばい》に今戸橋が見えてきた」

寮とは現代で言う別荘のこと。今戸橋は山谷堀の最下流に架かる橋だ。

ちなみに〈幕末の今戸橋〉と題された写真が『鹿鳴館秘蔵写真帖』に収載されている。待乳山《まっちやま》から眺めた今戸橋と下を流れる山谷堀、遥か先の隅田川や対岸の向島まで見渡すことができる見事な一枚だ。歌川広重の名画〈真乳山山谷堀夜景〉はこの写真の光景を隅田川の反対側から見た構図で、憂い顔の江戸美人の背後で今戸橋の橋脚が朧《おぼろ》に霞《かす》み、橋の左右には当時名を馳せた舟宿竹屋と料亭有明楼の灯が瞬《また》いている。このように江戸時代、今戸は風光明媚な地として根岸と並んで人気が高く大店《おおだな》がこぞって寮を建てた。南東を浅草に接し、吉原に近いのも人気の所以《ゆえん》かもしれない。

おっと筆が滑った。本題回帰——

「むむ」

例によって朝から強引に引っ張り出された浅右衛門、久馬の話をここまで聞いて、流石に戸惑って足を止めた。

「ちょっと待て、久さん。いきなり俺たちが乗り込んで行っていいのかい？　大店《おおだな》のお嬢さんなら、他に色々手がありそうなもんだ。まずは親御さんが高名なお医者に診せるなりなんなり——」

「そこよ、浅さん。なんでも表沙汰にできない込み入った事情があるんだとよ。だからこそ、まずは賢明な俺の目でお嬢様の様子を見てほしい、ということなのさ」

「しかし、頼まれたのは久さんなんだろ？　俺が一緒に付いていっていいのか？」

「まぁた、まぁた！」

ドンと浅右衛門の背中を叩く定廻《じょうまわ》り。

「俺に頼むってことは、浅さん、あんたに頼むってことじゃねぇか。今や江戸中の者が知ってらぁ。俺と浅さんは一蓮托生、お神酒徳利《みきどっくり》、割れ鍋に綴《と》じ蓋だってな！」

「――」

その例えは如何《いかが》なものか。特に一番最後は違う、という言葉をグッと呑み込む首打ち人だった。

さて、こうしてやって来た今戸。橋を渡って慶養寺、今戸八幡宮を過ぎて、もう少し行く。隅田川を背にして建つ藁葺き屋根の平屋、周囲を網代《あじろ》塀で囲ったその風雅な寮の門に掲げられた表札を見て、あまり動じない浅右衛門が珍しく声を上げた。

「桃月《とうげつ》？　俺たちに会ってほしいというお嬢さんは人形屋桃月の娘か？　あの〝恋雛〟で有名な？」

〈二〉


「ようこそおいでくださいました。お待ちしておりました」

久馬と浅右衛門が門前に立つや飛び出して来た奉公人、女中のミネは体を二つに折り曲げて挨拶した。

「私の大それた願いを聞いてくださって本当に感謝しています」

紅潮した頬に夕星のような黒子《ほくろ》が煌《きらめ》く。

「さあ、どうぞお座敷へ。その、お嬢様はまだお休みになっておられるのですが……」

「何、その方がいい。いきなり会うより今回のことについて、改めてもう少し詳しい話を聞きたいと思っていたところだ。俺はもちろん、こちら、一緒に来てくれた山田浅右衛門殿も力を貸してくれるそうだからよ」

「ありがとうございます。何卒よろしくお願いいたします」

「おお！　これは……」

「何と見事な……」

ミネが座敷の襖《ふすま》を開けた途端、久馬も浅右衛門も感嘆の声を上げた。

座敷には緋毛氈《ひもうせん》も鮮やかに雛壇が飾られている。

「六段飾りとは！　流石、人形屋桃月、本家本元の雛人形だけのことはある……」

目を瞠《みは》る浅右衛門、久馬もうっとりと呟いた。

「俺は女兄弟を持たないから、雛人形にはトンと縁がなかった。こんなに間近でじっくり見るのは初めてだ。美しいものだなぁ！」

一段目に男雛、女雛、二段目に官女三人、三段目がお囃子《はやし》の楽人五人組、四段目は二人の随臣、左大臣、右大臣、五段目が仕丁《しちょう》、所謂《いわゆる》、従者と護衛の三人である。

「見てみねえ、久さん。官女は真ん中、座っているのが、一番位が高い。眉を落として既婚だからさ。左大臣は向かって右だ。顔からもわかるが年配だろう？　仕丁がそれぞれ日傘の立傘、沓台《くつだい》、雨傘を持っているのも面白いな」

「むむ、こりゃ娘を持つ江戸っ子が毎年、雛市に殺到するのもわかるというものだ」

雛飾りは平安貴族の子女の人形遊びと、穢《けが》れや災いを払う儀式が混合したのが起源と言われている。三月に飾られるようになったのが天正年間。江戸時代になって坐り雛の〈寛永雛〉が登場すると一挙に華やかな雛飾りの文化が開花した。続く〈元禄雛〉は女雛の衣服が十二単衣《じゅうにひとえ》風になり、〈享保雛〉は大型化した。遂に幕府が八寸

（約二十四センチ）以上の雛人形を飾ることを禁止したほどだ。皮肉なものでこの御触れ以後、雛人形は大きさではなく精緻さを競うようになる。様々な雛道具の出現である。

久馬と浅右衛門は眼前の豪奢な雛飾りに暫《しば》し見入った。

「ひゃあ、鏡台に茶道具、金蒔絵の硯箱と文箱、こっちは火鉢か。おや？　煙草盆ぐらいは俺にもわかるがこのヘンテコなものはなんだ、浅さん？」

六段目に並べられた道具類に顔を寄せて久馬が訊く。浅右衛門は微笑んで、

「貝桶だ。貝を合わせる雅な遊び道具さ。王朝絵巻などにはよく出てくる。元々雛飾りは内裏《だいり》――宮中の生活を模しているからな」

「これは？」

「それは香道具だな。牛車に女駕籠《かご》……あっちの小箱を並べた棚が厨子棚《ずしだな》ってやつさ。琴や琵琶、三味線……おっと、これは久さんにもわかるだろ？」

「まさか花見弁当？　ひゃあ、そんなものまで揃ってるのか？　いけねぇいけねぇ、こんなコマゴマしたもの、おっかなくて俺はとても触れねぇ。絶対、壊しちまう」

息がかかるのも怖がって雛壇から身を引いた久馬。一方、浅右衛門は更に近寄って堪能した。

「まったく、眼福に与《あずか》るとはこのことだ。ミネさんと言ったな、あんたがこれらを全部飾ったのかい？」

「とんでもございません」

ブンブンと娘は首を振る。

「私は山育ちの田舎者です。お江戸に出て来るまで雛人形なんて見たこともありませんでした。これらは全部、お店《たな》の手代さんが小僧さんと飾ってくれたものです。私はその間、邪魔になってはと、ずっと廊下に座って眺めていました」

今も、お茶を出した後そっと廊下に座ったミネだった。控えたその場所から説明を続ける。

「これはお嬢様の雛飾りで、いつもは本邸に飾るのですが、今年はお嬢様のお心が少しでも引き立つようにと、お嬢様が寮で静養を始めたその日の内に旦那様がお命じになられてこちらに飾ったんです」

「その旦那様——桃月の三代目兆兵衛《ちょうべえ》が世に生み出し一世を風靡《ふうび》した人形がこれなのだな？　その名も〝恋雛〟……」

呟いた浅右衛門は改めて雛壇の一番上、金屏風の前に座す女雛に視線を向けた。即座に久馬が膝を叩く。

「お、恋雛か！　雛祭りとは縁のない無粋な俺でも知ってらぁ！　その話！」

浅草茅町の老舗《しにせ》の人形屋桃月は十数年前、口さがない江戸っ子の間で『桃月も三代目で終わりだ』と囁かれていた。

その原因は、跡取り息子兆兵衛の目に余る放蕩ぶり。

甘やかされて育った一人息子は齢十四にして吉原通いを覚え、十六で辰巳《たつみ》芸者と浮名を流した。店の手伝いなどこれっぽっちもせずに日がな一日フラフラ出歩いての遊興三昧。あれじゃ店がもつはずはない……

が、この息子がある日を境に豹変した。放蕩の限りを尽くしていたのにぱったりと身を慎み、朝から晩まで番頭に付いて回って店の仕事に精を出し始めたではないか。

その理由が意外なことだった。

曰く〝一世一代の恋をしたから〟。

江戸で有数の老舗の跡取り息子は何処《どこ》で出会ったのか素性も定かではない娘を愛し、密かに子までなしていた。日に日に大きくなる子供の姿を見て兆兵衛は決心した。愛しい隠し妻と我が子を正式に家に入れるため、今までの親不孝を詫び、心を入れ替えて家業に精を出すと両親に誓ったのだ。

正式な嫁は大家《たいか》からもらいたい、妾《めかけ》としてなら許す、などと最初は渋っていた桃月店主二代目正兵衛《しょうべえ》も息子の真面目な働きぶりに折れて祝言《しゅうげん》を挙げてやり、正式な跡取り夫婦《めおと》として周囲に披露した。それを記念し兆兵衛自ら職人を総指揮して作り上げた雛人形が〈兆兵衛雛〉である。それまで江戸では京都出身の人形師雛屋次郎左衛門《じろうざえもん》が宝暦十一年（一七六一）に売り出した雛人形が最高の〝顔〟とされてきた。だが、桃月兆兵衛が作った新しい女雛の面差しが、優し気で品がよいと評判になった。何より、兆兵衛の恋女房そっくりだった――

そう、兆兵衛は新妻を雛の顔に写し取ったのだ。

若旦那の純愛が江戸っ子の共感を呼び、兆兵衛雛は飛ぶように売れた。名も、誰が言い出したか〝恋雛〟と呼ばれるようになり、今に至るまで雛人形の一番人気を博している。三代目兆兵衛の代で潰れると言われていたはずの桃月はこうして、また蔵の数を増やしたのである。

「夜な夜な奇妙な振る舞いをするという女は、この恋雛を作った三代目桃月の娘なのか……」

驚きを隠さない浅右衛門に、久馬は大きく頷いた。

「なるほど、恋雛の桃月の実の娘が乱心とあっては、雛の季節を前に父親の兆兵衛はさぞかし心配だろうな」

「いえ、それがその……実は旦那様は、お嬢様の奇妙な振る舞いについてはまだご存知ではありません。私がお伝えしていないから……」

「なんだと？」

「親御が知らない？」

泣き黒子《ぼくろ》の奉公人が一人胸に抱えた懊悩《おうのう》。人形屋桃月の込み入った事情をミネは語り出した。


〈三〉

「お嬢様のお名前はサト様と申しまして、御歳十七歳になられます。ご存知と思いますが、この恋雛はお嬢様のお母様のハツ様のお顔を元にして旦那様がお作りになりました。そのハツ様は昨年の秋、九月に亡くなられました。私がお嬢様にお仕えする前のことです。私がお嬢様に拾っていただいたのが十一月ですから」

ここまで一気に言って、ミネはホウッと息を吐いた。

「私はハツ様とお会いしたことはないのですが、美しいだけでなく、お優しくしっかりしたお人柄で桃月の女将として皆から慕われていたそうです」

恋女房を失った桃月店主・三代目兆兵衛と一人娘のサトの嘆きはいかばかりだっただろうとミネは言う。だが兆兵衛は遺された娘をしっかりと育て上げることを心の支えに、悲しみから立ち直った。サトもそんな父を見て自分が母の分も父に尽くそう、親孝行をしよう、と明るく振る舞い始めたのだとか。

「私がお嬢様と会ったのはその頃です」

何かを思い出したのか、ミネはクスクス笑った。

「それが可笑《おか》しいんですよ。店を飛び出して行く当てもない私がボーッと突っ立っている前へ、振袖の袖を閃《ひらめ》かせて綺麗なお嬢様が駆け寄って来るじゃありませんか。いきなり『あなた、迷子なの?』と聞かれて、それで気づきました。私、〈迷い子《まよいご》の標《しるべ》〉の横に立っていたんです」

迷い子の標とは、迷子を知らせる伝言板で、雨風に耐えるよう石でできていた。当時は江戸の町内の一定区間にあったらしい。現在は日本橋の一石橋脇、浅草寺五重塔脇、湯島天神境内で見ることができる。また江戸東京博物館にはレプリカが展示してある。高さは六尺（一八三センチ）、幅一尺（三十センチ）、台座一尺（三十センチ）。正面に〈満よひ子の志るべ《まごのしるべ》〉とあり、左側に〈たづぬる方〉と彫られ、迷子の親が子の名前と年齢を書いた札を貼れるようになっている。右が〈しらする方〉で、迷子を預かっている町名や人物の札を貼る場所だ。

「まさか、こんな大きい迷子がいるわけはない。可笑しくって私は笑い出しました。でもすぐに涙が溢れて止まらなくなった。もう、グチャグチャの泣き笑いです。だって、よく考えたら当たっています。私、この広いお江戸で行く当てがない、帰る家がない。するとお嬢様は私の手をぎゅっと握って引っ張りました。『家《うち》はこっちよ。一緒に帰りましょ――』」

その日繋いだ手の温もりを確かめるように、女中は両手を握りしめた。

「お店に着くと、お嬢様から事情を聞いた旦那様はすぐに私を女中として雇ってくださいました。それからはもう夢のように幸せな日々でした」

自分がご厄介になった頃は、少しずつだが桃月が以前の活気を取り戻した頃だった、とミネは続ける。

「そして、更に嬉しい出来事が訪れたのです。お嬢様は年末お知り合いになった老舗《しにせ》の櫛屋《くしや》、喜野屋《よしのや》の若旦那、藤五郎《とうごろう》様と今年の雛の節句に祝言《しゅうげん》を挙げる約束を取り交わしました。藤五郎様は婿《むこ》となって桃月に入ってくださるとのこと」

「そりゃあ目出度《めでた》い！　というか、えらくトントン拍子じゃないか」

思わず本音を漏らした久馬が頬を膨らませる。

「チエ、羨ましいことこの上ないぜ」

「はい。亡くなった女将様のお引き合わせに違いないと、旦那様も店の者も心から喜んでおります。しかも光栄なことに、お嬢様と藤五郎様が出会ったその場に私もいたんです」

嬉しそうに瞳を輝かせてミネは言う。

「あれはお嬢様の踊りのお稽古の帰り道でした。私はお供をしていたのですが、道で出会ったお二人はそのままお互いをじっと見つめて動かなかった。一目で恋に落ちるってああいうのを言うんですねぇ！」

と、ここでミネの声は暗く澱《よど》んだ。

「だ、だからこそ、御祝言を前にしたこの大切な時期のお嬢様の振る舞いについて、私は旦那様にお伝えすることができないのです」

浅右衛門が静かな声で訊いた。

「お嬢さんが奇妙な夜歩きを始めたのはいつだい？」

「二十七日——三日前です。この寮に移った日の夜でした」

「三日前？　風変わりな振る舞いをするから寮で静養することになったのではなく？」

ミネの返答に久馬も吃驚《びっくり》したらしく頓狂な声を上げる。

「つまり、浅草茅町の本宅にいる時は、桃月の娘はその種の奇妙な振る舞いを一切しなかったと言うのだな？」

浅右衛門は考え込むようにして腕を組んだ。

「ううむ、ミネさん、その辺り——寮へ静養に来た前後のことを整理して今一度、詳しく教えてくれないか？」

「はい。急にお嬢様の口数が減り、日がな一日ぼんやりと塞ぎ込むようになったのは——二十六日頃だったと思います。前日の二十五日は亀戸天神の初天神で、お嬢様は楽しそうに参拝へお出かけでしたから」

「あんたも一緒に行ったのかい？」

「いいえ、私はご一緒していません」

ミネはきまり悪そうに目を伏せた。

「お嬢様が外出の際は必ずお供するのですが、その日は許嫁《いいなずけ》の藤五郎様がご一緒とのことで……私は遠慮しました」

ちょっと黙ってからミネは言葉を継いだ。

「お嬢様の様子が何処《どこ》か変だと、旦那様もすぐお気づきになられました。春の祝言《しゅうげん》を控えて、不安や疲れが出たのだろう、静かなところで暫《しばら》くゆっくりすればまた元気になるはずだと旦那様がおっしゃって二十七日にこちら、今戸の寮へ私をお供につけて送り出したのです」

桃月のこの寮には寮番の老夫婦と小女《こおんな》がいるだけだ。あまり周りに人がいるより気心の知れたお気に入りの女中とのんびりするのが一番だと父親は考えたらしい。

「寮に来たその夜、私はお嬢様の隣の部屋で寝ていました。夜半、ふと目が醒めるとお嬢様の部屋から灯りが零れていて、気になって襖《ふすま》を細く開けて覗くとお嬢様の布団は空《から》だったんです。私は慌てて縁から庭へ飛び下り、そのまま外へ走り出ました。もう、無我夢中で駆けに駆け、山谷堀沿いの道でお嬢様を見つけた時はどんなにホッとしたことか。寒空の下、お嬢様は頭に何本も簪《かんざし》を挿して、その上、帯を長く地面に垂らして歩いていました」

流石にその時刻は堀を行き交う舟も途絶え、近辺に人影はなかった。

「私は、必死で連れ戻そうとしたんです。でも、お嬢様は人が変わったように凄まじい力で私を突き倒しました。私は何度も取りすがって寮へ連れ帰ろうとしたのですが、お嬢様は激しく抵抗なさいます。もし叫び声など上げられては、と私は恐れました。だって、声を聞いて人が駆けつけたら困ります。お嬢様のこのような姿は他所《よそ》の人には見せられない。それで私は少し離れて、何かあったら駆けつけられる距離を付いていくことにしました。やがて空が白み始め、お嬢様が足を止めたので、その機会を逃さず抱きかかえて寮まで戻ったんです。この夜は幸い誰とも出会っていません」

両手を膝の上に揃えて、若い女中は話を締めくくった。

「このようなことが三晩続いて……私は決心して、昨日、同心様に声をかけた次第です」

「三晩？　つまり夜半、桃月の娘は三回も異様な姿で徘徊し、おまえも後を付いて歩いた、と言うのだな？　よくもまぁ……！」

久馬が思わず身を乗り出して叫んだ。

「ただでさえ若い娘が夜に出歩くなんて危険極まりないのに、今がどういう時か、知らないわけではあるまい？　よりによって〈千匹連《せんびきづれ》〉がやりたい放題江戸を荒らし回っているのだぞ！」

桃月の奉公娘は唇を震わせる。

「そ、それです。千匹連……！　私も生きた心地がしませんでした。私などはともかく、あんな美しいお嬢様を連中が目にしたらただでは済まない。連れ去られてしまう！」

ミネは突っ伏して泣き出した。

「だ、だからこそ、私はできるだけお嬢様が声を上げて騒がないようにしたんですっ」

「そうか。ミネさん、それは賢明な振る舞いだったな」

優しく女中を慰める浅右衛門。

さても、女中がこれほど怯《おび》え、定廻《じょうまわ》り同心が声を荒らげた〈千匹連〉とは――


〈四〉


この頃、江戸の大店《おおだな》を震え上がらせている盗賊団があった。

襲われた店は、既に二軒。江戸本町の太物問屋柏屋《かしわや》と日本橋本町の漆器屋黒江屋《くろえや》、いずれも富裕の老舗《しにせ》である。賊たちは夜半、集団で押し入り、店主家族や奉公人を縛り上げ、蔵から千両箱を盗み出すという大胆不敵な手口で、空《から》になった蔵に必ず貼り紙を残して去っている。

そこに記されているのが〈千匹連、参上〉という文字と〈狼〉の文様。

江戸っ子が恐怖したのはこの盗賊団が〝再来〟をにおわせたせいだった。十数年前、江戸を荒らしまくった盗賊団も同じ名を名乗っていたのだ。そのため、瓦版は一斉にこの盗賊団を〈二代目千匹連〉と書き立てた。

「俺も当時を知る曲木の松親分に聞いたがよ」

久馬は眉間に皺を寄せて語り出す。

「十数年前の〈千匹連〉と遣《や》り口が同じ。張り紙の狼の文様も同じ。その上、当時の千匹連は皆、体の一部に狼の印を入れていたらしいが、今回も襲われた店の数人が、賊たちの手や腕に同様の刺青《ほりもの》を見たと証言している」

「ヒィ……」

ブルッと身を震わせる女中。

「尤《もっと》も、今回の連中は昔の盗賊団を真似てるだけかもしれねぇが。験《ゲン》を担いでな」

先代〈千匹連〉は遂に一人も捕縛されなかったのである。ある日、パタリと犯行がやんだ。その理由は未だにわかっていない。充分に富を蓄えたから満足し、捕まらないうちに足を洗って余生を楽しもうと思ったのだろう、というのが大方の江戸っ子の意見だった。何しろ十両盗むと首が飛ぶ時代である。千匹連の行状なら市中引き回しの上、獄門は免《まぬが》れない。適当な頃合いで身を引いたのは賢明な判断だった。

そんな伝説の盗賊団と同じ名を名乗る一団が再び暗躍している時に、若い娘の夜歩きなど言語道断ではないか。

「で、でも、盗賊団も恐ろしいですが、私にはお嬢様の不可解な振る舞いを旦那様にお伝えすることの方が、勇気がいります。どうかお察しください。そして――お助けください」

消え入るような声でミネは懇願した。

「お嬢様に会っていただけますよね？　同心様の賢い御目でご覧になって、お嬢様がどういう状態なのか、そして、この私はどうすればいいのか、お知恵をお貸しくださいませ」


その人は雛人形そのものだった――

女中に導かれ、入った寝所。

江戸を代表する人形屋の老舗《しにせ》、桃月の娘サトは絹布団の上に座っていた。

恋雛は一世一代の恋を成就《じょうじゅ》させた現在の店主・三代目兆兵衛が新婚の妻の面差しを写したものだが、成長した一人娘もまた、雛に生き写しだ。白い肌、漆黒の髪、赤い唇、ほんのりと色づく頬。切れ長の目は朧《おぼろ》に揺蕩《たゆた》っている。それがまた一層人形じみていた。

そうなのだ、娘はニコリともしない。透き通った眼差しは眼前の二人の男、久馬と浅右衛門などそこにいないかのように通り過ぎていく……

「それで、如何《いかが》でしょう？　お嬢様とお会いになってどのように思われましたか？　ぜひとも同心様、山田様、お二人のご意見をお聞かせください」

部屋を出るやミネが訊いてきた。拝むみたいに手を握り合わせている。宛《さなが》ら久馬や浅右衛門の言葉が、放してはならない命綱だとでもいうように。

「うむ、そのことだが、とりあえず今日のところはこれで帰る」

足早に玄関へ向かいながら、久馬はモゴモゴと答えた。

「一度会ったからといってお嬢さんについて軽々な判断はできかねる。事が事だけに、もう少し時間がいるというか、じっくりと考える必要があるというか、その、なぁ、浅さん？」

正直なところ、逃げ帰るのである。助け船を期待して振り返るも、浅右衛門の姿がなかった。

「浅さん？」

「すまん、ちょっと忘れ物をして――」

浅右衛門は座敷に寄っていたらしく少し遅れてやって来た。改めて二人並んで玄関を出る。女中は出迎えた時と同じく門まで進んだ。すぐに明確な答えをもらえなかったことで落胆しているのは明らかだが、表情には出さず深々と頭を下げた。

「本日はご無理を聞いてくださって本当にありがとうございました。お嬢様の御容態について、同心様、山田様からのご意見やご指導を私はいつまでも待っています。どうぞよろしくお願いいたします」

「こう言ってはなんだがよ、ダメだ、ありゃヒトじゃねぇ。人形だ」

久馬が口を開いたのは寮を辞して今戸橋まで戻って来た時だった。二人の足どりは重い。

「な？　浅さんもそう思うだろ？」

「う、む」

「やっぱりよ、一日も早く親御の桃月三代目兆兵衛に娘の状態を告げて、医者に診せるべきだ、ってのが俺の率直な意見だ。これ以上、夜間の徘徊をさせて危ねえ目に遭わせちゃあいけねぇや」

「……そうだな」

「チキショウメ。若い娘によ、『人形みたいだ』と言うのがこんなに哀しいなんて、俺ぁ今の今まで知らなかったぜ」

迎春とは言葉だけ。二月を前にしたこの時期、お江戸に吹く風はいよいよ冷たい。せっかくの粋と讃《たた》えられる巻羽織《まきばおり》の背を丸めて、定廻《じょうまわ》りは言った。

「ブルル……あー、寒い。このままじゃ帰れねぇや。まだ昼過ぎだが、一杯やって温まっていこうや、浅さん」

「ならば、わっちがご案内いたしやす、黒沼の旦那！　山田様！　とっておきの場を用意してあるんでさ」

突如、背後から響いた声。

「む？　その声は――」

「当たり！　未来のお江戸で一番人気の戯作者《げさくしゃ》、朽木思惟竹参上！」

「いや、そんなことは誰も言ってない。名親分の松の根本にひょっこり出てきた松茸ならぬ名もなきキノコ、だろ？」

着物は蘭茶の亀田縞、柳鼠《やなぎねず》の襟巻をゾロリと巻いて相も変わらず鯔背《いなせ》な姿、キノコこと竹太郎は同心の言葉を無視した。

「お江戸一の人情同心の黒沼様、そして天下の御様御用人《おためしごようにん》山田浅右衛門様、探しましたよ！」

「なんでぇ、どういう風の吹き流しだ？　おめぇが俺を褒めるなんざ、薄っ気味悪くてかなわねえ」

「それを言うなら、どういう風の〝吹き回し〟。吹き流しの端午の節句はまだまだ先です。それはともかく――」

竹太郎はスイッと浅右衛門の前に立つ。

「いえね、こうして山田様をお待ちしていたのにはわけがある。ぜひとも聞いていただきたいことがあるんです」

「ははぁん？　そういうことか。本命は浅さんで俺は刺身のツマかよ。ツマらねぇ」

「流石、冴え渡る洒落！　剣の腕とどっこいどっこいのいい勝負でござんすね、黒沼の旦那」

バシッ！

「俺の洒落と剣、どっちも褒めてねぇな？　殴るぞ、キノコ」

「殴ってから言わないでくだせぇ。イテテテテ」

とまあ、そんないつもの調子で竹太郎が二人を連れ込んだのは、山谷堀沿いにズラリと並んだ船宿の一軒だった。

「こりゃスゴイ、豪勢な店じゃないか、なあ、久さん」

「キノコの案内なんて、俺は嫌な予感しかしないぜ、浅さん」

「実は、会ってほしい御仁がいるんでさ。ここはその人が設けた席なんです」

店の仲居の案内も断って自分で先導役を務める竹太郎、階段を上りながら声を潜めた。

「その人はわっちの友達で――最近、俳句教室で知り合ったんですがね」

「俳句教室だぁ？　おまえ、そんなとこに通ってんのか？」

「それもこれも文章修業のためです。道楽じゃァござんせん」

「その金を誰が出してんだか。姉貴か松親分だろうがよ」

久馬の言葉は聞き流して竹太郎は続ける。

「わっちが黒沼様、ひいては山田様と知り合いだと知って、どうしても相談したいことがある、ぜひ紹介してくれと、文字通り泣きつかれたんです。それで――どうか、ここは一つわっちの顔を立てると思って話を聞いてやっておくんなせえ。この借りは必ず返しますから」

言うが早いか襖《ふすま》をパッと引き開けた。

そこに深々と頭を下げた一人の若者がいる。

その青年が、顔を上げて一言。

「本日はご無理を申して誠に申し訳ありません。私は名を藤五郎、浅草は田原町《たわらまち》の櫛屋、喜野屋の息子にございます」

「喜野屋……息子……藤五郎……？　どっかで聞いたような。しかもつい最近」

首を傾げた久馬、思い当たって声を上げる。

「あ――思い出した！　おまえさん、人形屋桃月の娘の許嫁《いいなずけ》だな？　来たる三月三日、雛の節句に祝言《しゅうげん》を挙げるという？」

若者は再び深く頭を下げた。

「流石、同心様、お江戸のことは全てお耳に入っていらっしゃるのですね。感服いたしました。となれば話が早い。私がこれからお話しすることもお察しかと思います。何卒、よろしくお願いいたします」

ここで竹太郎はクルリと三人に背を向けた。

「では、わっちはこの辺で失礼します。お後はよろしく――」

〈五〉

山谷堀の船宿で久馬と浅右衛門を待っていたその若者は、まさに人形屋の一人娘が恋に落ちて当然と思われる男ぶりだった。色白で涼しい目元。先細《さきぼそ》の本多髷《ほんだまげ》がよく似合っている。今しがた今戸の寮で見てきた桃月の娘サトと眼前の青年が並んだら、まさしく完璧な一対の雛飾りが出来上がるだろう。

「お近づきの印にまずは一献――」

藤五郎は久馬、続いて浅右衛門へと膝行《しっこう》してそれぞれの盃に酒を注いだ。

流石、大店《おおだな》の若旦那だけのことはある。着物は錆利久《さびりきゅう》と渋いが、銚子を捧げる右腕、押さえた袖口から覗く八掛のなんと贅を尽くしていることか。

(あれは檳榔子黒《びんろうじぐろ》だな。最も高価な染め色の……ん?)

浅右衛門が、おや、と思ったのは八掛の檳榔子黒の色ではない。チラリと覗いた若旦那の腕に巻かれた晒《さらし》――その白が冴え冴えと首打ち人の目を射《い》ったのだ。

(おや? 怪我をしているのか?)

席に戻ると藤五郎は静かに口を開いた。

「今しがた黒沼様がおっしゃった通り、私はこの春、晴れて人形屋桃月のサトさんと祝言《しゅうげん》を挙げることになった江戸一、いいえ、日《ひ》の本《もと》一幸福な男でございます。この婚礼に関してぜひとも黒沼様、山田様、お二人のお力をお貸しいただきたく、ご懇意だという朽木様に無理を言ってこのような座を設けた次第です」

ここまで澱《よど》みなく語った若者が続ける。

「私はサトさんを心から好いております。命に代えてもその身を守りたいと思っております。そう、かつてサトさんのお父様、三代目兆兵衛様がサトさんのお母様とサトさんを守り抜いたように」

ふっと息を吐く。俯《うつむ》いた顔に怒《いか》りとも嗤《わら》いとも取れる翳《かげ》が過《よぎ》った。

「ところが最近、私はサトさんと会えなくなってしまいました。体調を崩したそうで今戸の寮で療養中とのこと。ならば、せめてお見舞いにと申し出ても、兆兵衛様は今暫《しばら》く、などと言葉を濁されて、気づけばもう数日、遂に一度も顔を見ることなく過ぎてしまいました」

一旦口を引き結んだ後で、藤五郎は言った。

「お願いでございます。サトさんが本当に病気なのか探っていただきたいのです」

「そりゃ、探ってもいいがよ、櫛《くし》の老舗《しにせ》の喜野屋の若旦那の頼みとあっちゃあ」

久馬の言葉には険《けん》がある。この男にしては珍しく皮肉が込められていた。

「で？　探ってどうするつもりだい？」

「黒沼様、並びに山田様がどのような御方か私は存じております。嘘を言っても即座に見抜いてしまわれるでしょう。ですから正直に申します。私は疑っているのです。サトさんは病《やまい》などではないと。サトさんは祝言を取りやめたいと願っている、だから、病と偽り私を遠ざけているのではないでしょうか。もしそうなら」

その先の言葉は意外なものだった。

「私は潔《いさぎよ》く身を引きます」

同心と御様御用人《おためしごようにん》の顔を交互に見つめて藤五郎は続ける。

「サトさんを一日も早く楽にしてやりたいのです。もしサトさんが病を偽っているのなら、そして、それが私のせい——私と夫婦《めおと》になるのが嫌になったからなら、私は謹《つつし》んでこの話をなかったことにいたします」

「喜野屋の藤五郎さんよ、俺は、桃月のサト付きの女中に聞いたんだがよ」

久馬が鬢《びん》を掻きながらぞんざいな口調で、

「あんたはサトにゾッコンだそうじゃねぇか。それをこんなにあっさり身を引くと言うのは、俺には却《かえ》って奇妙《けぶ》に感じるぜ」

　定廻《じょうまわ》り同心はピシリと言った。

「祝言《しゅうげん》を挙げるのが嫌になったのは、あんたの方じゃねぇのか？　むしろ病にかこつけて破談にしたがっていると俺は見た。どうだ、図星だろう？」

「そう思われても構いませんよ」

　男雛の顔が変わった。頬の線から柔らかさが消え、目がキラッと光る。

「ええ、俺は悪い男なんです。だからサトさんとは釣り合わない。どうぞ、そう思ってくださって結構です。その方が同心様が身を入れてサトさんの症状について調べやすいならね」

　流石に言葉がきつかったと悟ったのか、藤五郎は照れ笑いをした。

「いいえ、つまり、私はどのように思われてもいいんです。ただ、これだけはご理解ください。私はサトさんを苦しめたくない。あの人に望んでいない婚礼など絶対挙げさせたくない」

「それほどサトさんを想っているということですね、藤五郎さん？」

　そう言ったのは浅右衛門だ。続けて小さく頷くと、

「なるほど、そんな愛もある――」

「へ？　浅さん？　そうなのか？」

「黒沼様、山田様、私はあの人の幸せを望んでいます。私の願いはそれだけです」

人形屋の許嫁《いいなずけ》はそっと視線を逸らした。窓の障子に山谷堀の水明かりが映っている。さざめく光の波を眩しそうに目を細めて見つめながら、藤五郎は口を開いた。

「サトさんと出会ってから二月《ふたつき》余り。私にとっては一生分の幸せを味わわせてもらった気がします。だから、それで、もういいんです……」


「わからねぇ！　わからねぇよ、俺には！」

船宿を出るや両手をブン回して毒づく久馬だった。

「普通、『許嫁が病《やまい》でないか知って安心したい。だから探ってほしい』こうだろう？　それなのに浅さんまで『そんな愛もある』だもんな。俺は置いてけぼりかい？　いくらここが山谷堀とはいえ、これはない――ええい、俺は飲み直すぞ！　あの若旦那の席ではちっとも酔えなかった」

「では、伊勢町河岸にでも寄ってネギマ鍋でもつつくか、久さん？」

「お、いいねぇ！　湯やっこも付けて、な」

「とんでもございません、黒沼様、山田様――」

ここでまた背後で響く声。

「何処《どこ》へ行くんでござんすか？　ずっとお待ちしておりましたのに！」

恨めしそうに、被った手拭いの端を噛む文字梅、常磐津の師匠で、目明《めあか》し松兵衛の娘、竹太郎の姉である。

「うわっ！　驚かすなよ、文字梅。そんな風に堀端の柳の下に突っ立って……俺《おり》ゃ、出たかと思った」

「驚かす？　そりゃこっちの台詞です。いつもなら必ずウチに顔を出してくださいますのに、よりによって今日に限っていつまで待ってもやって来ない。あたしゃこの寒空の下、ずっと表に出て待っていたんですよ。そしたら通りがかりの人が件《くだん》の二人連れが今戸の方にいたと教えてくれて――裾をからげて猪牙《ちょき》に飛び乗りましたのさ」

「何？　裾をからげて？　そりゃ見たかっ――イテテテッ」

例によって同心を抓《つね》ってから、常磐津の師匠は真顔に戻って言った。

「実は、黒沼様と山田様に、どうしてもお会いしたいとおっしゃっている御人がいるんです」

「え？」

こんなことがあるだろうか？　一日の内、三人もの人に〝会いたがられる〟とは。

しかも、極めつきの三人目は……

「お初にお目にかかります。私は浅草茅町で人形屋を営んでいる桃月三代目、兆兵衛と申します」

今度の場所は柳橋の料亭だった。先刻、竹太郎に案内されたのと同様、その姉に導かれるまま、久馬と浅右衛門は舟でやって来ている。山谷堀から隅田川へ出て、駒形《こまん》堂《どう》……幕府の御米蔵……首尾の松……鳥越川を過ぎて暫《しばら》くしたらグルッと右に旋回、神田川へ入れば、そこが柳橋だ。

「私はここまで。お後はよろしく」

文字梅は料亭の前で身を翻し、下駄の音も軽やかに去っている。

「ご多忙の同心様、そして山田様にご無理を申しましたこと、心より申し訳なく思っております」

料亭の離れで待っていた老舗《しにせ》の店主は平伏して挨拶した。堂々たる押し出し、落ち着いた声音、見るからに大店《おおだな》の主《あるじ》である。

「もはやお縋《すが》りできるのは江戸広しといえども、お二人しかいらっしゃらない。文字梅師匠のお弟子であることを幸いに、不躾ながらこうしてお呼び立ていたしました」

「前置きはいいやな、で、相談とは何だい、桃月兆兵衛さん?」

「それが――」

小さく咳払いをしてから桃月三代目は話し始めた。

「包み隠さず申し上げます。相談したいのは私の娘、サトのことです。サトは今、今戸の寮で療養しております」

そこで一度目を伏せて、膝に置いた自分の手を見つめる。

「何処《どこ》からお話ししたらよいか――先年九月に私の妻、ハツが亡くなりました。サトはハツが遺してくれた宝物と思っています。私は娘の幸せを見届けることが自分にとってこの世での最後の務めと、身を奮い立たせて生きておりまして」

その大切な娘の様子がどうもおかしい。

「娘は昨年に田原町の櫛《くし》問屋の老舗、喜野屋の息子さんと知り合って、この春の雛の節句に祝言《しゅうげん》を挙げることになりました。それこそ、亡き妻の導きと皆で喜んでいた矢先、娘が塞ぎ込むようになってしまった。母親の死や婚礼の準備などで疲労が重なったのだろうと、最初はそう思いました。静かなところで休養すればすぐ良くなると考え寮へやったのですが一向に良くなりません。むしろ益々悪くなっている。私は毎日会いに行っているのですが、その私の顔さえわからないようで、目も虚《うつ》ろ、名を呼んでも答えません」

兆兵衛は声を絞り出した。

「認めたくないのですが、あの子はもはやこちらの世に住んでいないような気がしてなりません」

すかさず久馬が質《ただ》す。

「兆兵衛さん、娘御は何か奇異な振る舞いをするのか？」

「いえ、そこまでは」

久馬は浅右衛門に目配せした。娘付きの女中ミネがまだ話せないでいると言っていた通り、父親は娘の奇妙な夜の徘徊については知らないようだ。

「ご相談というのはここからです」

人形屋の主は手拭いで汗を拭うと、改めて両手を揃えて同心と首打ち人に深々と頭を下げた。

「櫛屋喜野屋様と取り交わした祝言《しゅうげん》の話、なかったことにしたいと考えています。それを伝える使者の御役を黒沼様にお願いしたいのでございます」

兆兵衛の額《ひたい》に汗が噴き出している。

「娘を好いてくださった先様、喜野屋の一人息子の藤五郎さんは、それは素晴らしい若者です。藤五郎さんを傷つけることなく、また破談の原因が藤五郎さんにあると世間に思われないようにするにはどうしたらいいか、その辺りのお知恵もぜひ授けていただきたいのです。藤五郎さんには将来がある。うちの娘以上に素晴らしい御伴侶を迎えてほしいと願っております」

「兆兵衛さんの言い分はわかった。が――」

定廻《じょうまわ》り同心は姿勢を正した。

「願い通り破談になったとして、その後、あんたはどうするつもりなんだい？　間《あいだ》を取り持つ者としてはそこもちゃんと聞いておきたい」

「私どもですか？　サトが治らない病《やまい》なら、一緒に旅にでも出ようと考えております。老親と病身の娘、いたわり合って亡き妻の思い出話などしながらのんびりと湯巡りでもしますよ」

兆兵衛はきっぱりと言い切った。

「店は大番頭に譲ります。もはや私は商売に何の未練もありません」

〈十八〉


結局、使者の件、二、三日預からせてほしい、と久馬は申し出た。先に当の許嫁《いいなずけ》、喜野屋の藤五郎本人からも破談に向けた相談をされている、とはこの場では言えない。しかも娘付きの女中からもサトの振る舞いについて相談されているのだ。

「ややこしいというか何というか——こりゃ厄介な仕事になりそうだな、浅さん」

雛のように美しい娘を取り囲む三人の者たち——女中、許嫁、父親。

その三人が三人とも、自分の身に代えても娘を助けたいと思っている……

「久さんの返答は賢明だった。今回の件はもう少しじっくりと調べてみる必要がある。まずは娘の真の容態だが……」

とっぷりと暮れた料亭からの帰り道、浅右衛門は眉根を寄せて言った。

「偶然こうして一日で三人の話を聞いて、俺はもう一度、人形屋の娘と会いたいと思っている。会って、改めて確認したいことがあるのだ、久さん」

「じゃ、善は急げだ、明日、もう一回、寮へ行こうじゃないか！」

ウォーン……

遠くで野犬が鳴いた。久馬はブルッと身震いをする。

「うへぇ、あの声、まさか、狼ではあるまいな？」

「狼です、狼が出ましたっ！」

翌朝、麹町は平川町にある山田浅右衛門邸の玄関先で響く声。

駆け込んで来たのは尻端折《しりはしょ》りした自称未来の人気戯作者《げさくしゃ》、現状無職の遊び人、竹太郎である。

「相変わらず威勢がいいな、竹さん。おまけにその姿、似合っているぞ。ほんとに誰が見ても若い親分さんだ」

「からかうのはやめておくんなさい、山田様――」

竹太郎は慌てて着物の裾を下ろした。

「今日は親父の使いです。黒沼様と親父は昨夜の狼ども――千匹連の押し込みの件で被害を受けた店の方へ出張《でば》ってます」

昨日の夜半、また千匹連が大店《おおだな》を襲ったのだ。場所は、日本橋は中ノ橋にある米問屋三河屋《みかわや》。誰もが寝静まった丑三《うしみ》つ時、雪崩《なだ》れ込んで屋内の人間を縛り、蔵を破って金箱を強奪して去った。後には、例のごとく一枚の貼札。

《千匹連、参上》

『やりやがったな！』

一声、久馬は与力添島の指揮の下、現場へ急行した——

「そういうわけで黒沼様から親父へ、親父からわっちへ託された文です」

《許せ、浅さん、今戸の寮へは先に一人で行ってくれ。何ならキノコを使用可》

覗き込んだ竹太郎、舌打ちをして、

「使用可だぁ？　なんでぇ、この言い草」

浅右衛門は微苦笑した。

「ほう？　では、お言葉に甘えて、さっそく使わせてもらおうか」

「今戸の寮？　わっちらは今、そこへ向かってるんですね？　てぇことは、わっちが昨日紹介した櫛屋の若旦那の相談ってのは、やはり許嫁《いいなずけ》の桃月の娘に関することだったんで？」

昨日、竹太郎はあの後すぐに退席したので話の内容は聞いていない。手伝ってもらう以上はと、浅右衛門は歩きながら人形屋の娘に纏わる詳細を話した。その夜半の奇異な振る舞いも含めて。

「へー、そんなことになってたんですか。そいつぁ厄介ですね。どうりでこのところ、藤五郎さんは暗い顔をしていたわけだ」

「それだ、竹さん。その若旦那について少々教えてくれないか？　竹さんは、最近の友達と言っていたな？」

「ええ、そうです。藤五郎さんは暫《しばら》く――十年くらいかな？　上方の親戚のところに行っていたそうで、去年の秋、こっちへ戻って来たんでさ。わっちが句会で知り合ったのもその頃でした」

上方の親戚も櫛《くし》屋をやっているので向こうで修業していたと聞いた、と竹太郎は言う。

「藤五郎さんは遅く生まれた待望の男児だそうで」

「え？　それはつまり、藤五郎は櫛屋の一人息子で、その後継ぎの若旦那が人形屋へ婿《むこ》に入るということか？　櫛《くし》屋はよく了承したな」

「それがね」

自称戯作者《げさくしゃ》は文を書くのは下手だが話は上手い。立て板に水のごとく語り出した。

「〝遅く生まれた男児〟ってさっき言ったでしょう？　上に四人も姉さんがいるんでさ。実は一番上が番頭だか手代だかと出来ちまって子供も生まれた。だから今、店はこの姉が継いだ形になってる。親御さんが末子の若旦那を上方の親戚へ修業にやったのも、ゆくゆくは暖簾《のれん》を分けて別に店を持たそうと思ったからしいや。そこへ人形屋の娘に見初《みそ》められた。桃月といえば江戸で屈指の大店《おおだな》だ。櫛屋にしても文句はない」

「なるほどな」

浅右衛門は足を止めた。

「竹さん、あんたに頼みがある。竹さんにとって辛い仕事になるかもしれないが引き受けてくれるか？」

「へえ？　仕事が辛いのは当たり前だ。この世に楽な仕事なんてあるんですかい？」

ニヤリと笑う竹太郎。

「わっちなんか毎日血反吐《ちへど》を吐く思いで話を書いていまさぁ。それが自分の本業だと信じてるからね。尤《もっと》も、黒沼の旦那はそこをわかっちゃあくれないが」

「いや、あれで案外、久さんもわかっているのかもな。言葉は乱暴だが竹さんを励ましてるつもりなのさ」

「ヘン、これだから江戸っ子は嫌だ。憎まれ口ばっかで素直じゃねえ」

自身もまんま江戸っ子の竹太郎、頬を染めてそっぽを向いた。

「それより、仕事とは？　わっちは何をすればいいんで？」

「竹さんの友人の櫛屋の若旦那、藤五郎さんを探ってほしい。特に右腕の怪我について」

「そういやぁ、藤五郎さんは最近、右腕に晒しを巻いていますね。流石、山田様、一度会っただけでよくお気づきで」

「うむ、酌をしてくれた際、見えたんだよ。あれがどうも気になる――」

実は、気になることはまだ他にもあるのだが……

藤五郎の身辺を調べるという竹太郎とは浅草橋で別れ、桃月の寮には浅右衛門一人で行くことにした。見知らぬ人間が大勢出入りするのも娘を刺激して良くないから、この方がいいと浅右衛門は思っている。

「山田様？　まぁ！　これは一体……」

浅右衛門の来訪に、玄関に出てきたミネは目を瞠《みは》った。

「驚かせてすまない。いやなに、どうしてももう一度桃月のお嬢さんに会いたくなってな」

「いえ、昨日おいでいただいたのに、まさかと思っただけです。あまりに光栄で」

両手をついて床に額《ひたい》を擦りつけるミネ。

「私などの願いを聞き届けてくださって、こんなに親身になっていただいて、本当にありがとうございます」

「サトさんの様子はどうだい？　昨夜は何事もなかったかい？」

「そ、それが、実は……」

唇をきつく噛むと、サト付きの女中は一気に言った。

「昨日、同心様や山田様と話をして、お嬢様が夜出歩くことがどんなに危険か改めて思い知りました。もう二度とあんな真似させてはいけない。だから、その、私――」

そこまで口にして、袂《たもと》を揉みしだく。

「昨夜はお嬢様の部屋に心張り棒をして外へ出られないようにしたのです。もしもの時のために、私は部屋の前の廊下で寝ていました」

廊下に寝ていたせいか、女中の初々《ういうい》しい島田髷《しまだまげ》が無残に潰れている。浅右衛門の視線に気づいたミネは慌てて乱れた髪を整えた。

「お嬢様を閉じ込めたこと、酷《ひど》い仕打ちだったでしょうか？　私、そうする以外に思いつかなくて……」

「いや、それで良かった。むしろ、天晴《あっぱれ》だよ」

実際、昨晩は千匹連が出没している。

浅右衛門を座敷へ案内すると、ミネはお嬢様の様子を見てくると言って去った。

浅右衛門は雛壇へ目をやった。朝の光に六段飾りは眩しく輝いている。

ほどなく戻って来たミネがお茶を差し出しながら言った。

「お嬢様は、昨夜はぐっすりお休みになられたようで、ご気分がよさそうです。ですから今日は寝所ではなく、こちらへお連れします」

「そうか、ではよろしく頼む。ところでミネさん、昨日、桃月の店の者が誰かこの寮へやって来たかい？」

「いいえ、昨日は旦那様をはじめ、どなたもいらっしゃいませんでした」

「そうか」

言葉通り、すぐにミネは浅右衛門の待つ座敷へサトの手を引いてやって来た。

昨日、寝所で夜具の上に寝間着姿で座っていたサト。今日はミネが手伝って着せたのだろう、大店《おおだな》の娘らしい艶《あで》やかな振袖を纏《まと》っていた。

浅右衛門は微笑みながら優しく声をかける。

「また来ました。昨日、お会いした山田です。今日は御加減がよろしいようですね」

「――」

衣装は変わっても人形屋の娘の瞳に浅右衛門は映っていないようだ。昨日同様、透き通った眼差しは浅右衛門を通り越していく。

何を見つめているのだろう？　雛壇だろうか？　若き日の母を模した、そして今は娘にそっくりの女雛は一番高い段の上から優しく微笑んでいる。もし、通りがかりの者がこの光景を目にしたら、と浅右衛門は思った。一幅の幸福な絵に見えるに違いない。振袖姿の美しい娘と雛人形。あれは蕪村だったか？

〈雛祭る　都はずれや　桃の月〉

その静寂が突如、破られた。

「来たぞ、浅さん、待たせたな！」

ミネが飛び上がって玄関へ走るより早く、ドカドカと足音を響かせて座敷に入って来たのは、黒紋付きの巻羽織《まきばおり》、定廻《じょうまわ》り同心黒沼久馬である。

〈七〉


「いやぁ、米屋の検視が思いのほか早く終わったので、追いかけてきたぞ、浅さん」

「これは黒沼の旦那様、ようこそおいでくださいました」

深々と頭を下げる女中の鼻先へ定廻り同心が突き出したものは――

「土産だ。今評判の担ぎ菓子屋みどり屋の桜餅さ。ちょうどここへ来る道で出会ったんで包んでもらった。ちょっと気が早いが美味《うま》そうだろう？」

「まあ！　ありがとうございます！　桜餅はお嬢様も大好きなんです。すぐにお茶をお持ちします。お嬢様もちょっと待っていてくださいね」

桜餅の包みを受け取ってミネが去ると、久馬はサトに挨拶した。

「こんにちは、サトさん。俺は定廻りの黒沼と申す者。えー、昨日はどうも」

「――」

浅右衛門の時と同じ。桃月の娘は同心の姿も見えず、言葉も聞こえていない様子だ。

「えー、今日は天気も良くて暖かい。春はもうそこまで来ているようです」

「――」

「えー、サトさんも桜餅が好物ですか？　俺もです。鶯餅も大福餅も、安倍川餅も大好物です。どれが一番かと問われたら迷うなぁ！　アハハハハ」

「――」

「お待たせしました」

ミネが茶といっしょに桜餅を美しく盛った大皿と取り分け皿を盆に載せて戻ってきた。久馬は気まずさから解放されてホッと息を吐く。

ミネはてきぱきと客人二人に茶と菓子を供し、続いてサトの皿にも桜餅を取った。そしてお嬢様の手に手を添えてお茶を持たせる。素直にミネに従うサトの姿がまた人形のようで、久馬は悲しくなって目を逸らした。

「そうだ、浅さん」

ふと思い出して懐から紙片を取り出す。

「浅さんには桜餅の他にもいいものを持ってきたぜ。御様御用人《おためしごようにん》の山田浅右衛門に見せたいと言ったら、添島様が許してくださった。昨夜押し込みのあった米問屋三河屋の蔵に残されていた例の——千匹連の置き土産さ」

「貼り紙か？」

「どうだ、よく見ねぇ。モノホンだぜ」

瓦版に模写したものは載っていたが、流石に実物を目にするのは初めてだ。浅右衛門も興味を持って覗き込んだ。

そこにあるのは黒々とした《千匹連、参上》の文字。そして、遠吠えをする狼の図。

ガチャン——

一瞬、浅右衛門も久馬も何が起こったのかわからなかった。

それは、人形屋桃月の娘が茶碗を取り落とした音だった。

「お嬢様！」

サトの目は大きく見開かれ、両肩が波のように小刻みに震えている。

「大丈夫ですか？　お怪我はありませんか？」

ミネが叫んで飛びついた。慌てて自分の袂《たもと》でサトの胸や膝にかかったお茶を拭う。

それを見て浅右衛門が立ち上がった。

「私たちは失礼しよう。ミネさん、お嬢さんの着替えを手伝ってやるといい。行こう、久さん」

「やっちまった！　ああ、俺はなんて無神経なスットコドッコイなんだろう！」

表へ出るや、久馬はボカボカと自分の頭を殴った。

「サトが何にも見えてねえと思って、つい千匹連の貼り紙を出しちまった——」

穴があったら入りたいといった風情《ふぜい》の同心は、顔を真っ赤にしている。

「あんな物騒なもの、若い娘が怯《おび》えて当然だ。それでなくとも病気の娘を怖がらせるなんて！　これだから女心がわからないといつも文字梅に抓《つね》られるんだ」

「いや、良くやった、久さん。今度ばかりは褒めるよ」

「へ？」

「これではっきりした。サトは病《やまい》なんかじゃない」

浅右衛門がきっぱりと言い切った。

「人形屋の娘は乱心を装《よそお》っているのだ。その理由までは、今はまだわからないが」

久馬は目を白黒させている。

「えええ？　桃月の娘は、夜の徘徊——頭に何本も簪《かんざし》を突っ立てて、帯を地面に引きずって歩く、そんな奇妙な振る舞いをわざとやっているというのか、浅さん？」

「そうだ。感情がなく、俺たちが見えなくて、言葉も理解できない、なんてのは嘘さ。あの娘には周囲の諸々《もろもろ》がちゃんと見えている。だからこそ、さっき久さんが千匹連の貼り紙を出した時、それを見てあんなに驚愕したのさ」

浅右衛門はまっすぐに定廻《じょうまわ》り同心を見つめた。

「あの驚きは本物だ。あんまり驚いたので思わず演技をするのを忘れたのだ」

「そ、そうなのか？　俺にはよくわからないが……」

「実を言うと、娘が乱心を装っていると思える証拠がもう一つある」

首打ち人の声が低くなる。

「昨日、お付きの女中が必死になって、お嬢さんの病の真相を知りたいと言っていただろう？　拝むように手まで合わせて。だから俺は、帰り際にちょっと仕込んでみた。騙したみたいで少々心苦しいが」

「な、何を仕込んだんだ、浅さん？」

「昨日、娘の寝所から出た後で座敷に寄って――」

浅右衛門は雛壇をいじったと明かした。雛飾りの左右の木、橘《たちばな》と桜を入れ替えたのだ。ところが今日見てみると両方ともちゃんと正しい場所に戻してあった。

「俺はミネに確認したよ。『昨日、桃月の店の者が誰か寮に来たか』と。ミネは誰も来てないと答えた。ミネ自身は田舎の出身で雛飾りは江戸に出てから初めて見た、と言ってたろう？　だから、木の左右の違いはわからないはず。あれは〈右近の橘《たちばな》、左近の桜〉といって、この二つの木が平安京の御所、紫宸殿《ししんでん》の正面に植えてあった伝承から来ている。男雛、女雛の位置は上方と江戸じゃあ左右が違うから入れ違ってるのも有りだが、橘と桜を逆に飾るのは明らかに間違いだ」

「そうか！　ってことは、木の位置を正しく直したのはお嬢さんってことになる？　寮番の老夫婦や小女は座敷になんか入らねえだろうからな」

「サトは小さい頃から豪勢な雛飾りを見て育ったんだ。ああいう些細な違いは意外に気になるものさ。だから、乱心を装《よそお》っていてもとっさに直してしまったと俺は見た」

雛飾りを直したこと。千匹連の貼り紙に反応したこと。これらからどうやら人形屋の娘は病《やまい》と偽っているというのが濃厚になった。

「むむむ？」

久馬は眉間に皺を寄せる。

「となると次は、一体何故？　という話になるな、浅さん。若い娘が身の危険も顧みず、夜半、狂気を疑われるような格好で彷徨《さまよ》い歩くなんぞ、よっぽどの理由があるはずだからな」

「うむ、ここはひとまず、竹さんの報告を聞いてみよう」

浅右衛門がふと視線を巡らせて驚きの表情を浮かべた。続けて久馬も気づく。

「あ！　あの〈迷い子の標《しるべ》〉の横に立ってるのはキノコじゃねぇか！」

「迷い子の標とはよく言ったものだ。フフ、お二人ともまさに道に迷ってるって顔ですぜ」

近づいてくる二人をニヤニヤしてからかう自称戯作者《げさくしゃ》の竹太郎。

「てやんでい、そっちこそ、そこに突っ立ってると迎えに来てくれるのを待ってる迷子に見えるぜ」

久馬は懐手をして言った。

「そういやぁ、おまえ、しょっちゅうパァーッと突っ走って行方知れずになっててよ、俺やお梅が捜し歩いてやったもんだ。思い出すぜ、見つけた時のあの泣きっ面。『久馬兄様《あにさま》～、お梅姉ちゃ～ん』……」

「ふん、余計なお世話でさ。古い話を持ち出さないでください」

とんだ藪蛇《やぶへび》である。片や、一本取った格好の久馬は上機嫌で標に視線を向ける。

「ミネが桃月のお嬢さんに出会ったのも標《しるべ》の前だと言ってたっけ。ここのことかな？　それとも店の近くの標だろうか？　迷い子の標はそこら中にあるからなぁ」

「で、どうだった竹さん。例の件で何かわかったか？」

浅右衛門の問いに気を取り直した竹太郎、

「へへ、ズバリ、山田様の推測通りでした。喜野屋の若旦那藤五郎さんの腕の怪我、ありゃあ火傷《やけど》です。しかも、理由が凄い。自分でわざと焼いたんだそうで。刺青を消すためにね」

竹太郎は周囲を見回すと声を潜めた。

「詳しい話は、ここじゃなんです。場所を変えやしょう」

〈八〉

三人が入ったのは虫食いの舟板看板で有名な神田須田町の料亭だ。

迷わず鮟鱇《あんこう》鍋を注文する。鮟鱇は一月から二月が旬である。上品な醤油味ではなく濃厚な味噌味、入っている野菜も大根だけの素朴な、俗に言う〝どぶ汁〟がグツグツといい具合に湯気を上げる傍で、久馬が切り出した。

「喜野屋の若旦那の身辺を調べるだと？　ふーん、浅さんはそんなことをキノコに頼んでいたのか」

「久さんに、竹さん使用の許可をもらったからな」

「へへっ、わっちも山田様に使われるなら光栄の極みでさ。誰かさんと違って」

憎まれ口を叩く竹太郎をポカリとやってから、久馬が訊く。

「それにしても、その喜野屋の藤五郎の火傷が自傷で、理由が刺青を消すためって情報は信用していいんだろうな？」

「信じてくださって大丈夫でさ。喜野屋の女中に聞いたんです。夜半、庭の井戸で若旦那が腕を冷やしてるのをめっけて、火傷だったんで慌ててたら、若旦那が『騒いでくれるな、自分でやった、祝言《しゅうげん》を前に昔のやんちゃ——上方にいた時に若気の至りでいれた刺青を消したんだ』と言ったそうだ。手当を手伝った女中本人が言うんだから間違いない。流石に翌日、親の耳にも入り、医者が呼ばれて藤五郎はきちんと手当をしてもらったそうです」

浅右衛門が腕を組んだ。

「どんな図柄の刺青かまでは、女中も知らないだろうな」

「そのことが重要なんですか？　粋がって彫ったってんだから龍や髑髏《どくろ》、生首とか唐獅子牡丹じゃないですかね。とはいえ、彫り物自体はさほど大きくない。三寸ってとこかな」

竹太郎は自分の腕に指を当てて大きさを示してみせる。

「しかし、老舗《しにせ》の若旦那が刺青とは意外だな。しかも、あんな雛人形みたいに優しげなご面相してるのに」

首を傾げる久馬の方を見て、竹太郎がニヤッとした。

「それなんですよ。実は刺青以上に興味深い鉱脈《ネタ》をめっけました」

「ほんとか？　やるじゃねぇか、キノコ、やっぱりおめえは十手《じって》持ちが合っている。四の五の言わずにとっとと親父の後を継ぎな」

「いやでぇ！　俺は絶対、絶対、お江戸、うんにゃ、日の本一の戯作者《げさくしゃ》になるんだあああーーー」

さて、お約束のひと吠えをした後で竹太郎は話し始める。

「藤五郎さん自身が言った『昔、やんちゃをしてた頃』ってのは、けっこう深い根があるんでさ。大店《おおだな》の若旦那が一時グレたり放蕩に走ったりするのはよくある話だが、実は藤五郎さんは喜野屋の実子じゃなく、もらい子だそうで。それを知って荒れて手が付けられなくなった。上方の親戚筋へ預かってもらったのはそういう事情があったからなんでさ」

久馬、膝を叩いて納得した。

「そうか、刺青を彫ったのはその頃なんだな。で、ある程度年を取って大人の分別がついたので江戸の親元へ戻って来たってわけだ」

「上方の親戚に出自の真相を教えられて目が覚めたらしいや。藤五郎は上方の店主こそ自分の親と思っていたらしいんだが、真実を聞かされて悟った。今じゃ一滴の血もひいていない自分をこうまで大切に育ててくれた、そんな喜野屋店主夫妻に心から感謝して、親孝行に精を出しているそうです」

竹太郎は小鬢《こびん》を掻きながら、

「だってね、藤五郎さんはもらい子どころか、拾われっ子——捨て子だったんだ」

これには久馬も浅右衛門も吃驚《びっくり》した。

「え？」

「そりゃあ、本当か、キノコ」

「ええ、本当でした」

昔、喜野屋に出入りしていた産婆で、今は隠居してる婆さんに聞いた話だと竹太郎は続ける。

「少し小遣いを握らせたら、乳が出る女を紹介したなどと当時のことを細かく教えてくれました。その足で、わっちは浅草茅町の番所へ寄って古い書きつけを確認してきたんでさ。十八年前、店の天水桶の横に捨てられていた赤子を喜野屋の女将さんが見つけた。捨てた親が見つかるまでと預かったところ、情が湧いて手放せなくなり、正式な手続きをして養子縁組をした……」

番所――各町内にある、いわゆる自身番は迷子や捨て子を記録する場所でもある。目明《めあか》しを父に持つ竹太郎は事情を知っているので、こういうところ、抜かりがない。

「櫛屋喜野屋の若旦那、藤五郎さんの身上については以上です」

「ありがとう、竹さん、短い間によくここまで調べてくれた。おかげで俺が知りたかったことが全て明白になったよ」

竹太郎を労《ねぎら》って銚子を差し出した浅右衛門。だが、竹太郎は手を振ってそれを留める。

「あいや、お待ちを。もう一つ、あるんでさ。藤五郎の話を訊き歩いてる途上で小耳に挟んだんですが――こっちはその許嫁《いいなずけ》、桃月のお嬢さんに関する少々奇妙な話です」

「夜半、簪《かんざし》を何本も突っ立てて、帯を地面に長く引いて徘徊するってやつだろ？」

久馬が舌打ちした。

「人の口に戸は立てられねぇというが、なんでぇ、世間じゃもう噂になってやがるのか」

竹太郎は首を横に振る。

「それじゃあありません。別の話でさ」

卍

「あの光景は今思い出してもゾッとする。俺は寺男を何年もやってるがよ、あんなにおっかない思いをしたのは初めてだったぜ」

浅草本願寺は葛飾北斎《かつしかほくさい》が〈冨嶽三十六景〉に描き、〈江戸名所図会〉にも載っている大寺だ。周辺には大小の寺が林立している。その中の一つ、浄念寺の寺男は、竹太郎がひとっ走りして買って来た酒をグッと呷ると話し始めた。

「去年の秋、浅草茅町の人形屋桃月の女将さんが亡くなったろ？　そうよ、恋雛の像主《しゅ》、綺麗な女将さんだ。葬儀も済んで埋葬も終えた日の夜のことさ。俺もその晩は上等な振る舞い酒でイイ具合に酔いが回ったってのに、いっぺんに醒めちまった。何を見たって？　新仏の墓の真ん前に若い娘がぼうっと突っ立ってたんだ。喪服の真っ白い振袖、それとおんなじくらい白い顔。月が一層白々と照らしてる。てっきり、俺は幽霊だと思った」

「てことは、幽霊じゃなかった?」

「うんにゃ、幽霊ならまだ良かった。言いふらせるし、それを見た俺の株も上がるってもんだ。だが幽霊じゃねぇ、生きてる娘っ子なのさ。誰だと思う? 桃月の一人娘だよ」

ここで寺男は茶碗に二杯目を注いで喉を潤した。

「娘は墓の前にずーっと佇《たたず》んでいたよ。気になって夜中、何べんも見に行ったが、とうとう空が白むまで動こうとしなかった。しかも、これが三日三晩続いたんでぃ」

寺男は洟《はな》を啜って繰り返す。

「この世の出来事とは思えない。だが生身の娘なんだ。息をして、生きてそこにいるのにまるでそこにいないって風。余計怖くって、見てはならねえ物を見た気がしたね。それで俺は今日までこのことを口にすることができなかった」

「わかったよ。その恐ろしい話は俺が買い取ってやらぁ。だから、今日を最後に綺麗さっぱり忘れるといいや」

竹太郎は震えている寺男に二朱銀を握らせた。

「どうだ、忘れたか?」

「あいや、忘れたっ！」

卍

「……とまぁこうです」

神妙な顔で話し終えた竹太郎に、久馬が言った。

「なあ、キノコ、桃月の娘がそんな真似をしたのは、おっかさんを亡くして寂しかったせいじゃないのか？　離れたくない、いつまでも側にいたいって思ったのさ」

竹太郎は即座に否定する。

「いいえ、それがね、寂しいとか恋しいとか、そんな生易しいもんじゃなかったと寺男は言うんでさ。取り乱して泣き崩れているってんでもない。微動だにせず、すっくと立っている。まさに〝鬼気迫る〟って感じ。だから、この世のものとは思えない光景で肌が粟立ったって」

「どう思う、浅さん？」

久馬が浅右衛門を振り返った。

「人形屋の女将さんが死んだのは九月。女中のミネがまだ娘のサトに拾われる前だ。

寺男の話が本当なら、桃月の娘の奇妙な振る舞いはつい最近始まったわけじゃなくなる」

ボソリと久馬。

「サトは本当に乱心しているのでは？」

「むう、俺は早合点したかもしれない……」

浅右衛門は暫《しばら》く黙ったまま考え込んでいたが、やがて顔を上げると言った。

「久さん、桃月へ行こう。店主の三代目兆兵衛さんに会って、いくつか確認したいことがある」

定廻《じょうまわ》り同心は盃を干して勢いよく立ち上がる。

「その言葉を待ってた、行こう、浅さん！」


〈九〉

鮟鱇《あんこう》鍋は、藤五郎探索で大いに奮闘した竹太郎に譲り、久馬と浅右衛門は浅草茅町へ向かう。その途上で意外な光景を見ることになった。

最初にそれに気づいたのは浅右衛門だった。場所は浅草橋の架かる浅草御門付近。神田川の川っぷちである。

「どうした、浅さん？」

突然足を止めた浅右衛門を訝《いぶか》しんで久馬が問うと、

「久さん、あれ……」

この辺りは筋違《すじかい》御門までずっと柳原土手が続いている。その一角で子供たちの楽しげな声が響いていた。まだ寒い冬の夕方とはいえ子供は元気なものである。

「ははぁ、都鳥で遊んでるんだな」

久馬もそちらを見て目を細めた。〝都鳥〟は子供たちに人気の玩具で細い棒の先に経木《へぎ》で作られた鳥が糸で下げられている。棒を巧みに操って鳥が飛んでいるようにみせることができるのだ。それに興じ笑いさざめく子供たちの中に、その人はいた。

「若旦那、若旦那、次はおいらの番だ！　その鳥、絶対捕まえてみせるぞ」

「おう、新八《しんぱち》か？　よぉし、やってみな！」

「トゥリャー……！」

「って、ありゃあ喜野屋の藤五郎じゃねぇか。へぇ、子供好きなのか。意外だな」

「意外なのはそれだけじゃない、久さん、あの人は剣を遣《つか》うよ。それもかなりの腕だ」

浅右衛門の目は藤五郎が振り回している棒から動かない。そして棒先を見つめたまま言った。

「最初は青眼の構え……すぐに変幻自在に八双に閃《ひらめ》く……小野派、いや、北辰一刀流とみた」

「ゲ、本当か？　人は見かけによらないと言うが、あの優しい顔で刺青に剣術とは恐れ入る。あれも上方で習得したのかねぇ」

久馬は苦笑して頭を振る。

「まぁ、物騒な今日この頃だ。武闘派の若旦那がいたら用心棒を雇う必要はないから、それはそれでいいのかもな」

「次は俺の番だ、若旦那！　いくぞおお」

「アハハハ、いいとも、何人でもいっしょにかかっておいで」

「よぉし！」

「なんだ、そのへっぴり腰は？」

「アハハハハ、新八も元三《げんぞう》もへっぴり腰ぃ！」

一斉に沸き起こる歓声に背を向けて、浅右衛門と久馬はその場を離れた。

桃月に着くと、久馬が何か言う前に番頭が主《あるじ》の兆兵衛を呼んで来た。兆兵衛は自ら最奥の座敷へ二人を案内する。

「いきなりやって来て、すまねぇ」

まずは詫びを入れる定廻《じょうまわ》り同心。強張った顔で兆兵衛は答えた。

「何をおっしゃいます。無理難題をお願いしたのは私の方です。何時《いつ》だろうと、また、どのようなご要望でもお受けする所存です。なんなりとお申しつけください」

女中が茶を出し、襖《ふすま》を閉めるのを待って、主《あるじ》が尋ねる。

「それで今日はどのようなご用件でしょう?」

「お嬢さんのことなのだが」

久馬は浅右衛門と頷き合った。その先は浅右衛門が引き取る。

「兆兵衛さん、正直に教えてほしい。娘さんの様子がおかしくなったのは正確にはいつ頃なのだ?」

正直に、という言葉に一瞬、兆兵衛は体を固くした。だが、即座に答える。

「それは、先月――一月二十五日でした」

「確かですか?」

「確かです。二十五日は初天神の日でサトは藤五郎さんと一緒に亀戸天神さんへ出かけたんです。帰ってきた時は本当に幸せそうにはしゃいでいました」

菅原道真《すがわらみちざね》公を祭神とする天満宮では初天神の一月二十五日、鷽替《うそか》え神事と呼ばれる神事が行われる。元々は九州の太宰府天満宮から伝わった神事で、お参りに来た人たちが前年受けた木彫りの鳥、鷽《うそ》を持参して、神主に新しいものに取り替えてもらう。鷽は天神様所縁《ゆかり》の鳥で、音が同じところから凶事を嘘（鷽）にして吉事に取り（鳥）替えることができると信じられた。

それなのに、と言って兆兵衛は項垂《うなだ》れた。

「どうしたことか、その後、突如口を噤《つぐ》んで一言も喋らなくなった。そうです、あの日が境だった。あれっきり私はあの子の笑顔を見ていません」

「先月の二十五日……」

口の中で繰り返す浅右衛門に、老舗《しにせ》の店主は膝を叩いて続ける。

「間違いありません。何故言い切れるかと言うと、その日が初天神だったこと以外に、ほら、あの日は前日に千匹連が太物問屋を襲って、瓦版が一斉にその詳細を書き立てたでしょう？　私もそれを小僧に買いに行かせて、座敷——まさにここで、千匹連の古い瓦版と並べて眺めていたんです。古い瓦版の方は十数年前のもので、父が几帳面にも保管してくれていましてね。前回の千匹連騒動の際は、店は父の代で私はノンキな遊び人でした。だが今は私が店主だ。もし我が店が襲われたらどうしよう、店の戸締まりを見直そう、裏木戸は修繕しなくては、などと考えながら読み耽っていたのです」

久馬が相槌《あいづち》を打つ。

「前日の一月二十四日か。確かにそうだ。襲われたのは大伝馬町の太物問屋大和屋《やまとや》だった――」

「本当に恐ろしい。千匹連が新だろうと旧だろうと、そんなことは私ら商人にはどうでもいい。今度こそ、一日も早く連中を一網打尽にしてほしいものです」

窃盗団を未だ捕縛できない自分たち、町奉行所の不甲斐なさを暗に指摘されたように感じ、定廻《じょうまわ》り同心は唇を噛んだ。

「では、もう一つ、お聞かせください」

浅右衛門が再び訊いた。

「女将さんの葬儀の日、何か変わったことはなかったですか？」

「ハツの葬式ですか？　その日のことは――」

人形屋の目にみるみる涙が溢れる。

「辛すぎて、よく覚えていません。お恥ずかしい話ですが葬儀からの数日、悲しみのあまり自分がどう過ごしたか、とんと記憶がないんです」

「父親が娘の変調に気づいたのが一月二十五日だというのは嘘ではないらしいな。女中のミネが覚えていた日とおんなじだ」

桃月からの帰路、とっぷりと暮れた夜道を歩きながら浅右衛門は自らに確認するように呟いた。

「葬儀の後の娘の振る舞いについても、父親は全く知らない様子だ」

「で？　女中が俺たちに泣きついた、寮での娘の夜の徘徊も知らない、と。どうする、浅さん？」

久馬が訊いてきた。吐く息が夜目にも白い。

「こりゃ、早いうちに桃月三代目兆兵衛に全てを伝えて破談の話を進めるべきだな。元より喜野屋の若旦那は身を引くと言っているのだし、桃月の店主は娘を連れて江戸を出る覚悟だ。今なら店の名を傷つけるほど娘の乱心の噂が広がる心配はない。いやさ、この俺がくだらねぇ噂なんざ食い止めてみせるぜ」

何処《どこ》の辻か、また犬が鳴いている。その咆哮が冷たい夜風に乗って二人の耳に届いた。

「なんで、犬は夜になると鳴くかねぇ？　あ、まただ、呼び合っていやがる――」

「月に吠えているのだろう」

浅右衛門は微苦笑した。

「犬は、元は狼だったそうだからな」

「そういえば、今回の千匹連の件で添島様が教えてくれたんだがよ、千匹連の名は狼に由来してるらしいな。狼は徒党を組む。だから、昔から狼の群れを『千匹連』と呼ぶのだと。まぁ実際には狼も盗人《ぬすっと》も千匹はいないだろうがよ。面白ぇのは――」

久馬は両袖に腕を入れて、ニヤニヤして首打ち人の顔を見つめた。

「悪い狼は群れて千匹連になるが、一匹狼は良い狼、神の使いだってな？　てぇことは、浅さんは良い狼ってわけだ。どうだ、俺が出合いがしら睨んだ通りじゃないか。やっぱり俺は人を見る目がある」

「いや、その態で言えば、俺は今じゃ二匹連《にひきづれ》だろ」

「あっ！」

照れ臭そうに、だが、心《シン》から嬉しそうに久馬が笑った。

「アハハハハ、上手いこと言いやがる！」

浅右衛門も笑い返す。それから、ふいに首打ち人は話題を変えた。

「なあ、久さん、〝送り狼〟って言葉も添島様から習ったかい？」

「へん、習わなくてもそれは知ってるぜ。送るふりをして娘に付いていって襲う、悪い輩《やから》のことだろ？」

「それが違うのさ。送り狼の本当の意味は、夜道、一人歩きしている娘に距離を開けて付いていって、家まで無事送り届ける狼のことを言うのだ」

「ヒエー、ほんとかよ？　そいつぁ知らなかった」

「娘が戸口に消えるのを見て、送り狼は戻って行く。家の者は御礼に塩を戸口に置いた。山深い地域ではそんな風習があると以前、何かの書物で読んだことがある」

首打ち人は暫《しばら》く虚空を見つめていた。

「どうだ、久さん、今回、縁があって出会った娘を最後まで——安全なその戸口まできちんと送り届けたいと俺は思っている。この道はちょっと険しく、遠くなるかもしれないのだが」

「ひょっとして、浅さん、そりゃあ俺に『付き合う覚悟があるか』と遠回しに訊いてるんじゃあるまいな？」

寒空に威勢よく腕まくりして久馬が叫んだ。

「てやんでい。そういうのを野暮ってんだ。言ったろう？　俺たちは今や一蓮托生、お神酒徳利《みきどっくり》——」

「割れ鍋に綴《と》じ蓋」

「それよ、それ！」

今宵、二匹連《にひきづれ》の前に夜道が白々と続いている。


更に夜は更けて、草木も眠る丑三つ時。

ところは今戸。人形屋桃月の寮の雅趣を凝らした塀を軽々と乗り越える、覆面に黒装束の影があった。

影は慣れた身のこなしで縁から奥座敷へ進む。廊下には薄い夜具に丸まって寝ている女中がいる。侵入者は気づかれないように女中を跨いで、背後の襖《ふすま》に心張り棒を静かに外した。スルリと中へ入る。思いのほか室内は明るい。枕元の有明行灯《ありあけあんどん》の光が、絹布団に包まれて眠っている娘の白い顔を一層白く浮き上がらせている。

影は吸い寄せられるように夜具へ近づき、娘の顔を覗き込む。

刹那、娘はパチリと目を開けた。その赤い唇から零れた言葉——

「……兄さん？」

〈十〉


「……兄さんね？」

と、次の瞬間、襖《ふすま》を蹴倒して飛び込んできたのは——

「クセモノ！　お嬢様に何をするっ！」

「ぐ」

すんでのところで黒装束は一撃をかわした。女中はなおも攻撃の手を止めず、心張り棒を剣のように振り回して向かって来る。サトが叫んで制した。

「おやめ、ミネ！」

「え、あ、お嬢様？　お怪我はありませんか？」

女中がサトに駆け寄ったのを幸いに男は部屋から走り去った。気づいたミネが追いかける。

「あ、待て！　逃がすものか！」

「やめて、ミネ！」

黒い影が縁から飛び下りたのと、同心と首打ち人が庭へ駆け込んで来たのは同時だった。

「よいところへ、黒沼様、山田様！　お助けください、クセモノです！　そいつ、その覆面男がお嬢様の部屋へ侵入したんです！」

女中が訴える中、男は軽々と塀を乗り越えて消えた。浅右衛門が後を追い、久馬は寝室へ駆け入る。

「安心しな、もう大丈夫だ――」

ほどなく浅右衛門が黒装束の男を従えて入ってきた。

ミネが金切声を上げる。

「そ、そいつです！　たった今、お嬢さんの部屋に忍び込んだのは。流石、山田様。見事、捕まえてくださったのですね、ありがとうございます！」

「お願いです、その人を放してっ！」

懇願したのはサトだった。

「その人は私に会いに来ただけです」

「こいつが誰か知っているのか、サトさん？」

問う同心に人形屋の娘はこっくりと頷く。

「その人は千匹連の頭領《かしら》で、私の——兄です」

「せ、千匹連の？　そんなはずはない！　何を言い出すんです、お嬢様っ！」

狼狽して激しく首を振る女中。

「馬鹿なことおっしゃらないでくださいっ」

「嘘じゃない、本当よ！」

「まあ、落ち着け」

二人を押し留めると久馬が静かな声で言った。

「だが、この場合、ミネの言ってることの方が当たっている。こいつは千匹連の頭領なんかじゃあねえ。おい、顔を見せてやれ」

顔に巻いた布を取ると、そこに現れたのは——竹太郎だった。

「この男はキノコ——いや、竹太郎といって、俺んとこの十手持《じって》ちだ」

「え」

人形屋の娘と女中は同時に驚きの声を漏らす。

「騙した格好になって悪かったな。だが、俺たちとしてはどうしても真実が知りたかった。荒療治は十分承知だ」

同心はサトをまっすぐに見た。

「よく聞いてくれ、サトさん。俺と、そしてそこにいる天下の御様《おためし》御用人《ごようにん》、山田浅右衛門殿は心からあんたを助けたいと思っているのだ。だから、あんたも本当のことを話してくれ。まず、こうやって会話ができるからには、あんたは乱心したわけじゃないな？　そして、あんたが今言ったこと、あんたは千匹連を待っていて、その頭領が兄だというのは、どういうことなんだ？」

　何やら深い訳がありそうだ。久馬は言葉を重ねた。

「なあ、サトさん、真実を教えてくれ。俺たちは心底、力になりたいのだ」

「わっ」

　サトは泣き崩れる。

　そうして泣きに泣いて、涙も枯れた頃、サトは身を起こしてその不思議な因縁の物語を話し始めた。

「私の母は昨年の秋に亡くなりました。息を引き取る数日前、母は私を枕元へ呼んで言ったんです」

――サトや。私はもう長くはない。

だから、これから私が話すことをしっかりと胸に刻んでおくれ。

このことはおまえにしか明かせないのよ。

私は旦那様を心からお慕いしている。

世間に流布している恋雛の謂《いわ》れにはこれっぽっちも嘘はない。

とある雪の夜に私は旦那様……

当時若旦那だった人形屋桃月の兆兵衛様に出会って、助けてもらったんだよ。

私はその日、逃げてきたんだ。おまえを抱いて。


――私を抱いて？　逃げてきた？


「母は悪人の妻だったと言うのです。母は武蔵国秩父の山深い村の生まれで十六になったある日、同じ郷の出だという若者が江戸で一旗《ひとはた》揚げて戻って来た。男は母を嫁にと望んで江戸へ連れ帰った。でも、その男の本業は盗賊。そう知った時には既に遅く、母は子供までもうけていました」

まっすぐに前を見つめてサトは言葉を継いだ。

「その日、昼中降り続いた雪がやみ、月が皓皓《こうこう》と明るい夜、逃げるなら今だ、と母は突然思ったそうです。それで乳飲み子を抱いて外へ出た。唯一の心残りはもう一人の子。子供は二人いたのです。男は頑強に生まれた上の子の方を後継ぎにすると言って、いつも抱いて寝ていた。小さく生まれて病弱だった下の子だけが母の傍にいた。そういうわけで、その時はもう後先のことは考えられず、母は私を抱いて走り出たと申します」

――何処《どこ》をどう走ったかわからない。もとより、そこが何処かも知らなかった。山から連れてこられてから私は一人では外へ出たことがなかったんだ。だから私にとって江戸の町は秩父の山の中と同じだったのさ。恐ろしかったよ。もう無茶苦茶に走って走って、走り疲れて倒れてしまった。いつの間にかまた雪が降り始めている。その雪に交じって蛍が一匹チラチラ飛んでいるじゃないか。驚いたねえ。蛍なんか見るのはいつ以来だろう？　だから一瞬、故郷へ帰ってきたかと思ったほどだよ。でも、やがて近づいてきた蛍はよく見ると提灯だった。優しい顔が私を覗き込んでこう言ったのさ。

『どうしたんだい、おまえさん？　この雪の中で？』……

「それが、人形屋桃月の若旦那、兆兵衛――現在の私の父でした」

後は世間で言われている通りです、と人形屋の娘は言った。

「兆兵衛は母と乳飲み子の私を、馴染みの置屋の主人に隠し妻と我が子だと偽って預かってもらいました。そうして日を開けずに幾度も通い、親身に世話をしているうちにお互いをかけがえのない存在と思うようになったそうです。それから、苦しい息の下で、母はこうも言いました」

――今日まで私は本当に大切にしてもらった。それはそれは幸せな毎日だった。

だから、日々心の中で拝んで暮らしたよ。

そんな優しい旦那様に私は二つ嘘をつき続けた。

自分が恐ろしい悪党の妻だったこと。そして、

もう一人いた子を捨ててきたこと。

私は、万が一お江戸にその盗賊たちが舞い戻ってきたら、その時は、

置き去りにした我が子に謝ろうとずっと思っていたんだよ。

元より許してもらおうなんて考えちゃいない。
私は我が子を捨てた酷《ひど》い母親だもの。ただ、このことだけは伝えたい。
おまえのことを一日たりとも思わない日はなかったと。
本当に申し訳ないことをした。あの日、ああ、ほんとに、
おまえも一緒に連れて逃げたかったんだよ……

部屋の中は水を打ったように静かだった。誰も口を挟む者はいない。雛めいた娘の、低いながらも凛とした声だけが響いている。

「あれは、年が明けて一月二十五日。そう、初天神の日でした。藤五郎さんとお参りして帰ってきた時、父が座敷いっぱいに広げて読んでいた瓦版を見て——私、そこで初めて気づいたんです。悪人とか、盗賊としか聞いてなかったのですが、母の言うソレこそ千匹連だと。だって、母が語ったことの全てに符合しています」

その瞬間を思い出したのか、サトはブルッと身震いした。

「なんということ！　悪党どもは江戸に戻ってきていた。しかも、瓦版には率いているのは二代目らしいと書かれている。私は悩みました。そして、決心したんです。母に代わって兄に謝ろうと。死ぬ間際まで心にかけてきたもう一人の子です。その人に、

今こそ私が謝りに行こうと」

そこまで語った娘は小さく首を振る。

「とはいえ、どうやって会いに行けばいいかわからなかった。ならば、向こうが私のことを見つけてくれればいいと」

頭に簪《かんざし》を角のように挿し、帯を長く地に引きずって夜の町を歩く……

「あれは母の育った里の、狼除けの呪《まじな》いなんです」

――頭に煙管《キセル》を挿し、帯を長く地面に垂らして歩けば狼は襲ってこない。

「私は女だから簪にしました」

ここで娘はちょっと笑った。再び真顔に戻ると、

「千匹連の頭領は手下から何か連絡がある時、そういう姿をするように取り決めていたとか。仲間からの合図にそれを使っていたって、これも母が教えてくれたことです。夫だった男は身元がばれるの嫌い、仲間にも自分の居場所を明かしていなかった。だ

から、仲間の方で連絡がある際は、夜半、そういう振る舞いをするように取り決めていた。頭領が必ず気づいて会いに来てくれると子分たちは信じていたらしいです」

「嘘！　嘘です！」

ミネが突っ伏して泣き出した。

「お嬢様が盗賊の娘だなんて！　その上、狼除けの呪いが連絡の手段？　そ、そんな突拍子もない話、私は聞いたことがない——」

「ああ、ミネ、おまえが知らなくて当然よ。これは私の母の育った里の言い伝えなんだから。私だって、おっかさんに聞くまで知らなかったのよ」

泣きじゃくる女中の肩を抱いて、顔だけ同心と首打ち人の方へ向けると、サトは続ける。

「先に申し上げた通り、母の里は秩父の山奥。その地は狼が身近で、狼に纏《まつ》わる言い伝えや呪いがたくさんあったそうです。病《やまい》の母は息を引き取るまでの数日間、堰《せき》を切ったように私へ故郷のことを色々話してくれました」

娘は母から聞いたという不思議な伝承を列挙していく。

「狼の声を聞きたい時は一人で一本橋を渡れ。狼が猪を仕留めたのを見たら、『皮だけ欲しい』と頼めば残しておいてくれる、狼はそれほど行儀が良い。炭焼きの小屋には釜の神様がいるから狼は決して中に入ってこない。夜、狼が長く唸るのは流行《はや》り病《やまい》の前触れだ。狼のお産を知ったらその場所に赤飯を届けなければならない――」

一度言葉を切り、長い睫毛を震わせて瞬《まばた》きをした。

「それから、私が母の言っていた盗賊が千匹連だと気づいた理由も、母が教えてくれた言い伝えの中にあったんです。狼は、昼は萱《カヤ》の一本、薄《ススキ》の三本に身を隠せるし、夜は槍が千本来ても逃げ切れる。その上、群れとなった千匹連は障子の桟にも隠れることができる――」

「なるほどな。おまえは、千匹連の命名はその言い伝えにあやかったと考えたわけだな」

全てを聞き終えて久馬は深く息を吐いた。

「おまえが、千匹連の頭領がおっかさんの元亭主で、現在率いているのが兄だと思ったというのは、一応、筋が通っている」

そして、改めてつくづくとサトを見つめる。

「それにしても、いくら兄に会いたいからって、よくもまぁ若い娘が大それた真似をしたものだ。真夜中に、頭に何本もの簪《かんざし》を挿し、帯を引きずって……そんな姿で歩き回ってるのを目撃されたら世間から奇異な目で見られるとは思わなかったのか？」

泣き続ける女中の背中を優しく撫でていたサトの手が止まった。

「それでいいんです。そう思われるのも都合が良かった。だって、私が乱心したと周りの人が思ってくれれば、私の春の祝言《しゅうげん》は破談になるでしょう？」

「破談にしたかったのか？」

「はい。全てを知った以上、私は藤五郎さんのお嫁さんにはなれません。私だけ幸せにはなれませんもの」

細い顎を上げて、きっぱりと娘は言い切った。

「私はこの年になるまで老舗《しにせ》の一人娘として何不自由なく育ててもらいました。贅沢に日々を過ごし、恋まですることができた。これ以上何を望みましょう。今の私の願いは、おっかさんの代わりに兄に会って謝ることです。なんとしてもおっかさんの思いを伝えたい」

そこでちょっと間が空《あ》いた。

「喜野屋の藤五郎さんには盗賊の娘は似つかわしくありません。あの人には相応しいお嫁さんをもらって幸せになってほしいと思っています。私は出会ってから一生分の幸せを味合わせてもらいました。もうそれで、充分です」

「……似たことを言ってたヤツがもう一人いたな」

独り言のように呟いた後で久馬は頷いた。

「よし、話はだいたいわかった。何はともあれ、おまえが乱心を装《よそお》っていたとわかって安心したよ。心の病《やまい》に関しては何の心配もない、と」

「ちょっと待ってくだせえ。まぜっかえすようで悪いんですが、墓場の件はどうなります？」

声を発したのは竹太郎だ。覆面にしていた黒い手拭いを肩に引っ掛けると、

「寺男を震え上がらせた、三日三晩墓の前に立ち続けたという、あの奇妙な振る舞いですよ。あれはどう考えても尋常には見えない。乱心した人の振る舞いだぜ」


〈十一〉


「あれは、母のためです。死ぬ前に母が酷く怖がっていたから」

桃月の娘の口をついて出たのは奇妙な言葉だった。

「私のおっかさんは、狼に見初《みそ》められた娘だったんです」

これも母の里に伝わる言い伝えの一つです、とサトが語り出す。

「里には、『狼に頭を飛び越された娘は狼に見初められた娘』という言い伝えがあっ

たそうです。だから、女の子は狼に出会って逃げる時、決して転んではいけない、と教えられたとか」

「おまえのおっかさんはソレだったのか？」

久馬の問いにサトは頷いた。

「七つの頃、炭焼きの父へ弁当を届けに行く道で狼に出くわして、母は腰を抜かしました。幸い、柴刈りに来ていた人が石を投げて狼を追い払ったものの、その狼は逃げる際、母を飛び越えた。この噂が広がって、母が嫁にはできない娘だと村の者なら皆、知っていたそうです。だから――」

サトは俯《うつむ》いた。

「十六の歳に、江戸で財を成したという若者が村へやって来て嫁にと望まれた時、母は頷くしかなかった……」

――狼に見初められた娘ってのはおまえかい？　迎えに来たぜ？

験《ゲン》がいい。俺は狼みたいな男だから似合いの夫婦《めおと》になれるぞ。

「むむ、だが、〝狼に見初められた娘〟と葬式後のあんたの奇怪な振る舞いはどう繋がるんで？」

首を傾げる竹太郎へ人形屋の娘は向き直った。

「──狼に見初《みそ》められた娘が死ぬと、必ずその体を狼が喰いに来る。だから村の若者はそういう噂のある娘が死んだ際は三日三晩、墓の見張りをしたそうです」

胸の前でサトは小さく拳を握る。

「お父《と》っつぁん──三代目兆兵衛の女房になっておっかさんは幸せだったはず。でも、狼に見初められた娘という恐ろしい烙印は死ぬまで心から離れなかったと思います。だから、私──」

暗闇の中、風に袂《たもと》を揺らして立ち続けた、その時と同じ顔で娘は言い切った。

「大切なおっかさんを安心して成仏させてやりたくて、私が墓守《それ》をしました」

「なるほど！　謎が解けやした！」

竹太郎がパシッと手を打ち鳴らす。

「桃月のお嬢さん、あんた、江戸っ子だねぇ！　肝が据わってらぁ！　この朽木思惟竹、感服いたしやした」

久馬も感嘆の息を吐く。

「桃月の女将も良い娘を持ったな！　あんたのおっかさんは、安心して極楽浄土へ旅立ったことだろうよ」

　娘の頬がほんのりと色づいた。

「同心様にそう言っていただけて、私も嬉しいです」

「さてと、これまで話してくれた以外に、おっかさんから聞いた話で何か心に残っているものはないかい?」

　サトは目を伏せて暫《しばら》く考える。

「そう言えば、苦しい息の下で、残した子に謝れなかったことをおっかさんがあまりに悔やむので、私、宥《なだ》めようと少し冗談めかして言ったんです。『でも、その子は大きくなってるから、おっかさんが会ってもわからないんじゃないの?』って。するとおっかさんは答えました。『大丈夫。どんなに大きくなっていても私には一目でわかるよ。あの子には印があるから』と。それから寂しそうに笑いました。『もちろん、そんな印がなくっても、私にはわかるけどね。自分の産んだ子だもの』……」

　サトは膝の上に両手を揃えた。

「母との話で、私が覚えているのはこれで全部です」

「サトさん、全てを話してくれてありがとう」

　それまで黙って聞き入っていた浅右衛門が初めて口を開いた。

「では、私から最後にもう一つ確認させてほしい。これはとても大切なことなのだ」

首打ち人はじっと人形屋の娘を見つめている。

「サトさん、あんたが乱心を装《よそお》うことを思い立ったきっかけは、兆兵衛さんの読んでいた瓦版で千匹連について知ったからだね？　その日、一緒に出かけた藤五郎さんの刺青を見たせいではないのだな？」

「刺青？　藤五郎さんが？」

娘はきょとんとした顔になった。

「いえ、そんなもの、私は知りません。何のことでしょう？」

慕ってやまないお嬢様が盗賊の娘だったことがよほど衝撃だったのだろう。泣き黒子《ほくろ》を濡らして泣き続ける女中のミネ。一方、全てを吐露して、肩の荷が下りたのか静かに座すサト。

そんな二人を残して久馬と浅右衛門、そして竹太郎が寮を辞したのは、陽も昇った朝の六つ半（午前七時）だった。

「さても、狼に纏《まつ》わる言い伝えに端を発するとは……何とも予想外の展開でしたねぇ？」

竹太郎は浅右衛門を振り仰いで言った。流石に黒装束は朝の道では目立つため、抜かりがない粋人の竹太郎、いつの間にか裾を下ろして緋色の博多帯を巻いている。この黒い着物に赤い帯を締める着方は、赤が目立つところから江戸っ子に〝腹切り帯〟と呼ばれていた。天下の首打ち人山田浅右衛門と一緒に歩きながら、わかってやっているなら凄い度胸だ。

そんな竹太郎に浅右衛門は微苦笑して答えた。

「桃月の娘の話に嘘はないと思うよ、竹さん。サトの語るのを聞いていて俺も思い出した」

「何をです？」

「桃月の女将は秩父の出と言っていたが、秩父山系とその周辺は狼が出没する地として知られている。奥秩父の三峰《みつみね》山の山頂にある三峯神社は狼を祀った神社で、狛犬も狼だそうだ。そんな地域なら狼に関わる伝承が数多く残っていても不思議はない」

「そういやぁ、山東京伝《さんとうきょうでん》の〈猿候著聞水月談〉にも、墓地に埋葬された遺骸を狼が暴く場面が描かれてます。案外、このお江戸でも狼は身近な生き物なのかもしれねぇや」

「まぁ、なんだ、やり方は少々乱暴だったが良かったじゃねぇか」

久馬が明るい声を響かせる。

「これで人形屋の娘の奇怪な振る舞いの謎は解けた。父親の兆兵衛も一安心《ひとあんしん》だし、許《いい》嫁の喜野屋の若旦那《なずけ》はシンから娘に惚れているのだから、破談の話はなしになりそうだな。一件落着、めでたしめでたし」

呆れて竹太郎が鼻を鳴らした。

「本気で言ってるんですか、黒沼の旦那？　そうは簡単に話が終わらないから山田様は苦悩しているんですぜ」

「へ？」

「山田様が、サトに藤五郎さんの刺青についてあれほど念押ししたのを傍で聞いていて何と思ったんです？　山田様は藤五郎こそ千匹連の頭領だと睨んでる——そうでしょう、山田様？」

「えええ？　そうなのか、浅さん？」

「そうでないことを願っているがな。だが、藤五郎が祝言《しゅうげん》を前に消そうとした刺青、あれが狼の紋章だったとしたら……」

竹太郎が割って入る。

「おまけに最後にサトが言った、おっかさんとの会話。〝会えば一目でわかる印〟ってのも引っかかりますね。それこそ刺青のことを指すんじゃないですか？」

二人の会話を聞いて今更ながらに久馬は慌て出した。

「げ、そりゃ大変だ。破談云々の話じゃない。もしそうなら藤五郎は天下の大悪党だし、その上、サトと兄妹ってことになる？　こりゃ、どう転んでもいい目はでねぇや」

「勿論、現段階では藤五郎が千匹連の頭領だとは言い切れない。だが疑わしいことが多すぎるのだ」

静かに腕を組む浅右衛門だった。

「藤五郎が江戸に戻ってきた時期と千匹連が蠢《うごめ》き出した時期が妙に重なっている。そもそも藤五郎は捨て子だったので素性が今一つはっきりしない……」

「それにさ、藤五郎とサト、あの二人を並べて見た誰もが口にします。まるで一対の男雛と女雛みたいだってね。わっちは今までは褒め言葉として聞いていたんだが、よぉく考えると――これはつまり、二人は似ているってことですよね？」

竹太郎は空を仰いだ。

「行《ゆ》き摺《ず》りに出会って、一目で恋に落ちたのも、兄妹の血故《ゆえ》だったかも。コリャ極めつきの悲恋話ですぜ。好き合うお互いが相手を兄妹だと知っちゃあいない、なんて」

言うだけ言って竹太郎、唇を窄《すぼ》めた。

「おや、噂をすればなんとやら、あそこにいるのは藤五郎さんじゃねえですか？」

その指さす彼方、迷い子の標《しるべ》の横に喜野屋の若旦那が立っている。

「こんな早朝に妙なところで会うな、藤五郎さんよ？」

「これは黒沼様、山田様……ああ、思惟竹さんまで！」

櫛屋の若旦那は近づいて来た同心と首打ち人、自称戯作者《げさくしゃ》に丁寧に頭を下げた。

「その節は無理なお願いを聞いていただき本当にありがとうございました。それで——桃月のサトさんの病状は如何《いかが》なものでしょう？」

「それよ。今、俺たちは桃月の寮からの帰り道だ。勿論、サトに会ってきたが、病《やまい》を偽っているかどうか、結論を出すにはもう少し時間がかかりそうだ」

久馬は藤五郎を横目で見た。

「藤五郎さんはこんなところで何をしてんだい？　よもや俺たちの後を付け回しているんじゃあるまいな？」

「後を付けるなどと滅相もない。ここで会ったのは偶然です」

そう言いつつも、藤五郎の目は遥か桃月の寮の方角に向いていた。

藤五郎は照れ臭そうに頭を掻いた。

「未練ですかね。黒沼様、山田様、お二人の前で、潔《いさぎよ》く身を引くなんて大見得を切ったくせに、気づくと足があの人の方へ向かっているんです。どうせ会ってくれはしないとわかっちゃいるのに。ここ数日は、朝起きるとフラフラここまで来て……この標《しるべ》を見て我に返って引き返す、そんなことを繰り返しています」

藤五郎はそっと標に手を置く。

「江戸のことはなんでも知っておられる同心様だ。黒沼様、私が捨て子だったことはとうにご存知でしょう？」

「う、いや、まぁ、その」

ど真ん中を射抜《いぬ》かれて狼狽《うろた》える定廻《じょうまわ》り。櫛屋の若旦那は乾いた笑い声を立てた。

「いいんですよ。私を拾ってくれた両親――喜野屋の店主夫妻は当時近隣の標に『赤ん坊を預かっています』と貼り付けて回ったそうです。おっかさんは、〈たづぬる方〉の側を確認しては、『どうぞ、誰も引き取りに現れませんように』と祈っていたと教えてくれました。赤の他人の私をそんなに愛しく大切に思ってくれてありがたいことです。それもあって私はこの迷い子の標を見るたびつくづく親心ってものを考えるんですよ」

独り言のように藤五郎は呟いた。

「自分の子を捨てる者もいれば、他人の子を拾う者もいる。人の世ってものは全く摩訶不思議です。しかし、子を捨てる親ってのは畜生以下だな。ケダモノでも産んだ子はきちんと育てるというのに。あ、こりゃ、どうも、湿っぽい話になってしまって――では、私はこれで」

「藤五郎さん、ケダモノと言えば」

そそくさと去ろうとした藤五郎を浅右衛門が引き留めた。

「最近市中を騒がせている千匹連について、どう思います？」

「はい？」

「被害にあった店の幾人かが『見た』と証言しているそうだが、どうも連中は同じ刺青を腕に彫っているらしい」

藤五郎の背がピンと伸びる。

「そのようですね。私も瓦版で読みました。私が思うに――刺青はきっと、千匹連が荒らした店に置いていく貼り紙にあるのと同じ絵柄だろうな。狼ですよ。仲間の証ってやつでしょう」

櫛《くし》屋の若旦那は深々と頭を下げた。

「では、失礼いたします」

「どう思う、浅さん？　今の藤五郎の態度を見て」

「うーむ、何とも言えないな。藤五郎さんの腕にあったという刺青も、焼いて消してしまった今となっては真相を確かめようがないし」

「ウー、ここはひとまず、何か食いに行こう。考えたら昨日の鮟鱇《あんこう》鍋以来、何も食ってねぇ。あれだって途中で席を立ったんだ。徹夜の上にすきっ腹では頭も回らねぇや」

「へへッ、黒沼の旦那は満腹でも頭が回らねえくせに——あ！」

「騒ぐな、キノコ。まだ殴ってねぇだろ？」

「違います。今の叫びは驚いたからで。山田様、これを見てください」

竹太郎は迷い子の標《しるべ》の片側、右側の〈しらする方〉を指し示した。そこには——

《二月二日
神田鎌倉河岸の造り酒屋豊邦屋《とよくにや》の前で泣いていました。
女の子、歳は四才。名はマカミ。当家で預かっています。大口屋《おおぐちや》》

□　□　□

「なんだろう、この模様？」

竹太郎は貼り紙に記された文様を凝視している。

「三つ重ねた口の字？　三つ並んだ門のようにも見える。これがこの店の屋号紋なんですかねぇ？　だいたい大口屋っていう店もちょっと思い当たらない。それほど有名な店でないにもかかわらず肝心の所番地も書いてねえなんて……不親切で変てこな貼り紙だと思いませんか、黒沼の旦那？」

「うーむ、迷い子の標《しるべ》なんざ、俺はさほど真剣に見たことはなかったからなぁ」

「確かに、この貼札は風変わりだ」

浅右衛門は視線を落として足元の地面を見つめている。その姿は何人もの首を落とした土壇場《どたんば》に立っているように見えた。

どのくらいそうしていただろう。浅右衛門は顔を上げた。

「さっき俺は狼を祀る三峯神社について話したろう？　実際に俺は詣でたことはないのだが、そこの鳥居は大鳥居の左右に小さな鳥居が並ぶ三つ鳥居なのだ。その光景が狼の口を思わせていかにも狼を祀った神社らしい、などと参詣者に言われているそうだ。この模様、そういう風に見えないか？」

「三鳥居……」

じいっと貼札を見つめていた久馬、やおら身を捩って藤五郎が去って行った方角へ視線を転じる。

「よし、キノコ、松兵衛親分に言って、市中の迷い子の標を全て見て回らせてくれ。この三つ口模様の入った似たような貼札があるか調べるんだ、大急ぎで頼んだぞ！」

竹太郎はもうそこにはいない。疾風のごとく走り去る後ろ姿だけが見えた。

「合点承知の助！」


〈十二〉


四日後の二月六日深更。場所は神田鎌倉河岸の造り酒屋豊邦屋の前。

うっそりと立つ黒い集団がいた。

何町か先で野犬が鳴く。それを合図としたかのように、輪の中心——見るからに華奢な一人が口を開く。

「皆、揃ったか？」

「へい、御頭、全員います」

副頭領らしき男が半歩前に出て答えた。

「だが、正直、驚きましたぜ。この前、米問屋の三河屋を襲ってからさほど日が経ってねぇ」

一番背の高い男も頷く。

「あっしもです。標《しるべ》の貼札を見た時は目を疑いました」

「ふん、今日はここ豊邦屋のご隠居の還暦祝いで、店の者全員に振る舞い酒が出たのさ。さぞやぐっすり眠っていることだろう。この日を逃す手はないやね」

「流石、御頭だ！」

「情報が早いや！」

「そういうとこも先代譲りだ」

口々に漏れる称賛の声を、頭領は手を上げて遮った。

「それに——これが江戸での私の最後の仕事だ」

「え」

いきなり告げられた言葉に子分一同絶句した。沁み通るような静寂の中、一人一人の顔を順に見つめて頭領は言う。

「今回も千匹連は十分に稼がせてもらった。だから、これで終《しま》いにしようと思う。この後は先代の時同様、皆も一斉に身を隠せ。おまえたちならお手の物だろう？　何しろ、千匹連ならば障子の桟にも身を隠せるのだから」

低い笑い声が起こる。

「さあ、そういうわけだから――最後の大舞台、気合を入れて、行くぞ！」

群れは一斉に動き出した。宛《さなが》ら黒い魔風のように塀を乗り越え、裏口を破って突入する。

だが、この夜は少し違った。踏み込んだ途端、ワッと湧いた無数の声、声、声――

「御用だ！　御用だ！」

「皆の者、出合え！」

「盗人《ぬすっと》だぞ！」

「な、なんだと？」

「しまった――」

「いけねえ、御頭！　張り込まれてる……」

造り酒屋豊邦屋の屋内には台所も、縁も、店先も、びっしりと役人が控えていた。

南北両奉行所共同の大捕り物と見える。与力に定廻《じょうまわ》り同心、臨時廻《りんじまわ》り同心、中間《ちゅうげん》がどっと押し寄せた。たじろぐ暇もなく盗賊たちは次々と取り押さえられていく。

「いけねぇ――」

「逃げてくだせえ、御頭っ！」

「御頭だけでも――」

彼方此方《あちこち》で声が上がった。

「御頭は若い、あっしらはもういい、思い残すことはねぇや」

「とっくに地獄で先代に会う覚悟はできてらぁ」

「太く短くと願った割には、ずいぶんこの世を楽しませていただきやした」

「まったくだ。前回も爽快だったが、まさか、次があろうとはなぁ」

「盗人《ぬすっと》にも仁義があらぁ、さあ、行ってくれ、御頭！」


ドンッ……


「っ！」

一人に強く背中を押された頭領の体が、考えるより先に動く。そのまま入り乱れて激しくもみ合う仲間と捕り手の隙間を抜けて中庭の雪隠《せっちん》の小屋根に飛び乗った。そこから隣家の屋根へ。更に飛び移って細い塀伝《づた》いに走り、暗い裏路地に飛び下りた。

だが、その先、大通りへの道を塞ぐように立つ影が四つ。

「いけねぇよ、千匹連の頭領ともあろう者が、往生際が悪ぃや」

定廻《じょうまわ》り同心黒沼久馬の澄んだ声が響き渡る。

今宵、大捕り物の出動とあって日頃の黒紋付き巻羽織《まきばおり》姿ではない。手足にそれぞれ籠手《こて》と脛当てを付け、鎖帷子《くさりかたびら》を着込んだその上に全同心揃いの半纏、更に鉢鉄《はちがね》、襷《たすき》掛《が》けという物々しさである。

後ろ腰に差した十手《じって》を引き抜くと、久馬はキリリと眉を上げて言った。

「年貢の納め時だ。さあ、潔《いさぎよ》くお縄を頂戴しな」

「くっ」

千匹連の頭領は懐から匕首《あいくち》を抜き同心めがけて突進した。

瞬間、体を入れ替えたのは山田浅右衛門。だが公儀御様御用人《おためしごようにん》は抜刀しなかった。

「む？　おまえ、違うな？　一刀流ではない……？」

「——しゃらくせえ、何の話だ？」

友と一緒に浅草御門前で見た、子供たちと興じていた都鳥——あの太刀筋なら……

青眼から上段と来る！　と読んでいた首打ち人。だが、千匹連の頭領の匕首《あいくち》はまっすぐに水月《みぞおち》を貫こうとした。浅右衛門は鯉口を切っていない。僅かに右足を引き、体を開いて鞘のまま跳ね上げる。鳥を追うよりも優しく、蝶を払うがごとく——それでいい。ふうわりと匕首は飛んでいった。

ガクリ、黒装束が膝を折る。

「ここからはあっしらが。おい、竹」

「あいよ、父《と》っつぁん」

曲木の松こと松兵衛親分と倅《せがれ》の竹太郎が鮮やかに縄を打つ。千匹連の二代目頭領はもはや抵抗しなかった。

「さて、顔を検《あらた》めさせてもらうぜ」

松兵衛が顔を覆った布をサッと剥ぐ。

久馬、浅右衛門、竹太郎は息を呑んだ。

「え？」

「嘘だろう……」

「おまえは――」

そこに現れた顔は……

「ミネ？」

改めて久馬が質《ただ》した。

「おまえは……ミネじゃねぇか！　おま、お、おまえだったのか？」

「あい」

人形屋桃月の娘サト付きの女中ミネは観念して静かな声で答えた。

「襲う店に先回りされたんじゃ敵いません」

そう言った娘が小首を傾げる。

「どうして今夜、私たちがここに入るってわかったんですか？」

「迷い子の標《しるべ》さ」

久馬が答えた。

「あそこに貼られた風変わりな伝言に気づいたのだ。それで、ここにいる松兵衛親分と倅の竹太郎——こっちは知ってるな？　あの夜、寮に忍び込ませたクセモノだ。二人に気張ってもらって江戸中の標を確認したところ、全ての標に同一の貼札があった」

そこでいったん口を閉じ、息を吸う。湿った夜の匂いが若い同心の鼻腔に満ちた。

「あの文言は狼の符牒だらけじゃないか」

久馬は小さく頭を振ると、

「大口屋だと？　そんな店は存在しない。迷子もいない。店名の〈大口〉と迷子の名〈マカミ〉を合わせると〈大口真神〉となるが、これは狼神の別名らしいな。屋号紋、三つの口は狼を祀った三峯神社の象徴、三つ鳥居だろう？　ここまでわかれば後は簡単よ」

迷子を見つけたという場所は次に襲撃する店だ。次に数字、迷子の歳の四は、迷子が見つかった日付の二月二日から四日後を意味している。

「しかし伝言は解いたが、俺たちはおまえだとは思わなかった。なあ、浅さん？」

久馬は真横に立つ首打ち人を振り向いた。

「うむ」

頷いた後で浅右衛門はハッとした顔になる。

「そう言えば、ミネ、おまえが人形屋のサトに最初に会った場所は、迷い子の標《しるべ》だと言ってたっけな」

「そうですよ。なんだ、今更思い出しましたか？」

カラカラと笑うミネ。

「あの日、私は貼札を貼った後、新しい宿主を探してたのさ。そんな私を妙な顔してじっと見ている娘がいるじゃないか。綺麗だったねぇ。漆黒の髪に白い肌。女の私でさえ思わず見とれたくらいだ。そしたらその麗しいお嬢さんが駆け寄って来る。心配そうな顔で『どうしたの？　迷子なの？』って、育ちの良さがにじみ出ていたよ。世間知らずも甚《になは》だしい。まさか、この年で迷子のはずはないやね——」

ミネは言い直した。

「いや、迷子だったかも。長いこと迷子だったのかもしれないや。はぐれたおっかさんと妹をずうっと探していた……」

「そうだったのか、おまえが千匹連の頭領で、標を仲間との連絡に使っていたのか。俺たちはてっきり、喜野屋の若旦那、藤五郎だと思ってた――」

久馬の呟きに、皮肉そうにミネが笑う。

「世の中、わからないことだらけでござんす。私だってお仕えしたお嬢さんが妹とは、先日の夜、皆さんと一緒に話を聞くまでついぞ知りませんでした」

ここでミネは顔を伏せた。

「但《ただ》し、妹はおっかさんの話で肝心なところを取り違えていましたがね。父、先代千匹連の頭領が抱いて寝ていた頑強な上の子は兄じゃない。姉なんです。しかも年も一緒さ。私たちは双子でした」

唇を噛んでミネは闇を睨んだ。

「ああ、悔やんでも悔やみ切れない。我ながら馬鹿なことをしたもんです。自分の足でノコノコと一番近づいちゃいけないお人に会いに行くなんて。黒沼様、山田様、あなた方のことでござんすよ」

久馬はミネをじっと見据えた。

「それはおまえがお嬢さん——サトを心から気にかけていたからだろう？　俺は覚えているぜ。最初に会った時、おまえは俺に言ったんだ。命に代えても守りたい大切な人がいる、と」

「畜生！　憎い妹とわかっていたらあんな真似しなかった！　父は死ぬまで逃げた女房を恨んでいましたからね」

娘の掠れた声が遠吠えのように聞こえた。

「お嬢様——妹が母の墓守をしたのは正解でした。でなけりゃ父が狼に身を窶《やつ》して喰いに行ったかもしれない……」

「もういいでしょう？　黒沼の旦那。連れていきましょう。言いたいことはお白洲の上で言わせりゃあいい」

流石、曲木の松親分である。かつてともに江戸八百八町《はっぴゃくやちょう》を疾走した先代定廻《じょうまわ》り同心黒沼数馬に似て、久馬が情にほだされやすいのを心得ている。

「さあ、キリキリ歩けぃ！」

松兵衛親分が引っ立てると、一歩、しっかりした足取りで踏み出したミネが、ふいに振り返った。

「そうだ、一つだけ、私がこう言っていたと、ぜひ妹にお伝えくださいませ、黒沼様、山田様」

二代目千匹連の頭領は闇の中、まっすぐに背を伸ばして言った。

「せいぜい、幸せになりな、と。おまえにゾッコンの優しい若旦那と祝言《しゅうげん》を挙げて、たくさん子供を産んで、とことん幸せになりやがれ。そうなりゃあ恨み甲斐がある。姉は地獄からきっちり見ているから、と」

泣き黒子《ぼくろ》にツーッと、涙が流れた。

「コン畜生！　私が地獄の釜から悔しがって這い出して来るぐらい幸せになりな！」

こうして、二月六日の夜、お江戸を騒がせた二代目千匹連はその頭領ともども一網打尽にされた。

以下はお調べの段階でミネが語ったことである。

十六年前、女房が双子の一人を連れて逃げ出したことを知った初代千匹連頭領与助《よすけ》は、当初何としても連れ戻そうと試みるも、所在を見つけ出すことができず断念。女房の口から盗賊団に追捕の手が伸びるのを恐れて子分たちに解党を告げ、自身も残された子とともに江戸を去った。

謎だった初代千匹連の突然の活動停止はこういう理由だったのである。

与助はミネと故郷、奥秩父の山奥で暮らしたが、昨年秋、再び江戸に戻り子分たちに連絡を取って千匹連の再結集を宣言した。生存していた子分たちは全員喜んで集結した。ところが押し込みを予定していた、まさにその朝、与助は布団の中で息絶えていたのだ。江戸に舞い戻り活動再開を決したのは己《おのれ》の命数があとわずかだと悟ったせいかもしれない。一方、再結集した仲間は実子ミネが頭領になることを望み、ミネも承諾した。父に育てられたミネは自分が大泥棒の娘だと聞いて育っていたし、押し込みの技を伝授されていたからだ。

大店《おおだな》へ奉公に上がり市中の種々の情報を仕入れるのも父に教わったやり方だった。元々、父与助は炭屋の老舗塩原屋《しにせしおばらや》に奉公していた。このことは重大である。

この時代の燃料は炭だが、最初、炭は俵一俵単位でのみ売り買いされていた。これを庶民でも容易に買えるよう量り売りを始めたのが塩原屋だった。初代塩原太助《たすけ》はこの商法で一代で十万石の大名並みの財を成し、その半生は後年、歌舞伎や落語にもなっている。が、何より注目すべきは、この塩原屋から炭は棒手振《ぼてふ》りで商われるようになったという点だ。与助はそんな外回りの一人だった。これは毎日、天秤棒を担いで店や家々を回り、家族構成や店の内情を探るのが容易だったことを意味するのである。

一月後、千匹連への沙汰が下された。

頭領ミネは市中引き回しの上、死罪。盗賊団は全員、獄門。

これは特別厳しい判例ではない。

江戸時代の死刑は六種あり〈下手人〉〈死罪〉〈獄門〉〈火罪〉〈磔《はりつけ》〉〈鋸挽《のこぎりびき》〉の順に重くなる。

現在、下手人と聞くと犯人のことと思われがちだが、元々は刑罰の名称だった。

この〈下手人〉と〈死罪〉の違いは斬首した死体を家族が引き取り、葬式を出せるかどうかだけ。

〈死罪〉は家屋敷や家財など財産は没収され、埋葬、葬儀も許されない。市中引き回しは死罪以上の付加刑で、馬に乗せ罪状を記した捨札《すてふだ》を掲げて、その名の通り江戸市中を引き回される。

〈獄門〉は〈死罪〉より重い。斬首した首を三日間、獄門台に晒す、俗に言う晒し首の刑である。部下たちが全員この獄門だったのに頭領のミネが獄門を免《まぬが》れたのは、年若い娘だったミネへの、御上《おかみ》の温情だったと言えよう。

〈十三〉


千匹連頭領の引き回しの刑が執行される、その日。

久馬と浅右衛門は朝から伊勢町河岸の小料理屋にいた。

「千匹連を捕縛した一番の功労者がこんなところでのんびりしていていいのか、久さん？」

「てやんでぃ、その功労者だから、与力の添島様に無理を聞き届けてもらったんじゃないか。俺は、今日は御役御免だ。一日中浴びるように飲むぞ！　亭主、店中の酒を持ってこい！」

気勢を上げた後で顔をクシャクシャにして本音を吐く定廻《じょうまわ》りだった。

「だめだ、浅さん。俺には無理だ。いくらお江戸を荒らし回った盗賊団を率いていたとはいえ、あのミネが死罪の上、市中を引き回される姿なんて見たくない」

浅右衛門はそんな久馬の猪口《ちょこ》に静かに酒を注ぐ。

「サトの方は、様子はどうなのだ？」

母が残していった子供が女児だったこと。それが誰あろう自分の一番近くにいた女中のミネで、そして何より、そのミネこそ千匹連の頭領だった――

『兄じゃなかったんですか？　私のきょうだいは兄じゃなくて姉？　ああ、どうしよう。私、てっきりおっかさんの言う〝上の子〟を兄だとばっかり思い込んでいました。だって、丈夫に生まれたと頭領が気に入り、跡取りにするって喜んでいたとおっかさんに聞いたから。しかも、私たち、同い年の双子だったんですね？』

色々な事実を一度に知った人形屋の娘は、衝撃のあまり床《とこ》に就いてしまった。

「まぁなぁ、寝込んで当然だろうよ。年若い娘が一度に知るには過酷すぎらぁ」

盃を呷りながらしんみりした口調で久馬は続ける。

「浅さん、サトのことは許嫁《いいなずけ》の喜野屋の若旦那藤五郎が毎日寮に通って、親身になって看病してるって話だ。養父の兆兵衛も付きっ切りだと言うし、サトはいずれ元気になるだろう。そうなってもらわねぇと俺は辛すぎらぁ」

「同心様！」

「チキショウメ、あの日のミネの声が蘇るぜ。そう、俺はこんな風に呼び止められたのさ。あれが全ての始まりだった――」

「黒沼様！　お探ししました！」

繰り返し響く声。振り返ると、背後に人が立っていた。

「ひえっ？　俺を呼んだのは幻じゃなくてホンモノかよ？　しかも、ミネではなくて――サトさん？」

久馬は飛び上がる。

「そうか、あんたたちは姉妹だったんだっけ。改めて聞くと声もそっくりだぜ。だが、なんであんたがここに？」

「ね？　サトさん、バッチリ当たった、黒沼の旦那と山田様はここだったでしょう？」

続いて現れたのは竹太郎だ。得意げな声でぬし小紋の着物の襟を扱《しご》きながらニヤリと笑う。

「いえね、桃月のお嬢さんが黒沼の旦那にどうしても急ぎの用があるって言うんで、この朽木思惟竹が一肌脱いでお連れしました。藤五郎さんも一緒です」

「驚かすない、ちょうど今あんたたちの話をしていたところだ。サトさん、もう出歩けるようになったのか？　それは良かった」

「黒沼様！　何卒、何卒お助けください！」

サトはその場に膝をついた。胸に桐箱を抱えている。それは雛人形の箱だと、久馬も浅右衛門も一目でわかった。

「私、お父《と》っつぁんと――ここにいる藤五郎さんに支えられて今日の日を迎えたんです。流石に昨夜は心乱れて眠ることができず、寮でおっかさんの遺品を整理して過ごしました。そして――見つけたんです」

　サトが抱きしめていた箱を差し出す。

「これは、おっかさんがミネ姉さんに遺したものです。もっと早く気づけば良かった！　でも、そんなこと言ってる暇はない、とにかく、何が何でも私はこれを姉さんに届けたい――」

　人形屋の娘は地面に額《ひたい》を擦りつけた。

「お願いでございます。私を姉さんと会わせてください！　姉さんのもとへ連れて行ってください！」

「私からもお願いいたします」

　櫛屋喜野屋の若旦那もサトの横に座ると、深々と頭を下げる。

「黒沼様と山田様にはご無理ばかり申して本当に申し訳ありません。御恩はこの藤五郎、一生かけてお返しする覚悟です。ですから、どうかどうか今一度、サトの願いを叶えてやってください」

「よっしゃあ！」

久馬は猪口《ちょこ》を放り投げるや、クルリと反転してサトへ背中を向けた。

「さあ、おぶされ！　突っ走るぞ」

「ありがとうございます！」

「え？　久さん？　ちょっと、待て、落ち着け――」

浅右衛門が叫んだ時には既に遅い。箱を抱えた娘ごと背負って、全速力で店から飛び出す定廻《じょうまわ》り同心だった。

「どけ、どけ、どきやがれーーーっ、道を開けろーーー！」

「だから、久さん、待てというのに……」


「どけ、どけーーーー」

振袖の袖がこの春、最初の蝶のようにヒラヒラ舞っている。美しい娘を背負って通りをぶっ飛ばして行く巻羽織《まきばおり》、あれは定廻り黒沼久馬ではないか！　行き交わした往来の人々は慌てて道を譲りながらあんぐりと口を開けて見送った。

とはいえ、こんな真似が続くわけがない。

いかに同心の着物が走りやすい特別の身幅でも、限界がある。流石に息が切れてきた。歯を食いしばっても足に力が入らない。久馬がヨロヨロ蛇行し始めた、まさにその時――

「おい、久さん、そこまでだ」

背後から声がした。振り向くと浅右衛門の顔がそこにある。

「駕籠《かご》を仕立てたぞ」

なんのことはない。最初からこうすべきだったのだ。

「さあ、サトさん、これに乗るといい」

「はぁ、はぁ……そうか、その手があったか」

息も絶え絶えの同心に首打ち人が微笑んで言った。

「俺たちの分もある。乗れ、久さん。竹さんと藤五郎さんには事情を告げに桃月へ向かってもらった」

「ありがてぇ！　何から何まで恩に着るぜ、浅さん。で、行き先だが――」

「わかってる」

浅右衛門は駕籠かきを振り返って告げた。

「行き先は、親父橋の番屋だ、よろしく頼むぞ」

「承知しました！」

人形町から日本橋に通じる道に架かっているのが親父橋だ。

この橋は吉原（元吉原）を開いた庄司甚右衛門《しょうじじんえもん》が架けた。甚右衛門は当時『親父』と呼ばれていたのでこの名があるのだ。天保の現在、親父橋周辺には口入宿が軒を連ねていて職を求める親父たちが行き交っている。

今日、久馬が汗みどろになって目指し、浅右衛門が駕籠《かご》屋に命じて親父橋に向かうのは、そこ、親父橋の自身番こそ、引き回し人の最後の休憩地点だったからである。

風はまだ冷たいが、空は凛と晴れ渡り、陽差しは春の予感に満ちていた。親父橋横の番小屋の腰高障子もほんのりと明るんで見える。

この日、遂にここに至った咎人《とがにん》、大泥棒千匹連の二代目頭領ミネ。

牢に繋がれていた間、陽に当たらなかったせいだろう、色白になったミネの顔はサトにそっくりだった。だが、眼差しは虚《うつ》ろで既にこの世の人ではないように見える。休憩のため馬から降ろされ縄を解かれても、凍った顔つきからは心中を読み取ることはできなかった。

戸が開かれ、促されるままに一歩、中に入って――

ミネは息を呑んだ。

これは幻に違いない。番屋の無骨な板の間に、赤い毛氈《もうせん》も華やかに六段飾りの雛人形が飾られている。大花瓶には、咲き零れる桃の花。その前で振袖姿の美しい娘が両手を揃えて座っていた。

「ようこそ、お待ちしておりました」

「お嬢様――」

「姉さん！」

サトは立ち上がると持参したお揃いの振袖をサッとミネの肩にかける。そのまま手を引いて雛壇へ導いた。

「姉さん、どうぞ、見ておくんなさい」

サトは爪先立って女雛を手に取ると姉に差し出した。

「姉さん、これはおっかさんが隠し持っていた、姉さんのための雛人形です」

「私の……お雛様？」

「おっかさんは毎年、こっそりこれを飾って姉さんの成長を祝ってきたんです」

「嘘だ、今更、上手いことを言うのはやめとくれ」

ミネの乾いた唇から笑い声が漏れる。

「だいたい、どうしてそんなことがわかるのさ。人形なんぞ皆、同じだろうに」

サトは首を振った。

「いいえ、いいえ。これは姉さんの、姉さんだけのお雛様です。ほら！」

妹の差し出した雛人形には右頬に小さな印があった。泣き黒子《ぼくろ》だ。

狼のような男のもとに残した、もう一人の愛しい娘。その面影を母は雛人形に刻んだのだ。


――大きくなっても私にはわかる。あの子には印があるから。

でも、そんなものなくっても、すぐわかるよ。

一日たりとも、あの子のことを思い出さない日はなかった。


――本当に……本当に……おまえも連れて逃げたかったんだよ……


「……おっかさん」

ミネは人形を胸に抱いて蹲《うずくま》った。サトも姉に身を寄せる。

二人は雛を挟んでいつまでもいつまでも抱き合っていた。

姉妹一緒の、初めての桃の節句を雪洞《ぼんぼり》の灯が優しく照らしている。

「このまま時が止まればいいのに……」

ぽつりと呟く久馬に浅右衛門は頷いた。

「ああ、本当にな」

親父橋の自身番からやや離れた甘味屋の前である。

引き回しには与力二名、同心四名の他、先払いや幟《のぼり》持ち、捨札《すてふだ》持ち、槍や突棒《つくぼう》、刺股《さすまた》を持つ者、馬の口取りなど、およそ四十名前後の随員が付く。通常、この者たちも親父橋の番屋で休憩するのだが、今日ばかりは姉妹水入らずの雛祭りに場所を明け渡した格好である。

急遽、この店を随員の休息場所として借り受け、茶や菓子、接待役の女中まで手配したのは人形屋桃月だ。店先に駕籠《かご》を着け、駆け込んで来た藤五郎と竹太郎が事情を説明するや、店主兆兵衛は即座に店頭に飾ってあった六段飾りを持たせた上に、テキパキとこれらの差配をしてくれたのだ。

「〈箱を出る　顔忘れめや　雛二対〉……」

「お、一茶だな？」

久馬は何を聞いても一茶と言う。浅右衛門は静かに首を振った。

「残念、はずれだ。蕪村だよ。妙に重なる、と思ってさ」

「へへっ、わっちも一句、浮かびました」

携帯筆と懐紙を取り出して竹太郎がサラサラとしたためる。

「どれ？　見せてみな」

サッと横から懐紙を掠め取る久馬。一読して目を瞬《またた》いた。

「フン。キノコ、おまえ、姉貴や親父に金を出させて俳句指南所に通ってるらしいがよ、全くの無駄金にはなってないようだな」

この物言いが意地っ張りな江戸っ子にとって最上級の褒め言葉である。

「ほら、どう思う、浅さん？」

渡された懐紙を受け取った浅右衛門は無言のまま暫《しば》くじっと見つめていた。やがて丁寧に折り畳んで懐に仕舞う。

「これはもらっていくよ、竹さん」

そう、公儀御様御用人《おためしごようにん》山田浅右衛門にはまだ一つ、最後の仕事が残っている。土壇場で咎人《とがにん》の首を打つ、それである。

キノコこと竹太郎こと朽木思惟竹、渾身の一句は——

〈狼が　狼送る　雛の月〉

追記。

サトが母から聞いた狼に纏《まつ》わる伝承はいずれも秩父山系奥多摩地方をはじめとする全国の地誌に散見される。それほど狼は人にとって畏敬すべき獣だったということなのだろう。

また、この年以降、浅草茅町の人形屋桃月の座敷では二組並べて雛人形を飾るようになったそうだ。江戸っ子はこれを『姉妹雛』または『双子雛』と呼んだとか。桃月のこの習わしは明治の頃まで確かに続いていたと、それを見た古老は証言している。

雪代

〈一〉

最初それを目にした時、久馬は訝《いぶか》しんで足を止めた。

江戸橋を渡ると右手に西堀留川が流れている。荒布《あらめ》橋、中ノ橋、二つの橋を渡らずに進んで突き当たるのが道浄橋。西堀川はここから左に直角に折れて、並行して架けられた雲母橋の先で留堀になっている。向こう岸を北塩河《しおがし》岸、こちら側は南塩河岸という。久馬が奇妙な光景を目にしたのはまさにそこ、道浄橋を渡ろうとした時だった。見晴るかす雲母橋の袂《たもと》で若い男がしゃがみ込んで両手でしきりに地面を掘っている。

（はて？　何をやっているのだろう？）

久馬はしばらく眺めていたが、再び歩き出した。今日の勤めも無事終え、目指すは小伝馬町の牢屋敷である。友が待っているのだ。あの微苦笑——少し困ったような顔が目裏に浮かんで、若い定廻り《じょうまわ》同心の歩幅は一層広くなった。

また、別の日。この日も榎《えのき》の木の下で落ち合った久馬と浅右衛門が肩を並べて日本橋近くまで戻ってきた時、室町通りと交差する大伝馬町の方向から突如、足音が聞こえてきた。ただならぬ気配を察知して久馬は背の十手《じって》を引き抜いて振り返る。

「何奴！」

その目に飛び込んできたのは――

「曲木の松親分？」

「おお、黒沼の旦那と、山田様！　こんちわ――」

「なんだ？　事件か？　誰を追っている？」

「――では、ごめんなすって」

挨拶もそこそこに、松兵衛は足を止めずに二人の横を駆け抜けた。

「ちぇ、なんでぇ、ありゃ？」

呆れる久馬へ浅右衛門が声をかける。

「おい、久さん、あれを見ろ。次が来るぞ」

時を置かず、新しく足音が響く。松兵衛親分に続いてこちらへ駆けて来るのは――

「キノコじゃねぇか？　おまえまで、一体何事だ？」

「おっと、こんちわ、黒沼の旦那、山田様！　じゃ、失礼！」

キノコこと、自称戯作者《げさくしゃ》見習朽木思惟竹、本名竹太郎は風のごとく走り去った。

「だから、なんなんだよ！　父子して駆け比べでもやってるのか？」

首を捻る久馬の耳に、そう、二度あることは三度ある。砂埃を蹴立てて駆けて来たのは――

「文字梅！　おまえもか？」

「まぁ、黒沼様に山田様？」

流石に文字梅は足を止めた。

「今、ここをお父《と》っつぁんと、竹が通りませんでしたか？　どっちの方向へ行きました？　父子揃って逃げ足だけは速いんだから」

「二人ならあっち、十軒店《じっけんだな》の方へ駆けてった」

久馬が指を指す。

「だがよ、お梅、一体――」

「ありがとござんす。では！」

取り付く島もなく、常磐津のお師匠は粋な万筋の着物の裾を掴むや、緋色の蹴出《けだし》を閃《ひらめ》かせて駆けていってしまった。

　その後ろ姿を眺めつつ、久馬は頬を掻いて言う。

「ま、いいか。どうも事件ってわけじゃなさそうだ」

　天高く馬肥える秋。この間までの暑さも和《やわ》らいで涼風が吹き渡る江戸市中。遠く火見櫓《やぐら》の上に雲がポッカリ浮かんでいる。

「俺たちはのんびり行こうぜ、浅さん」

「フフ、そうだな」

「しかし、何だな、キノコが親父譲りで足が速いのは知っていたがよ、こうしてみるとお師匠さんも中々の健脚だな」

「だから、いつまでたっても久さんが捕まえられないわけか」

「え？　そりゃ、どういう意味でえ、浅さん？」

　浅右衛門の冗談口へ大いに憤慨して片眉を上げた久馬。と、ここでひょこっと再び顔を出したのは竹太郎だった。

「ふー、やれやれだ、何とか巻くことができたみたいだな」

　いつの間にか戻って来たらしい。同心と首打ち人の横に立って蝙蝠《こうもり》模様の手拭いで汗を拭う竹太郎。すかさず久馬が訊いた。

「おい、キノコ、一体何があった？　親子揃って市中で駆けっこなんてよ。どんな罪作りな真似をして姉貴をあそこまで怒らせたんだ？」

「罪作り？　とんでもねぇ。わっちらは姉貴に頼み事をされただけでさあ」

浅右衛門も吃驚《びっくり》して訊き返す。

「頼み事？　とてもそういう風には見えなかったが……」

「そうでしょう、山田様。姉貴のヤツ、酷《ひど》いったらない。頼み事を断った途端にこの有様だ。まさに鬼女みてえでしょ。こんなだからいつまでたっても嫁の貰い手がないのさ」

「ほう？　で、その頼み事ってのはなんだい？」

いたく興味をそそられて身を乗り出した久馬に、竹太郎が答えて曰く。

「加賀九《かがきゅう》と呼ばれる店をご存知ですか？　黒沼の旦那」

「いや。日本橋通油町の加賀吉《かがきち》なら知っているが。あそこは江戸でも数少ない眼鏡問屋だからな」

「まさにそれさ。加賀吉なら江戸中誰でも知っている、ってね」

竹太郎、大いに頷いてパチンと手を打ち鳴らした。

「で、加賀九は最近、その有名な加賀吉から暖簾《のれん》分けした新しい眼鏡屋なんです。正しくは加賀屋、店の場所は大伝馬町。店主の名が九兵衛《きゅうべえ》、よって加賀九。ところが眼鏡は高価だしそうそう売れるモノじゃない。オマケにどうせ買うなら老舗《しにせ》の加賀吉に行くってわけでこの加賀九、開店したはいいが商いが上手くいっていない。店内にいるのは閑古鳥《かんこどり》だけって有様です」

「その潰れかけている眼鏡屋とおまえの姉貴と、どう繋がるんだ?」

竹太郎はニヤリと笑う。

「やれやれ想像力のない御仁と話をするのはこれだから嫌だ。ねぇ、山田様?　山田様ならお察しでしょう?」

「うっせい、俺にもわかるように丁寧に話しやがれ。殴るぞ!」

「だから、殴ってから言わないでおくんなさいよ。イテテ」

大袈裟に頭を押さえながら竹太郎は続けた。

「つまりね、この加賀九の店主が最近常磐津を習い始めて姉貴のお弟子になったと思いねぇ。それもただのお弟子じゃない。九兵衛ときたらすこぶるつきのイイ男ときた。歳はまだ三十前。姉貴は一目でまいっちまって『九さん、九さん』って下にも置かない騒ぎだ」

ここでわざとらしくキノコはハタと膝を打った。

「あれぇ？　何という偶然、今気がついたが　キュウさんといえばどっかの誰かとおんなじ響きだな？」

「むぅ」

「ま、それはともかく、店が潰れたらもう習い事どころじゃなくなる。それで愛しの九さんの窮地を救うべく、姉貴は親父とわっちに眼鏡を買えと言うんでさ」

久馬は喉が詰まったような声を上げたきり黙り込んでいる。構わず竹太郎は続けた。

「ところが、親父は、歳はとっても足腰同様、目も良いときた」

――てやんでい、俺は自慢じゃないが足も目も、これっぽっちも衰えていねぇんだ。眼鏡なんざいらねぇや。一昨日《おととい》来やがれ！

――じゃ、竹。おまえがお買い。自称とはいえ物書きなんだ。目を使うだろう？

眼鏡を持っててもいいじゃないか。

お金がない？　それなら私が貸してやるからさ。

勿論、月々キチンと返してもらうけどね。

そのためにも早いとこまっとうな職におつきよ。

——やなこった！　こちとら親父以上に若くって活《い》きがいいんだ。目も良いし、もっと言えば顔も良い。無粋な眼鏡なんかで隠してたまるか！


「とまぁ、こういうわけで、わっちと親父が断った途端、姉貴のヤツ、非人情だのなんだのって烈火のごとく怒り出してね。こうなると手が付けられない。わっちたちは三十六計、逃げるが勝ち、スタコラ逃げ出したって次第です。このままじゃウンと言うまで地の果てまで追いかけ回されそうだ。あ！」

　ここまで言って竹太郎は声を上げた。

「いけねぇ、姉貴のヤツ、戻ってきやがった！　親父に逃げられたと見える——」

「そこにいたんだね、竹！」

　いや、もういない。脱兎のごとく逃げ去ってしまった。

　風と久馬と浅右衛門だけが残るその場所へ、入れ替わりに文字梅が突っ込んできた。

「ったく！　なんて父子だ！　たった一人の可愛い娘、大切な姉の頼みがきけないとは！　あたしゃ情けないよ」

　袂《たもと》を噛んで嘆く師匠。ここでふいに二人に視線を止めた。

「そうだ、黒沼様、山田様、眼鏡は御入用じゃござンせんか？」

定廻《じょうまわ》りと御様御用人《おためしごようにん》、同時に首を振る。

「いらねぇよ！」

「拙者も今のところ、大丈夫かと」

更に久馬、グッと一歩踏み出して言った。

「俺に言わせりゃあ、眼鏡が必要なのはおめぇじゃないのか？　文字梅よ」

「はい？」

「目の前にこんないい男がいるのに、加賀九だが加賀十だか知らねえが、そんな潰れかけた店の、商い下手な主に入れ上げるとは。ほんにおめぇは目がねぇ……メガネェ……眼鏡……ハハハ、我ながら上手い洒落だぜ。まいったか」

「久さん——」

「ギャーーー！　誰か……助けてぇ……」

響き渡ったのは師匠に抓《つね》られた久馬の叫び声ではなかった。

「な、何だあの声？」

「あっち、浮世小路の方だぞ」

「やられた！　砂泥だあ！　砂泥が出た！　助けて——」

〈二〉


「砂泥だと！」

同心の顔に戻った久馬が弾かれたように駆け出す。浅右衛門と文字梅も後に続いた。

浮世小路は日本橋の大、室町通り三丁目から東に入ったところにある、奥行にして二十間ほどのまさに小路《コウジ》という呼び名どおりの短い通りだ。だが元禄三年（一六九〇）出版の〈江戸惣鹿子名所大全〉や、享保二十年（一七三五）発行の〈続江戸砂子〉にも載っている江戸で人気の一画だった。理由は味自慢の料理屋が軒を連ねているからだ。

その小路の中ほど。男が顔を手で覆って喘いでいた。

「いけない！　目を触るな！　目をこすったらだめだ！」

膝をついて抱き起こす浅右衛門。男を覗き込んで久馬が訊く。

「砂泥は何処《どこ》だ？」

「む、む、向こう、福徳神社の境内へ駆け去りました！　私の荷を毟《むし》り取って……」

砂まみれの目をどうにか開けて商人が指をさす。その方角へ久馬は走り出した。

「さあ、これで目をお洗いなさいませ」

桶の水を差し出したのは文字梅師匠だ。目の前の茶問屋からもらって来たらしい。袂《たもと》から手拭いを出してテキパキと手当を始める。周囲には野次馬が群がっていた。

「砂泥だってよ！」

「またやられたのか？」

「今度は何を取られたんだい？」

「物騒だねぇ。コレじゃ担ぎ商人はおちおち道も歩けないやな」

ほどなく人込みを割って久馬と竹太郎が一緒に戻ってきた。

「クソッ、だめだ、取り逃がした。境内を突っ切って裏から出やがったらしい。にしても、神社前で盗みを働くとはふてぇ野郎だ」

この福徳神社も江戸っ子なら誰もが知っている。というのも幕府より富くじ興業を許された神社だからだ。

「わっちも気づいて日本橋辺りまで追っかけたんだが、時、既に遅し。まんまと逃げられました」

竹太郎は追いつけなかったのがよほど悔しかったのか、唇を歪めて言い添えた。

「どうも、相手は一人じゃないようだぜ。人込みに紛れて次々に略奪品を受け渡していると見た」

最近お江戸に流行《はや》るもの――

〈砂泥〉は往来に出没するかっぱらいの類《たぐい》だ。行商人や御用廻り、荷を担いでいる者と通りすがる際、顔面に砂を投げつけ、目を潰したすきに荷を奪って逃げる。砂を使っての泥棒故《ゆえ》、砂泥と呼ばれて、この種の洒落が好きな江戸っ子に最初は面白おかしく囃し立てられていた。だが、捕まらないのをいいことに手口がどんどん大胆になってきている。奉行所としてももはや看過できない状況だった。

「で、今回の奪われた荷は何だい？」

十手《じって》を腰に戻して久馬が訊く。

「はい。それが――あ！」

洗ってもらった目をぱちぱちと瞬《まばた》きして商人が小さく叫んだ。

「これは梅文字師匠じゃありませんか？」

文字梅の方も目を開けた商人の顔をじっと見て、

「おや、あんたは加賀九の手代さん？」

「はい、手代の多平《たへい》です」

多平曰く、今日は浮世小路の料理屋の御隠居に呼ばれて眼鏡を見せに行く途中だったとのこと。

久馬はポリポリ頬を掻きながら呟いた。

「ということは——奪われたのは眼鏡ってことか？」


「多平！」

浮世小路の入口近い室町の番屋に飛び込んで来たのは、被害を知らされてやって来た加賀九の店主、九兵衛だった。

「旦那様！　申し訳ありません。私の不注意で大切な商品を奪われてしまいました」

手代の多平は番屋の黒光りする板床に額《ひたい》をこすりつけて詫びる。

「そんなことはいい。おまえは大丈夫なのか？　怪我はないのだな？」

「はい、大丈夫です。いきなり砂をかけられて動転してしまいましたが、近くに居合わせた文字梅師匠に手当していただきました」

番屋へ呼ばれて診察した医師も、目に異常はない、早い手当が良かったと言ってさっき引き揚げたところだ。

「本当にありがたいです。地獄に仏とはまさにこのこと」

「文字梅お師匠……」

番屋の隅に立つ文字梅の姿を認めると、加賀久の店主は駆け寄って深々と頭を下げた。

「お師匠、このたびは本当にありがとうございました」

「まあ、いやですよ、水臭いじゃありませんか。顔をお上げくださいませ、九さん、いいえ、九兵衛様。私は当たり前のことをしただけです」

傍で聞いていたもう一人のキュウさんこと黒沼久馬は、小鼻をピクピク蠢《うごめ》かす。

「水を用意して、水臭いだと？　チェ、ちーっとも面白くない」

浅右衛門がそっと小突いたのも無視して更に毒づく。

「なんでぇ、デレデレしちまって。あんなアオビョウタンの何処《どこ》がいいんだか。やっぱし、眼鏡が入用なのは文字梅だよ」

「同心様」

そんな黒紋付き巻羽織《まきばおり》の前へ若き店主が歩み寄った。宛《さな》ら花道を渡る役者のような足運びである。

「ご挨拶が遅れました。私が加賀九の店主、九兵衛にございます。このたびは手代の多平をお助けくださりありがとうございました」

「いやなに。市中見回りは俺たちの仕事だから礼には及ばぬ。まぁ、この手代がもう少し早く知らせてくれていたらお縄にしていたものを。俺としても無念この上ない」

「黒沼様のお名前はお師匠さんから聞いております。お江戸一の賢くてお優しい同心様とのこと。そんな御方に我が店の奪われた荷を追いかけていただいて、それだけでこの加賀屋九兵衛、一生の語り草にいたします」

若くして暖簾《のれん》分けしてもらった九兵衛、流石にそつがない。

「ご一緒だった山田様、ありがとうございます。本当にもったいない限りです。普通なら、私など到底お会いできない身ですのに。そして、ああ、竹太郎さん？　お師匠さんのみならず、あなたにまでお手数をおかけしたのですね？」

加賀屋九兵衛は一人一人に丁寧に頭を下げて回った。

「皆様、本日は本当にお世話になりました」


「浅さん、正直に言ってくれ」

数刻後。ところは浮世小路の料理屋の一軒である。

牛蒡《ゴボウ》と鯒《コチ》の煮つけは絶妙の味、これに旬の茄子《なす》の鴫《しぎ》焼《や》きを味わいながら久馬が訊いた。

「今日の加賀九の店主を見てどう思った？」

「うむ、噂通りの水も滴《したた》るイイ男だ」

浅右衛門は正直に答える。

「羽織も小袖も決して華美ではなかった。今日日、番頭でもあれ以上のモノを着ているというのに。その中で足袋《たび》だけは上等な品だった。真っ白な足袋……あの美意識には感服したよ」

「足袋ぃ？　ヘッ、そんなもんかねぇ。俺は白より紺の方が断然、粋だと思うね」

久馬は自身の足元を見つめながら口をへの字に曲げた。雪駄《せった》に紺足袋は同心の定番なのだ。

「それに、盗まれた荷よりも店の者の身を真っ先に案ずる心根も立派だった。優しいだけでなく、ああいう姿は店主として頼り甲斐がある。加賀屋九兵衛、若いが非の打ちどころがない人物だ」

「ヒヒヒ、てことはもう、こちらのキュウさんには勝ち目がないってことですね！」

「だまれ、キノコ、おめえには聞いてない」

「また殴る！　これですよ？　ねぇ、山田様？　周囲に優しい心配りがない。ヤキモチ焼きで器《うつわ》が小さい。黒沼の旦那は非の打ちどころだらけだああ」

大袈裟に騒いでみせる竹太郎を、久馬は今度は殴らなかった。盃を置き、暫《しば》し腕を組んで考え込む。やがておもむろに顔を上げる。

「よし、わかった！　俺も加賀九も色男だ。それは認める」

「久さん……」

「え？　そこ？」

「では、色男に欠けているものは何か？　金と力だ。『色男、金と力はなかりけり』って言うものな。この点も俺と加賀九は一緒だ。俺も金はない。加賀九も商売が上手くいっていない。となれば最後の勝負は――力だ」

すっくと立って定廻《じょうまわ》り同心黒沼久馬は言い切った。

「よく聞け！　今回盗まれた荷は俺が見事に取り戻してみせる！　これでどちらが真のイイ男かわかるというものだ！　金はなくとも実力のあるのは誰か？　文字梅に目にモノ見せてやるからな！」

盃の酒を舐めながら呟く竹太郎だった。

「ふーん？　目にモノ見せて……ねぇ。相手が眼鏡屋だけに？　いや、待てよ、こりゃ案外面白いかも。恋敵九・久対決。果たして軍配はどちらに？」

と、こうまで定廻り同心黒沼久馬が大見得を切ったにもかかわらず――

翌日、思わぬ形で加賀九の盗まれた荷は戻ってきたのである。

〈三〉

「荷が見つかっただと？　そりゃ本当か？　昨日奪われたもので間違いないんだろうな？」

吃驚《びっくり》して目を剥く久馬。ちょうど日本橋の袂《たもと》で辻売りの鰻屋から蒲焼きの串を二、三本値切っているところだった。知らせてきた松兵衛親分が早口に告げる。

「へい、間違いありやせん。奪われたまんま風呂敷に包まれて出てきたんです。とりあえず伊勢町の自身番に、荷とそれを見つけて届け出た人物も一緒に待たせていやす」

というわけで老親分に導かれるまま番屋にやって来た久馬だった。

「荷を見つけて届けてくれたのは——おまえさんかい？」

「はい、あっしは駒吉《こまきち》といって伊勢町で錺《かざり》職人をやっております」

親方だと名乗ったその男は上背のあるがっしりした体を折って挨拶した。印半纏が良く似合っている。半白の髪に顎の張った四角い顔。何かに似ている。コマはコマでも、駒（馬）ではなく狛犬だ。

「ありがたい！　礼を言うぞ、コマイヌ——じゃない、駒吉親方」

本当は自分が見つけたかったのに余計なことをしてくれた、などとは言えない。すると駒吉親方はさっと片手を振った。

「いえ、見つけたのはあっしじゃありません。ウチのとこの弟子なんです」

見れば大柄な親方の後ろに隠れるように立っている若者がいる。

「さあ、おめえも同心様に挨拶しねえか、弥一《やいち》」

親方に引っ張られて前に出てきた若者はおずおずと頭を下げた。

「……弥一と申します」

「あ、おまえは——」

途端に久馬が声を上げる。

「昨日、南塩河岸の——雲母橋下の川端で地面をほじくっていたヤツじゃねぇか！」

「へ？　そうなんですか？　流石、黒沼の旦那だ、目がいいねぇ」

間髪容れず誉めそやす老親分。その気になって久馬は得意げに胸を反らした。

「だから、眼鏡はいらねえって言ってるのよ。目の良さは松親分以上さ。なにしろ俺は富士のお山だってその襞《ひだ》に至るまでくっきり見えてらぁ」

これははったりでもなんでもなくて、事実だろう。当時江戸市中からは美しい富士の姿を望むことができた。

江戸城を造営した太田道灌は自室から富士を眺めるのを至上の喜びとして歌まで詠んでいる。また歌川広重の〈名所江戸百景〉は計百十九点の作品中、富士を描いたものが十九枚もあるのだ。中でも秀逸な〈日本橋雪晴〉では日本橋の向こうに白く輝く富士を堪能できる。実際、日本橋は富士を見る絶景地と言われていた。

「あっしもね、正月三日に日本橋から富士を拝まないことには新しい年が始まった気がしませんや」

「確かに日本橋からの富士は最高だがよ、松親分、俺は駿河町から望む富士もグッとくるぜ」

駿河町の通りからは真ん前に富士が見える。これは尤《もっと》もな話で、そもそも富士がそう見えるように町を造営したのだ。同心と目明《めあか》しの思わぬ富士談義の傍らで錺《かざり》職人の若者はピクリと体を震わせた。

「富士のお山……」

その骨ばった肩に駒吉親方がすばやく手を置く。

「これは魂消《たまげ》た！　こいつが砂を掘っているのをご覧になった？　流石、同心様ともなると市中のどんなこともお見通しなんですねぇ！」

親方がこれまた狛犬同様の大きな目をギョロッと剥いて弟子を見下ろす。

「いえね、この弥一は、腕はいいものの妙な癖がありましてね。砂を見ると掘らずにいられなくなるんでさ。それであっしもほとほと困り果てているんですが……」

「なんでぇそりゃ？　そんな妙な癖、聞いたことがねぇ」

「ですよね。とはいえ、その癖のせいで、今回、荷を見つけたわけなんです」

親方は詳細を話し始めた。

「この弥一がね、今朝も仕事前に川っぷちで砂をいじっていたらしいや。そしたら、近くに奇妙に盛り上がった場所がある。気になってそこを掘ってみたところ、これが出てきたそうです」

親方は番屋の床、蓆《むしろ》の上に置いてある砂まみれの風呂敷包みを指差す。

「すぐさま弥一があっしを呼びに来たので、何だろうと思い、中を検《あらた》めると――」

なんと、風呂敷包みの中身は眼鏡だった！

「昨日、浮世小路界隈で砂泥が眼鏡屋の荷を奪ったって噂はあっしも聞いています。それで、すぐさまお届けした次第です」

「そうです。この荷は私の店、加賀九の眼鏡です」

盗品発見の報を受けてやって来た店主九兵衛も即座に認めた。

「包んでいる風呂敷の紋と屋号……中身の桐箱入りの眼鏡……間違いありません。店を出る前に手代の多平が帳面に記した、持ち出した眼鏡の数とも符合します」

眼鏡屋の若き店主の頬が喜びで朱色に染まる。昨日の厳しい顔とまた違って、この場に文字梅がいなくて良かったと久馬が思うほどの男振りだ。

「正直、諦めていたんです。まさか全部無事に戻ってくるとは。しかもこんなに早く。ありがとうございました。同心様、親分さん、そして、駒吉親方、弥一さん」

九兵衛は昨日と同様、番屋に居並ぶ全員に深々と頭を下げて回った。

「皆様には改めて御礼のご挨拶に伺わせていただきます」

「加賀九さん、やめておくんなさい、御礼なんていりませんや」

駒吉は豪快な笑い声とともに団扇《うちわ》のような大きな手を振った。

「拾ったものを持ち主に返す――あっしらは当然のことをしたまででさぁ」

「いやぁ、江戸っ子だねぇ、あの親方。ホレボレする気風《きっぷ》だったぜ。それにあの声。ああいうのを獅子吼《ししく》ってんだナ。狛犬に似てるだけある」

夕刻。一連の報告を兼ねて、砂泥の現場に居合わせた浅右衛門と竹太郎を呼び出した久馬である。今日の場所は伊勢町河岸、馴染みの小料理屋だ。新鮮な鯛が手に入ったということで刺身を注文した。三人とも山葵醤油が好みである。

「ほう！ 獅子吼《ししく》とは乙な言葉を使うじゃないか、久さんもいよいよ通人の域だな」

「へへへ、与力の添島様が言ってたのを拝借したのさ。獅子が吼《ほ》えるって意味だろ？」

「ケッ、おだてるのはやめた方がいいですぜ、山田様。黒沼の旦那はすぐ調子に乗りますからね。そうなると周りは獅子吼どころか四苦八苦だ」

「どうした、キノコ？ いやに機嫌が悪いな。ははぁ、さてはまた蔦屋に原稿をつっ返されたんだな？」

「そ、そんなんじゃありませんよ」

本当は図星である。自称戯作者《げさくしゃ》見習い朽木思惟竹の懐には心血を注いで書き上げた新作が丸ごと突っ込んであった。その嵩《かさ》ばる塊《カタマリ》に手を置いて唇を突き出す。

「ただ、ちょっと今の話に引っかかるところがあって……どうも話が出来過ぎている」

「フン、毎度、出来てないハナシばっかり書いてるヤツがそれを言うか？」

「待て、久さん」

ここで浅右衛門が割って入った。

「竹さん、出来すぎていると、どうしてそう思うんだ？」

竹太郎は神妙な顔で座り直す。

「わっちが不審に思うのは、この広いお江戸で翌日にドンピシャと盗品が見つかったって点です。そんな上手い話があるかな？」

「うむ。これまでは砂泥とやらは盗品の行方どころか、どんな連中か、人数や素性さえ一切掴ませなかったのだからな」

相槌《あいづち》を打つ浅右衛門を今度は久馬が遮った。

「だからこそ、今回は錺《かざり》職人とその親方の大手柄だと褒め讃《たた》えてるんじゃねぇか」

「わっちみたいに」

小さく笑って竹太郎が言う。

「日がな一日戯作の筋道を考えてると、物事のなり行きにいつも目がいくんでさ。今回に限って何故こんなに早く盗品が見つかったか、そこが気になって仕方がない。で、思い当たったたんですがね」

竹太郎は注がれた酒を一口飲んだ。

「ねぇ、黒沼の旦那、山田様。お二人は砂泥が加賀九の荷を盗んだ現場にいち早く駆けつけています。わっちも気づいて加勢して追っかけた。つまりね、今回、砂泥は今までとは違って物凄く不利な状況だったんですよ」

「まあ、そうだわな。この俺に追われちゃあ生きた心地がしなかったろうよ」

久馬の大口に珍しく竹太郎が頷いた。

「その通り。で、わっちらも『取り逃がした』と悔しがったけど、向こうもギリギリだったとしたら？」

竹太郎は同心と首打ち人をじっと見つめる。

「逃げ切れないと思ってとりあえず奪った荷を隠したとしたら、どうです？　当然その隠し方もゾンザイでその場しのぎだった。誰かが見つけてそこから足がつきかねない。砂泥はそれを恐れた」

「だから？」

「だから、自分たちが見つけたことにして届け出た」

シンと、耳に痛いほどの沈黙。

「つまり、なにかい、キノコ？　戯作者《げさくしゃ》志望のおまえは今朝、届け出た人物が砂泥だと言ってるんだな？」

次の瞬間、久馬は仰《の》け反《ぞ》って笑い出した。

「アハハハハ、こいつぁいい！　なるほど、ハナシとしちゃおまえの書くものより断然面白ぇや！」

「そうですかい？　わっちだってもう一つの事実がなけりゃこんな突飛なことは言いませんよ」

「もう一つの事実とは？」

静かに浅右衛門が問う。首打ち人は笑っていなかった。

「荷を見つけたという錺《かざり》職人の若者の癖ですよ。〝砂を見るといじくらずにはいられない〟という」

「確かに奇妙奇天烈な癖だが、嘘じゃないだろうよ。というのは偶然とはいえ、前日、南塩河岸の川っぷちでその若者が砂を掘っているのを俺は道浄橋の上から見ているんだから」

久馬は両手を広げて説明を続ける。

「ほら、あそこは道浄橋と並行してもう一つ橋が架かっているだろ？　雲母と書いて読み方が二つある橋さ。〝きららばし〟と〝きらずばし〟。どっちが正しいのか渡るたんびにいつも迷っちまうあの橋の下だ」

戯作者志望は譲らなかった。

「弥一って弟子の、その変な癖について親方が言及したのは、黒沼の旦那が、その弟子がそんな真似をしてるのを見たと言った後でしょ？　だから、親方は慌ててミョウチクリンな言い訳をせずにはいられなかった――」

「いや、キノコ、おまえの言わんとしてることが俺には全然わからねぇよ。弥一が砂を掘ってたのは事実だ。あの年で砂遊びはしねえだろう？　ならば親方が言う通り、ほんとにそいつの癖なんだろ？」

「旦那、思い出してくださいよ、砂泥がかっぱらいに使う得物《えもの》はなんです？」

「得物？　そりゃ名前の通り砂――あ！」

「ご明察！　ね？　その弥一は盗みに使う砂を集めていたんですよ」

「うーむ、それをたまたま俺に見つかったというわけか……」

「なるほど竹さんの推測に沿って考えれば、全ての平仄《ひょうそく》がピタリと合うな」

「でしょう、山田様。山田様にそう言っていただけて光栄です」

竹太郎は懐をそっと撫でた。分厚い原稿、その石のような塊。突っ返された時の重みがスッと軽くなっている。一方、久馬の心も羽のように浮き立った。宣言した通りに盗品は自分で見つけられなかったが、それ以上の成果――砂泥一味を一網打尽に搦《から》め捕ることができたなら？　となれば、いけすかない色男、非の打ちどころのない加賀九の九兵衛は俺に感謝して頭が上がらなくなる。文字梅だって……

文字梅の『流石でござんす、黒沼様!』という声と、うっとりと見つめる眼差しが若い定廻《じょうまわ》り同心にははっきり浮かんだ気がした。


〈四〉


とりあえずは錺《かざり》職人の親方、駒吉の身辺を慎重に探ってみよう、と話が決まった。例によって浅右衛門も付き合うことになった。竹太郎とは居酒屋で別れている。

駒吉親方の住まいはすぐにわかった。中ノ橋に近い、黒板の塀を巡らした中々立派な屋敷だ。内弟子を何人も抱え工房も兼ねている様子。その玄関前で久馬と浅右衛門は意外な人物と鉢合わせた。

「むっ、おまえは加賀九の——」

「あ、これは黒沼様に山田様……」

風呂敷包みを胸に抱えた加賀九の若き店主は、柔らかい物腰で頭を下げる。

「駒吉親方に今朝の件——盗まれた荷を見つけていただいた御礼にやって来ました」

そして、慌てて言い添える。

「黒沼様、山田様には日を改めてご挨拶に伺いたいと思っております」

「フン、俺たちへの礼なんぞはいいさ。それより――ちょうどいいや。俺たちも今日の件で親方にもうちっと詳しく話を聞きたいと思って出向いて来たところだ。一緒にお邪魔するとしようぜ」

妙な流れだが警戒されずに親方の身辺を探るにはいいかもしれない。チラと浅右衛門へ目配せすると久馬は戸を開けた。

「御免、駒吉親方、居るかえ」

「はぁい？」

日が落ちてから黒紋付きの巻羽織《まきばおり》がやって来たとあって、相手はさぞや驚くことと思っていたが、驚いたのは久馬の方だった。というのも――

来訪を告げる声を聞いて玄関に出て来た女性が凄かった！

浮世絵から抜け出たと見紛うばかりの別嬪《べっぴん》である。瓜実顔《うりざね》に切れ長の目。春信というより、北斎の五美人か。渋い利久茶の着物に露草色の前垂れ。丸髷《まげ》のちょっと崩した感じがまた小面憎い。宛ら《さなが》砂泥に砂をかけられたごとく久馬はゴシゴシ目を擦る。

「ようこそいらっしゃいませ。どちら様でしょう？」

「俺、私、ミドモ、ソレガシは南町配下の黒沼と申す者。本日は駒吉親方に用があってやって来た。ところであなたは何処《どこ》のどなたですか？」

「久さん――」

浅右衛門の心の声。

（やれやれ、今、それを訊くか？）

「まぁ！　同心様でございますか、失礼いたしました。どうぞお上がりくださいませ。さ、さ、皆様も。駒吉は今、仕事場におります。すぐ呼んでまいりますね」

浮世絵美人は両手を揃えて深々と頭を下げた。白い項《うなじ》が艶《つや》っぽくてまたまた目が眩《くら》む。

「ご挨拶が遅れて申し訳ありません。私は駒吉の女房のトキと申します」

「えー、女房？　妻女？　あの狛犬の？　嘘だろーーー」

「久さん、それは心で言うもんだ」

今度こそ、声に出して諭す首打ち人だった。

「キノコの推測は当たりだ！　やはり親方は砂泥の首領に間違いないぜ」

「久さん、そりゃ早計だ。まだ何一つ親方から話を聞いていないというのに」

「いや、あの女将さんを見たろう、浅さん？　あんな別嬪《べっぴん》、絶対かどわかしてきたに決まっている」

座敷に通された後、小声でやり合っている同心と御様御用人《おためしごようにん》。加賀九の店主は分をわきまえてか、静かに座している。長火鉢の後ろ、神棚に飾った稲荷の絵に久馬は目を留めた。

「あんなものを仰々しく祀って――洒落《しゃら》くせえ、親方が狛犬なら女房はお稲荷さんの化身とでも言いたいのか？」

「ああ、あれはな、久さん」

ここでクスリと浅右衛門が笑う。

「親方は錺《かざり》職人だからお稲荷さんを祀ってて当然だ」

「へ？」

「職人は皆それぞれその職業に関わる神サマを祀っているものさ」

そうして浅右衛門は教えてくれた。

「例えば、家を建てるのに携《たずさ》わる者たち――大工や屋根葺き、石工、左官などは聖徳太子を祀っている。それら職人は太子の命日の二十二日には揃って太子講を行っているよ」

「どうしてまた聖徳太子なんだ？」

「それはな、聖徳太子が寺院を建立した――つまり、建物を最初に建てた人物として伝わっているからだ。今度機会があったら知り合いの棟梁に見せてもらうといい。大工の家に飾られている太子像は曲尺《かねじゃく》を持っているはずだ。これは曲尺を広めたのも太子と信じられているからだそうだよ」

「へー」

「同じように、金物に関わる細工師たち――錺職人、鋳物師《いもの し》などの間では稲荷神が信仰されているのさ」

「ほう、そうなのか？　それにしても何でも知ってるねぇ、浅さんは。毎回恐れ入るぜ」

「いや、実はな、種を明かすと我が家業にも関わりがあるせいさ」

浅右衛門は照れたように笑った。

「金物に関わる職人の中には刀鍛冶も入る。そもそも金物の職人たちが稲荷を祀る元になったのは京の三条に住んでいた刀鍛冶が刀を打つ際、稲荷神が出現して相槌《あいづち》を打って助けてくれたという言い伝えからなのだ」

公儀御様御用人山田浅右衛門のもう一つの家業は刀目利き、刀剣鑑定である。

「金物師の方々は稲荷の他に天目一筒命《あまのまひとつのみこと》を祀っている者もいますよね？　あれはまたどういう謂《いわ》れなのでしょう？」

それまで黙って話を聞いていた加賀九の店主が、ここでふいに言葉を挟んだ。

「ご存知ならぜひお教えください。私もこういう仕事――眼鏡屋をしていて職人さんと接する機会が多いので、その種の話には大変興味があります」

「ああ、それは」

浅右衛門は気持ちよく笑って答えた。

「天照大神《あまてらすおおみかみ》が岩戸にお隠れになった時に、招き出すための祭りに用いる刀や斧を作ったという伝承からきているようです」

「おお、勉強になりました。ありがとうございます」

何処《どこ》までも爽やかないい男である。笑顔を煌《きら》めかせる九兵衛に反して仏頂面になる久馬。ここで駒吉親方が入って来た。

「どうも、お待たせして申し訳ない――」

改めて挨拶した親方の後に付いてお茶の盆を持って来た女将も、並んで座って頭を下げる。

「皆様、こんなむさくるしいところへわざわざ足を運んでくださって、ありがとうございます」

「いいえ、御礼を申し上げるのは私の方です。今朝は本当にありがとうございました」

加賀九は深々とお辞儀をすると風呂敷を解いた。

「御礼と言っては何ですが、どうかこれをお納めください」

「いや、今朝、断ったはずだ。そんなお気遣いは無用です」

「そうおっしゃると思って、これをお持ちしました。特別に購《あがな》ったものではなく、ウチの品物です」

桐の箱を開けた加賀九が親方の前へ差し出したそれは――

「お、眼鏡ですかい？」

途端に親方の四角い顔が綻んだ。

「いやぁ、こいつはいい！　いえね、実を言うと近頃、滅法目が弱くなって細かい作業が辛くていけない。肩が凝って困ってたんだ。とはいえ、眼鏡を買うのもなんだかなぁ、値段だって安くはないし」

「嘘ですよ！　お代のせいじゃない。私が何度も、眼鏡を買え、買えって言うのに、この人、恥ずかしがって腰を上げられなかったんです。加賀九の旦那様、本当にありがとうございます。こんな素晴らしいいただきものはありませんん」

「こら、トキ、おまえは引っ込んでいねぇか」

駒吉は慌てて女房の袖を引っ張った。

「お見苦しいところをお見せして申し訳ない。女房のヤツ、ホントに跳ねっ返りで困ります」

「ヘンだ、跳ねっ返りでなきゃ、押しかけ女房なんてするものか。今更叱ったって聞かないからね」

「えー！　そりゃほんとかい？　押しかけ女房？」

もはや何の目的で来たのかも忘れて素っ頓狂な声を上げる定廻《じょうまわ》り同心。親方は大きな体を縮めて、

「お恥ずかしい話でございます」

「ほんと、恥ずかしいんですよ。この人ったら、こんなにデカイ図体なのに恥ずかしがり屋でしてね。私に嫁へ来いの一言も言えない。毎日毎日ウチの前を通っては帰るの繰り返し。あたしゃ今日こそは玄関を入ってお父《と》っつぁんに掛け合ってくれると胸ときめかして待ち続けていたのにさ」

「胸ときめかして？　そ、それは何故だ、女将さん？　怖さに胸が震えての間違いじゃねぇのか」

「いやですよ、同心様、言わせるんですか？　だって、こんないい男、逃す手はないじゃごザンせんか」

錺《かざり》職人の女房は白魚のような手を振ると、

「だから、私、しびれを切らして、もういい！　って自分から鍋釜持って押しかけたんですのさ」

「いい男？　この狛犬が？　いい男？」

はて、わからなくなってしまった。いい男とはどういう男を言うのだろう？　久馬は思わず眼前の親方の顔と、真横の加賀九の顔を交互に眺めつつ呟いた。その声が親方のもっと大きい吠え声に掻き消されたのは幸いなことである。

「もういいってんだ、トキ。おめぇはお茶を出したらあっちへ行って弟子たちの夜食の面倒を見てやってくれ」

「あいよ、おまえさん。では皆様、どうぞごゆっくり」

「お騒がせしてあいすみません、気が強《つえ》えのとお喋りが玉に瑕《きず》でしてね」

「いや、素晴らしいご妻女です」

浅右衛門の心からの賛辞に駒吉親方はニコニコ笑って頷いた。

「ええ、あっしには過ぎた女房です」

これは大切に使わせていただきます、と眼鏡を押しいただいた親方を加賀屋九兵衛も嬉しそうに眺めた。一呼吸置いてから、九兵衛が言う。

「そうだ、お弟子の弥一さんにも、お持ちしました」

「眼鏡をかい？」

漸《ようや》くここで我に返ったらしく、久馬は加賀九に訊いた。

「いえ、弥一さんには別の物です。流石にお若い方に眼鏡は不要でしょうから。よろしければ、親方、弥一さんもここに呼んでいただけますか？　直接お礼を言って手渡したいんです」

駒吉親方の顔から笑顔が消えた。

「それが——」

そう言ったきり、駒吉は長い間黙り込んでしまった。やがて決心したように顔を上げる。

「弥一はウチにはいねぇんです」

「でも、お弟子さんたちもご一緒の様子とお見受けしましたが——」

奥の方より、夜食を食べている弟子たちと世話を焼く女将のトキのさざめきが伝わってくる。駒吉は肩越しにそちらを振り返った。

「そう、他の弟子たちは皆ウチに寝泊まりしています。だが弥一は違う。同心様——」

九兵衛の問いに答えてから、親方は久馬の方に顔を向けた。

「同心様は、弥一が河原で砂をいじくっているところをご覧になっている。この際、包み隠さずお話しいたします。あいつが奇妙な癖を持ってることはお伝えしましたが、そのせいで弥一はどうしても変わり者扱いされまして。他の弟子たちに揶揄《からか》われ虐められる。弥一は物凄く筋が良くってね。まあ、それであっしがついつい目をかけ過ぎるのも良くねぇみたいだ。女房はああいう性格なのでずっと弥一のこと護ってやってたんだが、本人が一番辛そうだってんで、女房の弟の長屋にあいつだけ住まわせることにしたんでさ」

　駒吉は優しい声で続ける。

「トキの弟は独り者で、日本橋の魚河岸の板舟で魚を売っているんです。朝は早く夜も早い。弥一は三畳間を間借りして毎日そこから通っています」

三度の食事はこちら、親方宅で取るとのこと。今日はもう長屋へ帰った後だった。

「よろしかったら、これから弥一のいる長屋へご案内します」

　そう言って立ち上がったものの、もう一度駒吉親方は腰を下ろす。

「弥一のおかしな癖には、実はそれなりの理由《わけ》があるんでさ。こんな風に縁あって関わりを持った皆さんにはこの際なので、そのことも洗い浚《ざら》いお話ししましょう」

　初めて久馬が同心らしい固い声を上げた。

「ありがたい！　まさにそういうことを聞きたかったのだ！」

この後、親方の駒吉が語ったのは予想もつかない話だった。


〈五〉


「皆さん、雪代《ゆきしろ》ってヤツをご存知ですか？」

「ゆきしろ？」

首を傾げる久馬。眼鏡屋の店主も首を横に振る。浅右衛門は僅かに眉を寄せた。

「このお江戸ではあまり縁がない――そう、関わりのない言葉です。山田様はお気づきになられたようですね？」

「いや、駒吉殿、どうぞ続けてください――」

一同を見回して親方は話し出した。

「お江戸に居ますと雪代なんて言葉、聞くことはないと思います。それでも近年、瓦版などで騒がれたのでこういう言い方をすると思い出していただけるかもしれません。〈富士山午年雪代出水〉。どうです？　覚えておいででしょうか？」

中村屋敷茂左衛門書〈午年雪代出水五カ年違作次第之事〉はこう書き記している。

「天保五年午四月八日、富士山押出候覚書。同年午之四月八日は大雨南風はげしく富士山おびただしく山鳴りし、すなわち同日九ツ時（十二時）、雪代黒煙立て押出しその恐ろしき事小山のごとくに崩れ出、大木大石砂含み成りて居村にいっさんに押しかけ……」「明け方雪代水引き、人々村内へ立ち帰り見届け候処、家七十軒五、六尺ほど砂に埋め戸障子は石砂にてぶちぬき諸道具無残に押し流し……」

そう、〝雪代〟とは春先の雪解けの頃、大量の雨が降ることで発生する大規模な雪崩のことだった。現代で言うスラッシュ雪崩だ。富士山は表面が砂礫で覆われているため、これが起こりやすい。天保五年の雪代はことに凄まじく、山肌に形成されていた谷で軒並み雪代が発生、土石流となって流れ落ち、山麓の村々で多くの家屋が損壊、埋没した。

この災害発生から二年後の天保七年（一八三六）に描かれた〈富士山焼砂押流荒地絵図〉には、富士山南西部を下り落ちた大規模な雪代の状況が鮮明に描かれている。この絵図は当時の東海道三度橋から見た描写で、お山の右中腹に宝永噴火（一七〇七）でできた火口と宝永山が認められる。更に中央、富士の純白を縦に裂いた細長く赤黒い部分、これが天保五年の大雪代で形成され、後に〈天保谷〉と命名された雪代の痕跡である。

久馬が叫んだ。

「そうか！　雪代ってのは、雪崩のことなのか、浅さん？」

「うむ」

加賀屋九兵衛もハッとして膝を叩く。

「私も思い出しました。天保五年の雪代は甚大な被害を出したそうですね」

駒吉親方は頷いた。

「実は、弥一は直撃を受けた甲州側の明見村の生まれです。その村は七、八十戸残らず埋没したそうで、弥一の家も家ごと持っていかれた。家族——両親と二人の弟、妹、皆、押し流された。どうしたわけか、弥一だけ放り出された格好で、ほぼ無傷で雪の上にいたところを発見されて助け出されたとか」

駒吉はいったん言葉を切って、膝の上に置いた自分の大きな拳を見つめた。

「意識を取り戻してすぐ、弥一は村人が制止するのを振り払って外へ飛び出し、狂ったように一面の泥と雪を掘り続けたとか」

――この下に、俺のおっ父とおっ母と勘二《かんじ》と元三《げんぞう》とサチがいる……！

　待ってろ、今、助けてやるからな！


「勿論、そんなこと無理です。遂に弥一の家族は見つからず、弥一は天涯孤独の身となりました。村の寺の住職が引き取ったのですが手先の器用さに目を留めて、私のもとへ寄越したんです」

　駒吉親方の祖母がその地域の出なのだそうだ。

　親方はホウッと息を吐いた。

「弥一は良い腕をしている。絶対良い職人になる。あっしは太鼓判を押しまさぁ。だがただ一つ、未だに土を見るといじらずにいられない。その癖をやめさせることができねぇ。仕事をしている時は熱中しているからいいんだが、一人になってボーッとしてるとやっちまう。あっしも何度か叱ったんですがね。あいつが悲しそうな顔して言うんでさあ」


――すみません、親方。俺も、やめよう、もう、よそう、と思うんです。

こんな真似しても親や妹、弟たちは帰ってこない。

頭ではわかってるんだ。それでも……

剥き出しの地面を見るとつい、たまらなくなって触らずにはいられない。

掘っちまう。その下に皆がいる気がして……どうしても会いたくて……


「そうだったのか」

静かに頷く浅右衛門。加賀九の店主も唇を噛んだ。

「弥一さんにはそんな悲しい事情があったのですね」

定廻《じょうまわ》り同心に至ってはせっかく粋に結った小銀杏《こいちょう》の頭をポカポカと叩き出した。

「コン畜生！　やっぱり、俺は大馬鹿だ！　つれぇ思いをして来た弥一に『妙な癖』なんて言っちまった。ほんと、スットコドッコイの大馬鹿野郎だぜ！」

「では、皆さんをお連れして行ってくるよ」

「あいよ、おまえさん、お気をつけて」

トキが差し出した提灯を持った親方を先頭に、一行は弥一がいる長屋へ向かった。

伊勢町の隣町の瀬戸物町と言うから、さほどの距離ではない。

「もうこのすぐ先です」

西堀留川沿いを進んで留堀の辺り。駒吉親方が言った時、浅右衛門が足を止めた。

続いて久馬が眉を寄せる。

「なんでぇ、あの音？」

塩河岸の川端からくぐもった音が風に乗って聞こえてきた——

新月の夜だったが夜目の利く久馬が真っ先に叫んだ。

「見ろ、浅さん、あそこにいるのは弥一じゃないか？」

「えっ？」

十人ばかりの男たちが弥一を取り囲んで、殴る蹴るの狼藉《ろうぜき》を働いている。

「この野郎、俺たちの隠したモノを掘り出すなんて、よくもやりやがったな！」

「ノコノコ番屋に差し出すとは、いらぬ真似しやがって——」

「ただで済むと思うな！」

「きっちり落とし前を付けさせてもらうぜ！」

久馬が斜面を駆け下りた。

「そこで何をやっている！　手を離せ！」

「ゲ、八丁堀だ！」

「いけねぇ、見つかった――」

「コナクソ！　おまえらが砂泥か？　一人残らずお縄にしてやる！」

「気をつけろ、久さん！」

続いて駆け出した浅右衛門が久馬の背後から叫んだ。

「二本差しがいるぞ！」

狼藉《ろうぜき》者たちの中に、町人だけではなく侍もいることを警告したのだ。

猪突猛進、真っ先に輪の中に飛び込んだ定廻《じょうまわ》り同心。一瞬、虚をつかれて動きが止まった群れは再びいきり立った。

「クソッ、バレちまっては仕方がねぇ！」

「同心も一緒にやっちまえ！」

集団の外れにいた一人、明らかに侍と見える人物がユラリと振り返る。

「ひょっとして、あんたは噂の、最近同心とつるんでいるという首打ち人山田浅右衛門か？　これは面白い。一度刀を交えて見たいと思っていたのだ」

周囲に首を巡らせて、

「こいつは俺が相手をする。こうなったらおまえたちも存分にやんな！」

「おー！」

「合点だ！」

群れは一斉に久馬に襲いかかった。

「久さん――」

「おっと、おまえさんの相手はこっちだぜ、首斬り浅右衛門」

久馬のもとへ加勢に向かおうとした浅右衛門の前に、二本差しが立ち塞がった。

それを見て久馬が叫び返す。

「こっちはいい、浅さんこそ――気を付けろぃ。そいつ、かなり手練《てだ》れのようだぜ」

久馬は地面に昏倒した弥一の前に仁王立ちになり、弥一を庇いつつ十手《じって》をブン回す。

盗人《ぬすっと》たちは全員、巻羽織《まきばおり》へ突進して来る。多勢に無勢――

その時、獅子の吼《ほ》え声が響き渡った。

「おんどりゃー！　覚悟しろぃ！　トオシロどもが！　俺を誰だと思ってやがる？　狛犬の駒吉を知らねえか！」

ハッキリ言って久馬などより遥かに強い。飛び入るや一人、また一人、あっという間にノシていく。久馬を殴っていた輩の首根っこをぶっとい腕で鷲掴みにし、軽々と一尺余りも放り投げる。続いてもう一人の顔面へ拳が炸裂する――

錺《かざり》職人の頑強な四肢は飾りじゃなかった。しかも全身、それこそ石像の狛犬並みに固いと見えて、少々殴られてもケロリとしている。その殴った奴を今またエイヤッと背中から地面へ投げ落とした。もう一人を羽交い絞めにしながら、

「大丈夫ですかい、黒沼の旦那？」

「あ、ありがてぇ！　恩に着るぜ、親方！　よぉし、俺も負けていられねぇ！」

元気を回復した久馬、十手《じって》を持つ掌に唾を吹きかけると勢いよく身を翻して、襲いかかってくる三下どもを蹴散らし始めた。

「さあ、どっからでもかかってきやがれ！　砂泥が怖くてスナギモが食えるかっ！　泥棒のベラボウどもめ！」

その間に、腰を屈めてにじり寄った加賀九が弥一を抱き起こして、乱闘の輪から離れた場所へと連れ出す。

片や浅右衛門は――

「よもや天下の首斬り浅右衛門と剣を交える日が来るとは！　私も漸《ようや》く運が向いてきたようだ。我が名は井之上喜四郎《いのうえきしろう》と申す。しがないコソ泥、かっぱらい連中の用心棒に身を落としてはいるが勘当される前は直参旗本の子息なり。通った道場は蜊河岸《あさり》、流派は」

「いえ、結構です。名乗りは番所でお願いいたします。それに、私は仕事以外では人

は斬りません」

「問答無用！」

井之上某は抜刀して上段から斬り込んできた。

刹那、鈍い白い光が奔《はし》って二人の位置が入れ替わる。浅右衛門は井之上の初太刀を弾いて、振り返りざま一閃。井之上は左肩から袈裟懸《けさが》けに臍まで斬り下げられ――てはいなかった。ピタリ、浅右衛門の刀の峰は相手の肩で止まっている。

ドウと尻もちをついた砂泥の用心棒、左肩を押さえて喘いだ。

「何故、斬り落とさない？」

「私は仕事以外では人は斬らないと言ったはず」

浅右衛門は刀を鞘へ戻しながら微苦笑した。

「そうだった。久さんも不思議な読み方だと言っていたが。これからは迷わず呼べるな」

頭上に伸びる橋を見上げて、呟く。

「いい名じゃないか。まさにここは雲母橋《きらず》――」

実際、江戸切絵図にはこの橋名が記されている。

〈六〉

血だらけの弥一をひとまず瀬戸物町の長屋へと担ぎ込んだ久馬たちは、魚屋という朝が早い仕事柄、既に寝ていたトキの弟銀次《ぎんじ》を起こして番屋まで走らせた。既に、知らせを聞いて駆けつけた町役人や松兵衛親分、その他、近隣の目明《めあか》しと子分たちが河原で伸びている砂泥一味と用心棒の浪人を捕縛している。とはいえ、番屋まで連行したのは、一同が意識を取り戻して自分の足で歩けるようになってからだったが。

「命に別状はない」

長屋へ呼ばれた医師は弥一を診て、言った。

「しかし、派手にやられている。もう少し打擲《ちょうちゃく》が続いたら危なかった。暫《しばら》くは養生させることだ。なに、若いから回復も早いでしょう」

「おまえさん！」

弟とともに女将のトキが駆け込んで来た。

「おうよ、トキ、安心しねぇ。弥一は大丈夫だ。俺も怪我はないからよ」

「当り前さね。おまえさんが負けるなんて思っちゃいない――」

「それにしても恐れ入ったぜ。親方があんなに喧嘩が強いとは」

久馬の言葉に駒吉は照れ臭そうに小鬢《こびん》を掻いて、

「やめてくださいよ旦那。あっしは自分からは一度だって喧嘩したことはないんだ」

但《ただ》し、と駒吉は付け足す。

「売られた喧嘩は買います」

「そして、負けなし。常勝の狛犬の駒で通っていますのさ」

トキは誇らしげに指を折る。

「これで九勝目ですよ」

「こら、トキ、んなもの数えるんじゃねぇよ、喧嘩の数なんざ覚えてなくてもいい」

「いいえ、覚えていますとも。忘れるものかね。だってその一勝目が私の時だ。この人ったら福徳神社のお祭りの夜、私が町の不良どもにかどわかされそうになった時、たった一人で飛び込んで来たんですよ。驚いたのなんのって。だってその時も今日みたいに相手は十人近かった。それを通りがかっただけの見ず知らずの娘っ子のために。尤《もっと》も――」

襟元をグッと押し上げるトキ。その婀娜《あだ》っぽさが半端ない。

「もっと驚いたのは、全員ノシちまったことですがね。ああ、ほんとにこんないい男はいませんよ」

「もうやめな。同心様たちが呆れてらぁ。おまえは江戸一のいい女だがズケズケ物を言い過ぎる」

浅右衛門が咳払いして、

「いや、まったく、羨ましい」

続いて加賀九、

「親方と女将さんは江戸一のいい夫婦《めおと》ですよ」

最後に久馬が〆《しめ》た。

「俺なんざ、当てられっぱなしで、見ろ、顔が火照っちまったぜ」

そんな久馬をむんずと医者が掴んだ。

「いや、火照ってるのは怪我のせいですよ、同心殿。次は貴方の手当をしましょう」

医師に押さえつけられて久馬はもがいた。

「俺？　てやんでぃ！　失礼なことを言うな、俺はどっこも怪我なんてしていねぇや。ピンピンしてるぜ」

医師は膨れ上がった定廻《じょうまわ》り同心の顔を見つめて首を振る。

「いや、どう見ても酷《ひど》い状態ですよ？」

卍

「女将さん？」

翌日、目を開けた弥一が最初に見たのは女将のトキの顔だった。

「良かった、気がついたかい、弥一」

「親方は？」

「いつもの通り、仕事場にいるよ」

「女将さん、申し訳ありませんでした。俺のせいで親方にまで迷惑をかけちまった」

昨夜、朦朧《もうろう》とする意識の中で同心たちと一緒に親方が助けに飛び入ったのを弥一は覚えている。

「何言ってんだい。あんただって巻き込まれたんじゃないか。逆恨みでこんな目に遭っちまった。でも、あんたは正しいことをしたんだから胸を張っていればいいのさ」

トキは盆を持って弥一の横に座った。

「弥一、あんたはこれで二度も命拾いをした。だから、その体を大切にしなくっちゃね。さあ、たんと食べて一日も早く元気になっておくれよ」

「ありがとうございます」

トキが差し出した粥を受け取った弥一の眼差しが揺れる。

「あれは?」

長屋の上がりばな、狭い三畳間だ。隅に置いてある衣類や私物を入れた葛籠《つづら》の上に見慣れぬものが置かれている。

「ああ、あれは加賀九さんが置いていったんだよ。そもそも昨日は、加賀九さんは盗品を見つけてくれたお礼にウチまでやって来たのさ。親方は眼鏡をいただいたよ。若いあんたにはこれをって持ってきてくださった。でも、昨日はあの騒ぎだったので置いて帰ったのさ」

トキがそれを手に取って渡してくれた。

「また改めて挨拶に来ると言ってた。ホントに律儀な人だねぇ」

弥一はつくづくと眺める。

「これは一体なんですか?　こんなもの初めて見た」

「硝子《びいどろ》の皿だよ。加賀九さんが言うには、最高級の眼鏡は水晶でできているって。親方がいただいたのはそれさ。でも廉価品は硝子で作るそうだ。だから加賀九さんの店にはこういう硝子の小物も並べているとか。それにしても、綺麗なもんだねぇ」

背中越しに覗き込んだ女将の言葉に弥一は頷いた。それから、恐る恐る手を置いて撫でてみる。

「氷かと思った。冷やっこくて、透き通ってる……」


加賀九の店主、九兵衛が弥一の長屋を訪れたのは翌日のことだった。本当に律儀な男である。

戸を開けるなり、九兵衛は見舞いの水菓子を抱えたまま声を上げた。

「弥一さん、もう起きていいのかい？」

頭と体中、晒でグルグル巻きの弥一が布団に起き上がって屈み込んでいるではないか。

「あ、加賀九の旦那様！」

飛び上がって弥一は平伏した。

「先日はありがとうございました。あの夜は助けていただいたのにお礼も言えず――それから、俺なんかにまで高価な品を頂戴して、申し訳ないです」

「いやいや、申し訳ないのは私の方だ。弥一さんがこんな目に遭ったのは、本をただせば私の店の荷に関わったせいだからねぇ。逆恨みされて大怪我までさせてしまった。どんなに詫びても詫び足りない――ん？」

九兵衛の言葉がぷつんと途切れた。その目は弥一の膝の上を凝視している。

「弥一さん、それは？　それは――私が贈った皿かい？」

「申し訳ないっ！」

再度、弥一は平伏した。

また悪い癖が出た――

「すみません、あんまり綺麗なもんで、しかも、故郷の氷みたいで」

喘ぎながら弥一は詫びる。

「最初はただただ手で触れて、撫でていたんだが、つい錺《かざり》に使う道具まで持ち出して……やっちまった」

加賀九の硝子の皿はザクザクと彫り刻まれていた。

「同じなんです。大切な硝子を傷つけておいてこんなこと言えた義理じゃないですが、同じなんです。あの日、全てを押し流した雪代……俺の全てを奪って……一人残された俺が掘り続けた光る地面……この向こうに皆がいる。だから、ほらずにはいられないんだ……」

ここまで言って弥一は首を傾げた。

「でも、変だな？」

「何が変なんだい？」

膝の上の、錐《きり》で彫って傷だらけの皿を今一度じっと見つめる弥一。九兵衛も顔を寄せて一緒に眺めた。

「上手くは言えないが、これはちっとも嫌な気がしねえ。地面を掘るたびに胸に生まれたシコリ……とぐろを巻いていた遣る瀬《やせ》ない嫌な気持ちが湧いてこない……」

「私もだよ。ちっとも嫌な気がしない」

眼鏡屋の店主は皿を持ち上げると開いたままだった戸口の方へ翳《かざ》した。皿は優しく光を集めて煌《きらめ》く。

キラキラ……

「ほら、見てごらん、なんて美しいんだ……」

弥一と九兵衛は暫《しばら》く身じろぎもせずに見入っていた。

どのくらいそうしていたことだろう。やがて、夜具の上で座り直すと弥一は言った。

「ありがとうございました。加賀九の旦那様。俺、村に帰ります。いえ、これで俺は村に帰ることができます」

「え」

「なんだか自信がつきました。村に帰って故郷の大地に立っても、もうあのヘンな癖——村の皆を困らせた、地面を掘り返しちまう馬鹿な真似をしないで済む。そう思えるんです」

頷きながら独り言のように続ける。

「そうなんだ。俺はずっとがむしゃらに掘ってきた。でも何も見つけられなかった。会いたかったおっとうやおっかあ、妹や弟たち……」

弥一は硝子の皿をじっと見つめた。

「今度は違った。俺は見つけた。初めて手ごたえがあった。出会えたんです」

「何にだい?」

「光です。この煌《きらめ》き……皆は、ここにいる気がする」

弥一は大きく息を吐く。

「だから、もういい。吹っ切れました」

「弥一さん……」

〈七〉

久馬と浅右衛門が弥一を見舞うために長屋へやって来たのは乱闘の夜から数えて十日目のことだ。

日頃、何事も見届けないと気が済まない、よく言えば人情家、悪く言えばお節介なこの定廻《じょうまわ》り同心にしては日が開き過ぎている。これにはそれなりの事情があった。そう、久馬は動けなかった――床《とこ》に就いていたのである。

当夜は気が張っていたのと江戸っ子ならではの見栄っ張りのせいで平気を装《よそお》っていたが、久馬の怪我は思いのほか深かった。肋骨にひびが入っていて、今も晒を巻いている。右足は捻挫して今日漸《よう》や《ようや》く歩けるようになった。まぁ、足が何ともなくても、腫れて痣だらけの顔で往来を歩くのにはハバカリがある。町奉行の威厳に関わるから大人しく養生しているよう、上司の与力添島にもきつく言い渡されてしまった。実際、ついさっき道ですれ違った、羽織の上に帯を絞めた鯔背《いなせ》な納豆売りがギョッとして棒立ちになっている。

「ほんとにもういいのかい、久さん？」

「大丈夫だったら、浅さん」

動けるようになったらイの一番に弥一を見舞おうと思っていた久馬だった。

「付き合ってくれて感謝するぜ、浅さん。そして――キノコ」

久馬は右側を見た。そう、キノコが杖代わりになって肩を貸しているのだ。

「いえ、礼を言われる筋合いはござんせん。これはわっち自身の問題なんで」

神妙な顔でキノコこと竹太郎は言う。

「わっちこそ、弥一さんと駒吉親方に詫びを入れに行きたいと思っていたんです」

「へ？　なんでおまえが弥一に謝らなきゃいけねぇんだ？」

「わっちは今回、てんで的外れな読みをしちまった。後から話を聞くにつけ、情けなくって穴があったら入りたい。強くて優しい、まさに江戸っ子そのものの駒吉親方や、心に傷を負いながら懸命に生きている弥一さんを、言うに事欠いて砂泥だなんてブチ上げたんだ。謝っても謝り切れませんや」

「まあなぁ、おまえに唆《そそのか》されたから俺と浅さんはあの夜親方の家へ押しかけたんだものな？」

「久さん、それを言うなら、『竹さんのおかげで、俺たちは親方を訪ね、そして弥一さんの急場を救うことができた。むしろおまえの読み間違いのたまものだ。だから、気にすることはない』だろう？」

「そうとも言う」

「いえ、庇っていただかなくてもいいんです、山田様。今度という今度は思い至りました。わっちは話の筋ってもんがとんと読めないボンクラです。こんなザマじゃあ、面白いハナシなんて書けるはずがない。やっぱり、皆が言うようにわっちには戯作者《げさくしゃ》は向いてないのかもしれやせん」

珍しくしょげ返っている竹太郎。こんな調子でやって来た三人が長屋で見たものは――


「御免、入るぜ、弥一……ん？」

あの日、弥一が寝ていた三畳間は綺麗にかたづけられていた。

「なんだ、これは？　仕事場に戻ったにしても、夜具ぐらい置いてあるはずだが」

吃驚《びっくり》して目を瞠《みは》る久馬をとりあえず框《かまち》に座らせると、竹太郎は外へ駆け出した。

「姐さん方、ちょいとお尋ねしやす。あっち、一番端の魚屋の銀次さんとこに若い錺《かざり》職人が住んでたはずだが姿が見えない――」

「ああ、弥一さんかい？」

井戸の周りにいた女たちが一斉に振り向いた。

「それなら出てったよ。急なことなんで私たちも驚いたんだけどね」

「でも、親方ともどもきちんと挨拶して長屋中に菓子など配ってくれて」

「いい男だったねぇ、あの親方。私の亭主の若い時に似てるよ」

「あんたの亭主？　バカも休み休みお言い、あのヒョットコの何処が似てんだい」

「なんだって？　あんたんとこの宿六よりか、ウチの方がよっぽどマシさ」

「すみません、姐さん方のご亭主はともかく、弥一さんは何処《どこ》へ行かれたんでしょうか？　ご存知なら教えていただきたいんだが」

「さぁねぇ、詳しくは聞かなかったけど故郷へ帰ったんじゃないかねぇ」

「そうだね、いつも江戸は自分に向いてないと言ってたもんねぇ」

「きっと、そうだよ。出て行く時、妙に晴れ晴れした顔してたからね」

「故郷へ帰った――考えてみりゃそうだよなぁ」

竹太郎の親方の報告を聞いて久馬はつくづく頷いた。

「元々、親方の屋敷にも居づらかったようだし、その上、あんな騒ぎに巻き込まれて大怪我まで負って……こんなおっとろしい江戸から逃げ出したくなって当然だわな」

そして、小さく頭を振る。

「だが、残念だぜ。知ってたらせめて別れの言葉をかけてやりたかった。なぁ、浅さん」

「うむ、見送ってやりたかったな、久さん」

　重い足を更に重く引きずって久馬と浅右衛門、杖代わりの竹太郎が日本橋界隈まで戻って来た時だ。背後から明るい声がかけられた。

「黒沼の旦那！　山田様！　そして、竹も一緒かい？　良かった、これから黒沼様の役邸まで行こうとしてたんですよ」

　常磐津《ときわづ》のお師匠、文字梅である。袖を揺らして駆け寄って来ると久馬の顔を見て瞬《まばた》きした。

「まぁ、黒沼の旦那！　そんなにお悪かったんですか？」

「う、まぁ、その」

　気まり悪そうに顔をそむける久馬にお師匠は言う。

「これぞ名誉の負傷でござんすね！　いつものツルンとしたお顔より、一段と渋みが増して男振りが上がっていらっしゃる！」

「だろ？　実は俺もそう思う。こんなに傷が似合う男は江戸中探したっていねえんじゃないかってな。なあ、浅さん？　アハハハハ……」

（まったく、こんなに立ち直りの早い男こそ、江戸中探してもいないだろうナ）

浅右衛門の胸中の声はともかく、すっかり上機嫌になった久馬、ニヤケ顔で文字梅に尋ねた。

「で、俺の家へ急いでいたのは何故だい？　最近顔を見せないこの俺を寂しがって、わざわざ逢いに行こうとしてたのか？」

「実は今、私の家に加賀九の九兵衛様がいて、皆様をお待ちなんです」

「加賀九がおまえの家に？　聞き捨てならねぇ！　ま、まさか、俺が寝込んでる間に夫婦《めおと》になったとか言うんじゃないだろうな」

「落ち着け、久さん、怪我に響くぞ」

「嫌ですよ！　そうじゃなくて、九兵衛様は先日の砂泥の件で改めて皆様にお礼を申し上げたいとおっしゃってるんですのさ」

「う、うむ」

「砂泥の件で皆様には御礼が遅れてしまい申し訳ありません。きちんとご挨拶したいと思っていたのですが、さりとて私のような者が同心様や山田様のお屋敷に伺うのもどうかと悩んでいたところ、文字梅お師匠が」

「それじゃ、うちへってお誘いしたんです。ここなら黒沼様も山田様もほぼ毎日気安くやっていらっしゃいますからね！」

勝手知ったる文字梅の座敷。

雛人形のように並んで阿吽の呼吸で挨拶する加賀九と文字梅を、足を投げ出して――これは怪我故《ゆえ》、仕方がないが、むっつりと眺める久馬だった。

「何べんも言ったはずだぜ、加賀九さん。俺は同心として当たり前のことをやっただけだ、礼なんていらねぇよ」

「まぁ、そうおっしゃらずに。荷を奪った輩を真っ先に追いかけてくださり、手代の手当てまでなさっていただいたこと、心より感謝しています。それで――皆様にぜひこれをと思い、持ってまいりました」

加賀九の若き店主は久馬、浅右衛門、竹太郎の前に桐箱を差し出した。眼鏡の箱とは違う。小さな四角い箱だ。

中を覗いた三人は一様に息を呑んだ。

真っ先に久馬が訊いた。

「これは？」

「盃にございます」

「って、硝子じゃねぇか？　こんな盃、初めて見るぜ」

九兵衛は満面の笑みで、

「はい。私どもの店、加賀九で最初に作った硝子の盃です。気に入っていただけましたでしょうか？」

「大いに気に入った！」

久馬が目の前に翳《かざ》すと、縁側から射す陽光に小さな盃はキラキラ煌《きらめ》いた。

「なんて美しい――」

浅右衛門が唸る。

「光がさざめいている！　素晴らしいですよ、加賀九殿。硝子に刻まれたこの精緻な彫りが光を呼んでいるのですね？」

竹太郎も右に左に盃を動かして眺めながら声を弾ませる。

「こういうのを確かな仕事って言うんだな？　作った職人に会ってみてぇ！」

「ありがとうございます。それを聞いたら弥一さんもどんなに喜ぶことか」

「弥一？　弥一と言ったのか？」

久馬が目をパチクリさせた。

「はい、これはウチで弥一さんが初めて作ったものです。ですから、ぜひ皆様に、と思いました」

「待て、弥一は江戸を離れたんじゃないのか？　今俺たちは長屋に行って来たんだが、故郷へ帰ったものとばかり思ってた」

「とんでもない。私が弥一さんの腕に惚れ込んで、無理を言って駒吉親方から弥一さんを譲っていただいたんです」

「あー！」

叫んだのは竹太郎だ。

「引っ越しの挨拶の際、付き添っていたいい男の親方ってのは、あんたかい、加賀九さん！」

これで謎が解けた。

確かに駒吉親方も〝いい男〟ではあるが、あちらはどちらかと言えば通人向け。やはり万人受けのいい男となるとこちら、加賀屋九兵衛だろう。とんだいい男違いである。

「今日、この場に弥一さんもと思っていたのですが、駒吉親方の言う通りだ。仕事をし出すと熱中して容易に腰を上げない。今もね、硝子を削る金剛砂の割合がどうのって——私の声なんて聞こえない様子」

金剛砂とは、硝子を削る際に用いる研磨用の砂のことだ。

「ほう？　砂は砂でも、今度の砂は弥一にとって相性がいいみたいだな。そりゃよかった！」

「はい、弥一さんも言っています」

——彫って行く先で、出会えるんでさ、光と。

光を見つける……まったく面白ぇ仕事です。


「さぁて皆様、素晴らしい器《うつわ》も揃ったところで、では大いにお楽しみくださいませ」

さっそく手料理の膳を運び入れる文字梅に、小声で久馬が訊いた。

「で？　勿論おまえももらったんだろう？　おまえは加賀九に何をもらったんだい？」

「うふふ」

お師匠は艶冶《えんや》に笑って鬢《びん》に手をやった。キラリ、光の玉が揺れる。硝子の簪《かんざし》だ。

「ち」

それについて久馬が何か言おうとした時——

「では、わっちはこれにて」

竹太郎が立ち上がる。

「おや、竹、帰るのかい、おまえもご一緒させていただけばいいのに」

「いや、わっちはこれからやることがあるので」

竹太郎は加賀九に丁寧に挨拶した。

「九兵衛さん、素晴らしい品をありがとうございました。大切にさせていただきます。弥一さんにもぜひお伝えください。モノを作る――ほんものの仕事ぶり、確かに拝見させていただきました、と」


さて。江戸には川が、掘割も含めて凡《およ》そ五十近くある。

薬研堀は両国の南外れにあり、かつては大きな堀だったが明和八年（一七七一）に埋め立てられて以降、商家や料理屋が立て込んで今はすっかり短くなった。とはいえ川端には違いない。そこに佇《たたず》む男が一人。

砂をいじくっているわけではないから弥一ではない。その男は足元に堆《うずたか》く紙の束を積んでいた。

男が屈んでその山に手をやった途端、鋭い声が飛ぶ。

「お縄にするぜ！　キノコ！」

「ゲ？」

名を呼ばれて、流石にギョッとして竹太郎は動きを止めた。

朱房の十手《じって》を引き抜いて定廻《じょうまわ》り同心が近寄って来る。

「いけねぇよ、キノコ、子殺しは大罪だ。見逃すわけにはいかねぇ。お縄にするぜ」

「わっちが子殺し？　何言ってんです、黒沼の旦那。からかうのも大概にしておくんなさい。そりゃ、わっちは無職の放蕩息子だが、そんな大それた真似するもんか」

久馬は十手で肩をポンポンと叩きながら、

「ふぅん？　じゃ、今、おまえが川に投げ込もうとしてるのは何だ？」

「ほっといてくれ、こりゃわっちのできそこないの原稿――」

言葉が宙に浮く。竹太郎は短い笑い声を上げた。

「こいつぁ、一本取られた。そうさな、これはわっちの――大切な子かもしれねぇ」

「だろう？　何処《どこ》の親がてめえの産んだ子をよ、出来が悪いからって簡単に捨てる？　現におめえの親父の松親分なんか、こんなデキソコナイのおまえを未だに見棄ててないじゃねぇか」

勝ち誇ったように久馬は言った。

「おまえだって百回や二百回、原稿をツっ返されたぐらいで音《ね》を上げるんじゃねぇや」

「あ、いや、流石にその回数はツっ返されてません。せいぜい三十回ってとこです」

「細かいことはいいやな。いくぞ、今日は俺の家で、弥一のこの綺麗な盃で飲み明かすんだからな！」

定廻り同心は足元の紙の山を顎で指す。

「おめぇもその子どもたちをとっとと家に連れ帰って寝かせたら、もらった硝子の盃を取ってきやがれ」

「旦那こそ、いいんですか？　姉貴と加賀九を二人だけにして？　俺はてっきり旦那も山田様もあっちで飲るもんと思ったんだが」

「フフ、汲んでやりな、竹さん」

ここで久馬の傍らにいた浅右衛門が口を開いた。例によって久馬に付き合って――と言うか、今日ばかりは肩を貸さないことには、同心はここまで来られなかったのだが。

「あんたの様子がおかしいって、久さん、気になる二人を残して、色男対決もほっぽって追いかけて来たんだからさ」

横を向いて洟《はな》を啜り上げる竹太郎。江戸っ子は意地っ張りで見栄っ張り、涙なんて見せられない。

「けっ、いつもは戯作者《げさくしゃ》なんぞ諦めろってさんざっぱらけなしてるくせに。励ましてくれるなんて薄気味悪ぃや。こりゃ明日は雪が降るぜ」

「降るかもな。なにせ雪なら、一年中降るらしい」

浅右衛門がそちらを仰ぎ見た。

「あ、あそこか！」

「何の話だ、浅さん？」

十手《じって》を背に戻しながらヨロヨロ足を引きずって、久馬が二人の傍へ来る。

「いや、やはり富士のお山は日本一だと竹さんと見入ってたところさ」

「あたぼうよ。俺なんか、富士山の雪の襞《ひだ》まではっきりと見えるぜ。いいねぇ、あの白、マジリッ気のねえ輝き。そういえば似てるじゃないか……」

懐から取り出した硝子の盃を富士に翳《かざ》す定廻《じょうまわ》りだった。

澄み切った秋空と富士の山。真っ白な頂《いただ》きに重なって、キラリ、盃は一際眩しく煌《きらめ》いた。

この盃が最初の江戸切子となった――かどうかはさておき。

〈切子〉と聞いて赤や青の硝子を連想したなら、それは薩摩切子のことだ。

御一新なって明治の代になるまで、江戸切子は純白透明を受け継いだのである。

この作品に対する皆様のご意見・ご感想をお待ちしております。

おハガキ・お手紙は以下の宛先にお送りください。

【宛先】

〒150-6005 東京都渋谷区恵比寿4-20-3 恵比寿ｶﾞｰﾃﾞﾝﾌﾟﾚｲｽﾀﾜｰ 5F
（株）アルファポリス　書籍感想係

メールフォームでのご意見・ご感想は右のＱＲコードから、
あるいは以下のワードで検索をかけてください。

アルファポリス　書籍の感想　検索

ご感想はこちらから

アルファポリス文庫

フラれ侍《さむらい》　定廻《じょうまわ》り同心《どうしん》と首打《くびう》ち人《にん》の捕《と》り物控《ものひかえ》

二上　圓（ふたがみ まどか）

2019年 9月 5日初版発行

編　集－反田理美
編集長－太田鉄平
発行者－梶本雄介
発行所－株式会社アルファポリス
〒150-6005 東京都渋谷区恵比寿4-20-3 恵比寿ｶﾞｰﾃﾞﾝﾌﾟﾚｲｽﾀﾜｰ5F
TEL 03-6277-1601（営業）　03-6277-1602（編集）
URL http://www.alphapolis.co.jp/
発売元－株式会社星雲社
〒112-0005 東京都文京区水道1-3-30
TEL 03-3868-3275
装丁イラスト－森豊
装丁デザイン－AFTERGLOW
印刷－中央精版印刷株式会社

価格はカバーに表示されてあります。

落丁乱丁の場合はアルファポリスまでご連絡ください。

送料は小社負担でお取り替えします。


ISBN978-4-434-26096-4 C0193